O PRIMEIRO HOMEM

OBRAS DO AUTOR PUBLICADAS PELA EDITORA RECORD

Romance
O estrangeiro
A morte feliz
A peste
O primeiro homem
A queda

Contos
O exílio e o reino

Teatro
Estado de sítio

Ensaio
O avesso e o direito
Bodas em Tipasa
O homem revoltado
A inteligência e o cadafalso
O mito de Sísifo
Reflexões sobre a guilhotina

Memórias
Diário de viagem

Coletânea
Camus, o viajante

ALBERT CAMUS
O PRIMEIRO HOMEM

TRADUÇÃO DE
CLÓVIS MARQUES

1ª edição

EDITORA RECORD
RIO DE JANEIRO • SÃO PAULO
2022

CIP-BRASIL. CATALOGAÇÃO NA PUBLICAÇÃO
SINDICATO NACIONAL DOS EDITORES DE LIVROS, RJ

C218p Camus, Albert, 1913-1960
     O primeiro homem / Albert Camus ; tradução Clóvis Marques. – 1. ed. – Rio de Janeiro : Record, 2022.

     Tradução de: Le Premier homme
     ISBN 978-65-5587-475-4

     1. Ficção francesa. I. Marques, Clóvis. II. Título.

22-79147   CDD: 843
                               CDU: 82-3(44)

Gabriela Faray Ferreira Lopes – Bibliotecária – CRB-7/6643

Copyright © Editions Gallimard, Paris, 1994

Texto revisado segundo o Acordo Ortográfico da Língua Portuguesa de 1990.

Todos os direitos reservados. Proibida a reprodução, no todo ou em parte, através de quaisquer meios. Os direitos morais do autor foram assegurados.

Direitos exclusivos de publicação em língua portuguesa somente para o Brasil adquiridos pela
EDITORA RECORD LTDA.
Rua Argentina, 171 – Rio de Janeiro, RJ – 20921-380 – Tel.: (21) 2585-2000, que se reserva a propriedade literária desta tradução.

Impresso no Brasil

ISBN 978-65-5587-475-4

Seja um leitor preferencial Record.
Cadastre-se no site www.record.com.br
e receba informações sobre nossos
lançamentos e nossas promoções.

Atendimento e venda direta ao leitor:
sac@record.com.br

Sumário

Nota do editor   7

I
Busca do pai

Saint-Brieuc	29
3 Saint-Brieuc e Malan (J. G.)	39
4 As brincadeiras do menino	47
5 O pai. Sua morte. A guerra. O atentado	65
6 A família	89
Étienne	109
6 *bis* A escola	147
7 Mondovi: A colonização e o pai	191

SEGUNDA PARTE
O filho ou o primeiro homem

1 Liceu	215
O galinheiro e a degola da galinha	245
Quintas-feiras e férias	253
2 Obscuro para si mesmo	295

Anexos

Folha I	305
Folha II	307
Folha III	309
Folha IV	311
Folha V	313
O primeiro homem (notas e planos)	315
Duas cartas	359

Nota do editor

Publicamos hoje *O primeiro homem*. É a obra em que Albert Camus trabalhava ao morrer. O manuscrito foi encontrado em sua mochila no dia 4 de janeiro de 1960. Consiste em 144 páginas escritas ao correr da pena, às vezes sem pontos nem vírgulas, numa caligrafia rápida, difícil de decifrar, nunca retrabalhada.

O texto foi estabelecido a partir do manuscrito e de uma primeira datilografia feita por Francine Camus. Para boa compreensão da narrativa, a pontuação foi restabelecida. As palavras de leitura duvidosa aparecem entre colchetes. As palavras ou trechos de frases que não puderam ser decifrados são indicados por um espaço em branco entre colchetes. No rodapé das páginas, as variantes sobrepostas aparecem indicadas por asterisco; os acréscimos à margem, por letras; as notas do editor, por números.[i]

Como anexo, o leitor encontrará as folhas (numeradas de I a V) inseridas no manuscrito (folha I antes do capítu-

---

[i] Na edição brasileira foram inseridas notas de tradução (*N. T.*) e da revisão de tradução (*N. R.*) marcadas com i, ii etc. (*N. E.*)

lo 4, folha II antes do capítulo 6 bis) ou dispostas no fim do manuscrito (III, IV e V).

Segue-se então o caderno intitulado "O primeiro homem (notas e planos)", caderninho de espiral e papel quadriculado, dando ao leitor uma ideia do desenvolvimento que o autor pretendia conferir à obra.

Concluída a leitura de *O primeiro homem*, ficará claro por que também incluímos como anexo a carta que Albert Camus enviou a seu professor, Louis Germain, logo depois de receber o Prêmio Nobel, e a última carta que Louis Germain lhe remeteu.

Queremos agradecer a Odette Diagne Créach, Roger Grenier e Robert Gallimard a ajuda que nos deram, com amizade generosa e constante.

Catherine Camus
(1994)

I
Busca do pai

Intercessor: Viúva Camus   A ti, que não poderás
                                jamais ler este livro[a]

Acima da carroça, que seguia por uma estrada pedregosa, grandes e densas nuvens corriam para leste no crepúsculo. Três dias antes, engrossadas acima do Atlântico, esperaram o vento de oeste, depois se movimentaram, primeiro lentamente e, cada vez mais rápidas, sobrevoaram as águas fosforescentes do outono, direto para o continente, esgarçaram-se[b] nos cumes marroquinos, reuniram-se de novo em rebanhos sobre os planaltos da Argélia e agora, aproximando-se da fronteira tunisiana, tentavam chegar ao mar Tirreno para nele se perder. Depois de uma corrida de milhares de quilômetros acima dessa espécie de imensa ilha, defendida ao norte pelo mar movediço e ao sul pelas ondas imóveis das areias, passando por cima dessas terras sem nome pouco mais depressa do que haviam passado impérios e povos durante milênios, seu ímpeto se extenuava, e algumas já se desfaziam em pesadas e raras gotas de chuva que começavam a tamborilar na capota de lona acima dos quatro viajantes.

---

[a] (acrescentar anonimato geológico. Terra e mar)
[b] Solferino.

A carroça rangia na estrada bem traçada, mas pouco compactada. De vez em quando, uma fagulha saltava da camba ferrada ou do casco de um cavalo, e um sílex vinha bater na madeira da carroça, ou, ao contrário, com um ruído abafado, afundava na terra fofa da valeta lateral. Apesar disso, os dois cavalinhos avançavam com regularidade, vacilando só de longe em longe, projetando o peitoral para puxar a carroça pesada, carregada de móveis, deixando o caminho para trás, sem trégua, com seus dois trotes diferentes. Um deles, volta e meia, expulsava ruidosamente o ar pelas ventas, e seu trote se desorganizava. O árabe que conduzia estalava então as rédeas gastas* sobre seu lombo, e o animal retomava o ritmo bravamente.

O homem que estava no banco da frente junto ao condutor, um francês dos seus trinta anos, observava com expressão fechada as duas garupas que se agitavam abaixo dele. De boa estatura, parrudo, rosto longo, testa alta e quadrada, mandíbula enérgica, olhos claros, usava, apesar da estação avançada, um sobretudo de cotim com três botões, fechado no colarinho à moda da época, e uma boina[a] leve sobre os cabelos curtos.[b] No momento em que a chuva começou a cair na capota por cima deles, ele se voltou para o interior do veículo.

— Tudo bem? — gritou.

---

* gretadas pelo uso
[a] ou uma espécie de chapéu-coco?
[b] calçando sapatos grosseiros.

No segundo banco, apertado entre o primeiro e um amontoado de baús velhos e móveis, uma mulher, vestida pobremente, mas envolta num grande xale de lã grossa, dirigiu-lhe um sorriso frouxo.

— Sim, sim — disse, com um ligeiro gesto de desculpas. Um menininho de quatro anos dormia encostado nela. A mulher tinha rosto suave e regular, cabelos de espanhola bem ondeados e pretos, nariz pequeno e reto e um olhar castanho, belo e caloroso. Mas alguma coisa impressionava naquele rosto. Não era apenas uma espécie de máscara provisória que o cansaço ou algo semelhante tivesse escrito nas feições, não, antes era certo ar de ausência e doce distração que alguns inocentes exibem perpetuamente, mas que aqui aflorava de modo fugaz sobre a beleza dos traços. À bondade impressionante do olhar misturava-se às vezes um vislumbre de temor desproporsitado que logo se dissipava. Com a palma da mão já castigada pelo trabalho e um pouco nodosa nas articulações, ela dava tapinhas nas costas do marido.

— Tudo bem, tudo bem — dizia. E logo deixou de sorrir para observar, por baixo da capota, a estrada na qual já começavam a brilhar poças de água.

O homem virou-se para o árabe plácido debaixo do turbante de cordinhas amarelas, corpo avolumado pelas calças largas de fundilhos amplos, apertadas acima das panturrilhas.

— Ainda está longe?

O árabe sorriu por baixo dos bigodões brancos.

— Oito quilômetros e estará lá.

O homem voltou-se, olhou para sua mulher sem sorrir, mas atentamente. Ela não desviara o olhar da estrada.

— Passe-me as rédeas — disse o homem.

— Como quiser — respondeu o árabe.

Entregou-as, o homem passou uma perna por cima do velho árabe, que deslizou por baixo na direção do lugar que ele acabava de deixar. Com dois tirões das rédeas, o homem tomou posse dos cavalos, que revigoraram o trote e de repente puxaram mais forte.

— Conhece bem os cavalos — observou o árabe.

A resposta veio, breve, e sem que o homem sorrisse:

— Sim — disse.

A luz diminuíra, e de repente caiu a noite. O árabe puxou da presilha a lanterna quadrada que tinha à sua esquerda e, voltando-se para o fundo, gastou vários fósforos grosseiros para acender a vela ali contida. Devolveu então a lanterna ao seu lugar. Agora a chuva caía suave e regularmente. Brilhava na luz fraca da lâmpada e, ao redor, povoava com um leve ruído a escuridão total. De vez em quando a carroça passava junto a arbustos de espinhos; árvores baixas, debilmente iluminadas durante alguns segundos. Mas, o resto do tempo, trafegava por um espaço vazio que as trevas tornavam ainda mais vasto. Só o cheiro de mato queimado, ou então, de repente, um forte cheiro de esterco levavam a crer que às vezes passavam junto a terras cultivadas. A mulher falou atrás do condutor, que reteve um pouco os cavalos e inclinou-se para trás.

— Não há ninguém — repetiu a mulher.

— Está com medo?

— Como?

O homem repetiu a frase, mas dessa vez gritando:
— Não, não, com você não.
Mas ela parecia preocupada.
— Está com dor — disse o homem.
— Um pouco.

Ele instigou os cavalos, e somente o forte ruído das rodas esmagando os sulcos e dos oito cascos ferrados batendo no caminho voltou a preencher a noite.

Era uma noite do outono de 1913. Os viajantes haviam partido duas horas antes da estação de Bône, aonde tinham chegado de Argel depois de uma noite e um dia de viagem nos duros bancos da terceira classe. Encontraram na estação aquele veículo e o árabe à espera, para levá--los à propriedade situada perto de uma aldeia, a cerca de vinte quilômetros interior adentro, cuja administração o homem deveria assumir. Tinham levado algum tempo para carregar os baús e alguns objetos, e a estrada ruim os retardara mais. Como se percebesse a preocupação do companheiro, o árabe disse:

— Não precisa ter medo. Aqui não há bandidos.

— Eles estão em toda parte — respondeu o outro. — Mas tenho aqui o necessário.

E bateu no bolso direito.

— Tem razão — disse o árabe. — O que não falta é louco.

Nesse momento, a mulher chamou o marido.

— Henri — disse —, está doendo.

O homem praguejou e incitou um pouco mais os cavalos.[a]

---

[a] O menininho.

— Estamos chegando — disse.

Passado um momento, olhou de novo para a mulher.

— Ainda está doendo?

Ela sorriu para ele com uma estranha distração, mas sem parecer estar sofrendo.

— Sim, muito.

Ele voltou a olhar para ela com o mesmo ar sério. Ela se desculpou de novo.

— Não é nada. Pode ser por causa do trem.

— Veja — disse o árabe —, a aldeia.

E de fato já se viam, à esquerda da estrada e um pouco mais adiante, as luzes de Solferino ofuscadas pela chuva.

— Mas tome o caminho da direita — disse o árabe.

O homem hesitou, virou-se para a mulher.

— Vamos para a casa ou para a aldeia? — perguntou.

— Oh! Para casa, é melhor.

Um pouco adiante, o veículo virou à direita, na direção da casa desconhecida que os esperava.

— Mais um quilômetro — disse o árabe.

— Estamos chegando — disse o homem na direção da mulher.

Ela estava vergada ao meio, com o rosto entre os braços.

— Lucie — chamou o homem.

Ela não se mexia. O homem a tocou com a mão. Ela chorava em silêncio. Ele gritou, destacando bem as sílabas e fazendo a mímica do que dizia:

— Você vai ficar deitada. Eu vou buscar o médico.

— Sim. Vá buscar o médico. Acho que é isso.

O árabe olhava para eles, espantado.

— Ela vai ter um bebê — disse o homem. — Há um médico na aldeia?

— Sim. Posso ir chamá-lo se quiser.

— Não, você fica na casa. Tome conta dela. Eu irei mais rápido. Ele tem carro ou cavalo?

— Tem carro.

Em seguida, o árabe disse à mulher:

— Vai ter um menino. Que seja bonito.

A mulher sorriu para ele, sem parecer entender.

— Ela não ouve bem — disse o homem. — Quando estiverem na casa, fale bem alto e gesticule.

A carroça de repente passou a trafegar quase sem ruído. Agora mais estreita, a estrada era coberta de tufos. Margeava pequenos galpões cobertos por telhas, atrás dos quais se viam as primeiras carreiras dos vinhedos. Um cheiro forte de mosto chegava até eles. Passaram por grandes construções de teto alto, e as rodas esmagaram o calçamento de escória de uma espécie de pátio sem árvores. Sem nada dizer, o árabe tomou as rédeas para puxá-las. Os cavalos se detiveram e um deles bufou.[a] O árabe apontou para uma casinha caiada. Uma parreira enquadrava a portinha baixa de contorno azulado pela sulfatagem. O homem saltou e correu debaixo de chuva na direção da casa. Abriu. A porta dava para um aposento escuro com cheiro de lareira vazia. O árabe, que vinha atrás, caminhou direto no escuro em direção à lareira e, raspando um tição, foi acender um lampião a querosene pendurado no meio

---

[a] Já anoiteceu?

do aposento, acima de uma mesa redonda. O homem mal teve tempo de identificar uma cozinha caiada com uma pia de ladrilhos vermelhos, um velho guarda-louça e um calendário desbotado na parede. Uma escada recoberta dos mesmos ladrilhos vermelhos levava ao andar de cima.

— Acenda a lareira — disse ele, e voltou à carroça.

(Pegou o menininho?)

A mulher esperava calada. Ele a tomou nos braços para depositá-la no chão e, mantendo-a um momento junto de si, tombou sua cabeça.

— Consegue andar?

— Sim — respondeu ela, acariciando-lhe o braço com a mão nodosa.

Ele a levou para a casa.

— Espere — disse.

O árabe já tinha acendido o fogo e o alimentava com ramos de videira, em gestos precisos e hábeis. Ela se mantinha perto da mesa, com as mãos sobre o ventre, e seu belo rosto inclinado para a luz do lampião era agora percorrido por breves ondas de dor. Ela não parecia dar-se conta da umidade nem do cheiro de abandono e miséria. O homem tomava providências nos compartimentos do andar de cima. Até que apareceu no alto da escada.

— Não há lareira no quarto?

— Não — respondeu o árabe. — No outro também não.

— Venha — disse o homem.

O árabe foi ter com ele. Depois, apareceu de costas, trazendo um colchão que o homem segurava na outra ponta. Colocaram-no perto da lareira. O homem puxou a mesa para um canto, enquanto o árabe subia de novo e logo retornava com um travesseiro-rolo e cobertas.

— Deite-se aí — disse o homem à sua mulher, conduzindo-a até o colchão.

Ela hesitava. Agora se sentia o cheiro de crina úmida que subia do colchão.

— Não posso me despir — disse ela, olhando temerosa ao redor, como se só agora descobrisse o local...

— Tire as roupas de baixo — disse o homem. E repetiu:
— Tire o que tem por baixo.

E voltou-se para o árabe:

— Obrigado. Desatrele um cavalo. Vou montá-lo até a aldeia.

O árabe saiu. A mulher se aprontava, de costas para o marido, que também se virou. Depois se acomodou e, assim que se deitou, puxando as cobertas para si, gritou uma única vez, longamente, a plenos pulmões, como se, de uma só vez, quisesse se livrar de todos os gritos que a dor havia acumulado nela. O homem, de pé junto ao colchão, deixou-a gritar, e quando ela se calou, descobriu a cabeça, pousou um joelho no chão e beijou a bela testa por cima dos olhos fechados. Pôs o chapéu de novo e saiu debaixo da chuva. O cavalo desatrelado já dava voltas em círculos, as patas da frente plantadas na escória do chão.

— Vou buscar uma sela — disse o árabe.

— Não, deixe só as rédeas. Vou montar assim mesmo. Ponha os baús e o resto das coisas na cozinha. Você tem mulher?

— Morreu. Estava velha.
— Tem filha?
— Não, graças a Deus. Mas tenho a mulher do meu filho.
— Diga-lhe que venha.
— Vou dizer. Vá em paz.

O homem olhou para o velho árabe, imóvel debaixo da chuva fina, a lhe sorrir por baixo dos bigodes molhados. Ele mesmo continuava sem sorrir, mas olhava para o outro com olhos claros e atentos. Depois lhe estendeu a mão, que o outro apertou, à maneira árabe, com a ponta dos dedos, levando-os em seguida à boca. O homem se virou, fazendo ranger a escória do chão, caminhou em direção ao cavalo, montou em pelo e afastou-se num trote desgracioso.

Ao sair da propriedade, o homem tomou a direção da encruzilhada de onde tinham avistado pela primeira vez as luzes da aldeia. Elas agora emitiam um brilho mais vivo, a chuva havia cessado, e a estrada que, à direita, levava para elas tinha traçado reto através dos vinhedos, cujos arames reluziam aqui e ali. Mais ou menos no meio do caminho, o cavalo desacelerou por conta própria e começou a andar a passo. Aproximavam-se de uma espécie de cabana retangular, que tinha uma das partes de alvenaria, formando um aposento, enquanto a outra, maior, era de madeira, com um grande alpendre projetado sobre uma espécie de balcão proeminente. Na parte de alvenaria encaixava-se uma porta, acima da qual se lia: "Cantina agrícola Sra. Jacques." Por baixo da porta filtrava-se um feixe de luz. O homem deteve o cavalo bem perto da porta e, sem descer, bateu. Imediatamente uma voz sonora e decidida perguntou lá de dentro:

— O que é?

— Sou o novo administrador da propriedade de Saint-Apôtre. Minha mulher vai dar à luz. Preciso de ajuda.

Ninguém respondeu. Passado um momento, soltaram-se trancas, retiraram-se e arrastaram-se barras, e a porta se entreabriu. Via-se a cabeleira preta e crespa de uma europeia de bochechas cheias e nariz largo acima de lábios grossos.

— Meu nome é Henri Cormery. Poderia ir atender minha mulher? Vou buscar o médico.

Ela o olhava fixamente, com um olhar habituado a avaliar os homens e a adversidade. Ele sustentava o olhar com firmeza, mas sem acrescentar uma palavra sequer de explicação.

— Eu vou — disse ela. — Seja rápido.

Ele agradeceu e deu com os calcanhares no cavalo. Instantes depois chegava à aldeia, passando entre umas espécies de muralhas de terra seca. Uma rua, aparentemente única, estendia-se à sua frente, ladeada por casinhas térreas, todas parecidas, que ele foi seguindo até uma pracinha com pavimento de tufo, onde se erguia, surpreendentemente, um coreto de estrutura metálica. A praça, como a rua, estava deserta. Cormery já caminhava para uma das casas quando o cavalo deu uma guinada. Um árabe surgido da sombra, vestindo um albornoz escuro e rasgado, caminhava em sua direção.

— A casa do médico? — perguntou imediatamente Cormery.

O outro examinou o cavaleiro.

— Venha — disse, concluído o exame.

Os dois voltaram a andar pela rua em sentido contrário. Numa das construções, com o andar térreo elevado, ao qual se chegava por uma escada caiada, podia-se ler: "Liberdade, Igualdade, Fraternidade." Bem ao lado havia um jardinzinho cercado de muros chapiscados, no fundo do qual encontrava-se uma casa, que foi apontada pelo árabe:

— É ali — disse ele.

Cormery saltou do cavalo e, num passo que não denotava o menor cansaço, atravessou o jardim, no qual só viu, exatamente no centro, uma palmeira de folhas ressecadas e tronco apodrecido. Bateu à porta. Nenhuma resposta.[a] Virou-se. O árabe esperava, calado. O homem bateu de novo. Do outro lado ouviram-se passos que se detiveram atrás da porta. Mas ela não se abriu. Cormery bateu mais uma vez e disse:

— Estou procurando o médico.

Imediatamente as trancas foram puxadas, e a porta se abriu. Apareceu um homem de rosto jovem e rechonchudo, mas de cabelos quase brancos, porte alto e forte, pernas apertadas em caneleiras e trajando uma espécie de casaco de caça.

— Veja só, de onde você saiu? — disse, sorrindo. — Nunca o vi por aqui.

O homem se explicou.

---

[a] Fiz a guerra contra os marroquinos (com um olhar ambíguo) marroquino não é gente boa.

— Ah, sim, o prefeito me avisou. Mas, cá entre nós, que diacho de fim de mundo para vir parir.

O outro disse que esperava a coisa para mais tarde, e que devia se ter enganado.

— Bom, acontece com todo mundo. Vamos, vou selar o Matador e segui-lo.

No caminho de volta, debaixo da chuva que voltava a cair, o médico, montando um tordilho, alcançou Cormery, a essa altura completamente encharcado, mas sempre ereto em seu pesado cavalo de trabalho.

— Mas que diacho de chegada, hein! — gritou o médico. — Mas vai ver a região tem coisas boas, tirando os mosquitos e os bandidos.

Ele se mantinha ao lado do companheiro.

— Repare, quanto aos mosquitos, pode ficar tranquilo até a primavera. Já os bandidos...

E ria, mas o outro continuava avançando sem dizer palavra. O médico olhou para ele com curiosidade.

— Mas não precisa ter medo, tudo vai correr bem — disse.

Cormery voltou seu olhar claro para o médico, olhou-o tranquilamente e disse com uma nuança de cordialidade:

— Não estou com medo. Estou acostumado aos golpes duros.

— É o primeiro?

— Não, deixei um menino de quatro anos em Argel, na casa da minha sogra.[1]

---

[1] Em contradição com a página 13: "um menininho dormia encostado nela".

Chegaram à encruzilhada e tomaram o caminho da propriedade. Não demorou e a escória começou a voar sob as patas dos cavalos. Quando pararam, e de novo se fez silêncio, ouviu-se um grito vindo da casa. Os dois homens apearam.

Uma sombra os esperava, abrigada debaixo da parreira gotejante. Ao se aproximarem, reconheceram o velho árabe encapuzado num saco.

— Olá, Kaddour — disse o médico. — Como vão as coisas?

— Não sei, não entro em casa de mulheres de jeito nenhum — respondeu o velho.

— Um bom princípio — concordou o médico. — Sobretudo quando estão gritando.

Mas não vinha mais nenhum grito lá de dentro. O médico abriu e entrou, e Cormery foi atrás.

Um fogo alto de ramos de videira ardia diante deles na lareira e iluminava o ambiente mais que o lampião de querosene com proteção de cobre e contas que pendia do centro do teto. À direita deles, a pia de repente se cobrira de jarras metálicas e toalhas. À esquerda, diante de um pequeno armário bambo de madeira branca, a mesa do centro fora afastada. Agora estava coberta com um velho saco de viagem, uma caixa de chapéus, diversos pacotes. Em todos os cantos do aposento, velhas bagagens, entre as quais um grande baú de vime, ocupando todos os cantos e deixando apenas um espaço vazio no centro, não longe da lareira. Nesse espaço, sobre o colchão disposto perpendicularmente à lareira, a mulher estava deitada, com o rosto meio repousado num travesseiro sem fronha, os cabelos já soltos. As cobertas agora só cobriam metade do colchão. À esquerda do colchão, a dona da cantina, ajoelhada, ocultava a parte descoberta do colchão. Estava torcendo, acima de uma bacia, uma toalha da qual pingava uma água avermelhada. À direita, sentada no chão de pernas cruzadas, uma mulher árabe, sem véu, segurava, em atitude de oferenda, uma segunda bacia de esmalte, meio descascada, na qual fumegava água quente. As duas mulheres estavam nas extremidades de um lençol dobrado que passava por baixo da paciente. As sombras e os clarões da lareira subiam e desciam pelas paredes caiadas, pelos embrulhos que atulhavam o aposento e, mais perto ainda, esbraseavam-se sobre os rostos das duas acompanhantes e sobre o corpo da paciente, envolto nas cobertas.

Quando os dois homens entraram, a árabe olhou rapidamente para eles com uma risadinha e voltou-se para o fogo, sempre oferecendo a bacia com os braços magros e morenos. A dona da cantina olhou para eles e exclamou com alegria:

— O senhor já não é necessário, doutor. Aconteceu sem ajuda.

Ela se levantou, e os dois homens viram, junto à paciente, alguma coisa informe e sanguinolenta, animada por uma espécie de movimento imóvel, da qual saía agora um ruído contínuo, semelhante a um rangido subterrâneo quase imperceptível.[a]

---

[a] como certas células ao microscópio.

— Será mesmo? — disse o médico. — Espero que não tenha tocado no cordão.

— Não — disse a outra, rindo. — Alguma coisa tinha de sobrar para o senhor.

Ela se levantou e cedeu o lugar ao médico, que novamente encobriu o recém-nascido, impedindo a visão de Cormery, que tinha ficado junto à porta e já descobrira a cabeça. O médico agachou-se, abriu a maleta e pegou a bacia das mãos da árabe, que imediatamente se afastou da área iluminada e se refugiou no canto escuro da lareira. O médico lavou as mãos, sempre de costas para a porta, e verteu sobre elas um álcool com certo cheiro de bagaço de uva, que tomou conta do aposento. Nesse momento, a paciente levantou a cabeça e viu o marido. Um sorriso maravilhoso transfigurou o belo rosto cansado. Cormery avançou até o colchão.

— Ele chegou — disse ela num suspiro, e estendeu a mão na direção da criança.

— Sim — disse o médico. — Mas acalme-se.

A mulher olhou para ele com ar interrogativo. Cormery, postado ao pé do colchão, fez-lhe um sinal tranquilizador.

— Deite-se.

Ela se recostou. Nesse momento, a chuva redobrou sobre o teto de telhas velhas. O médico atarefava-se sob as cobertas. Depois se levantou, parecendo sacudir algo à frente. Ouviu-se um gritinho.

— É menino — disse o médico. — E dos bonitos.

— E já começa bem — disse a dona da cantina. — Mudando de casa.

A árabe, no canto, riu e bateu palmas duas vezes. Cormery olhou para ela, que desviou o olhar, confusa.

— Bom — disse o médico. — Agora nos deixem um pouco a sós.

Cormery olhou para sua mulher. Mas ela ainda tinha o rosto reclinado. Só as mãos, descansando sobre a coberta grosseira, ainda evocavam o sorriso que havia pouco enchera e transfigurara o aposento miserável. Ele pôs a boina e dirigiu-se para a porta.

— Que nome vai lhe dar? — perguntou a dona da cantina.

— Não sei, ainda não pensamos nisso.

E olhava para ela.

— Vai se chamar Jacques, porque a senhora estava aí.

A outra caiu na gargalhada e Cormery se retirou. Debaixo da parreira, o árabe, sempre coberto com seu saco, esperava. Olhou para Cormery, que não disse nada.

— Tome — disse o árabe, estendendo-lhe uma ponta do saco.

Cormery se abrigou. Sentia o ombro do velho árabe e o cheiro de fumo exalado pelas suas roupas, assim como a chuva que caía no saco acima da cabeça de ambos.

— É menino — disse, sem olhar para o companheiro.

— Deus seja louvado — respondeu o árabe. — Você é o máximo.

A água vinda de milhares de quilômetros caía sem cessar diante deles sobre a escória do chão, cavada por inúmeras poças, sobre os vinhedos mais adiante, enquanto os arames de sustentação continuavam brilhando sob as gotas. Ela não atingiria o mar, a leste, e agora inundaria toda a região, as terras pantanosas perto do rio e as montanhas circundantes, a imensa terra quase deserta, cujo cheiro forte chegava até os dois homens que se apertavam sob o mesmo saco, enquanto, atrás deles, um choro fraco repetia-se a intervalos.

Tarde da noite, Cormery, deitado de ceroulas e camiseta em outro colchão perto da mulher, olhava as chamas dançarem no teto. O aposento agora estava mais ou menos arrumado. Do outro lado da mulher, numa cesta de roupa, o bebê repousava sem ruído, exceto, vez por outra, algum gorgolejo. Sua mulher também dormia, com o rosto voltado para ele, a boca entreaberta. A chuva cessara. No dia seguinte, ele teria de começar a trabalhar. Junto dele, a mão já maltratada, quase lenhosa, da sua mulher também lhe falava desse trabalho. Ele estendeu a sua, pousou-a suavemente sobre a da paciente e, deitando-se de costas, fechou os olhos.

Saint-Brieuc

[a]Quarenta anos depois, no corredor do trem de Saint-Brieuc, um homem olhava com ar de desaprovação enquanto desfilavam, sob o sol pálido de uma tarde de primavera, as terras estreitas e planas cobertas de aldeias e casas feias que se estendem de Paris à Mancha. Sucediam-se diante dele os prados e campos de uma terra cultivada há séculos, até o último metro quadrado. Cabeça descoberta, cabelos rentes, rosto longo de traços finos, boa altura, olhar azul e firme, o homem, apesar de estar na faixa dos quarenta, ainda parecia esguio no seu impermeável. Com as mãos solidamente colocadas na barra de apoio, corpo apoiado num dos quadris, peito descoberto, ele transmitia uma impressão de desembaraço e energia. O trem já diminuía a velocidade e acabou parando numa estaçãozinha miserável. Pouco depois, uma jovem elegante passou pela portinhola onde ele se encontrava. Deteve-se para transferir a maleta de uma mão a outra e nesse momento avistou o viajante. Ele a olhava sorrindo, e ela não

---
[a] Já de início seria bom frisar mais o monstro que havia em Jacques.

pôde evitar sorrir também. O homem abaixou o vidro da janela, mas o trem já dava partida novamente.

— Pena — disse ele.

A jovem continuava sorrindo para ele.

O viajante foi sentar-se no compartimento de terceira classe, onde ocupava um lugar junto à janela. Diante dele, um homem de cabelos ralos e chapados, com menos idade do que deixava transparecer o rosto inchado e cheio de teias vasculares, mantinha-se acachapado no assento, olhos fechados, respiração ofegante, visivelmente incomodado por uma digestão dificultosa, e lançava de vez em quando olhares rápidos* para o outro à sua frente. No mesmo assento, junto ao corredor, uma camponesa endomingada, usando um singular chapéu ornamentado com um cacho de uvas de cera, assoava um menino ruivo de rosto inexpressivo e sem graça. O sorriso do viajante desapareceu. Ele tirou uma revista do bolso e leu distraído um artigo que o fazia bocejar.

Um pouco depois, o trem parou e, devagar, uma plaqueta com a inscrição "Saint-Brieuc" foi aparecendo na portinhola. O viajante imediatamente se levantou, retirou sem esforço do porta-bagagens de cima uma maleta de fole e, após cumprimentar os companheiros de viagem, que responderam com surpresa, saiu a passo rápido e desceu correndo os três degraus do vagão. Na plataforma, olhou para a mão esquerda ainda suja da fuligem acumulada no corrimão de cobre que acabava de largar, pegou

---

* mortiços

um lenço e limpou-se com esmero. Dirigiu-se então para a saída, enquanto aos poucos se juntava a ele um grupo de viajantes de roupas escuras e tez terrosa. Esperou pacientemente, debaixo do alpendre sustentado por colunetas, o momento de entregar sua passagem, esperou também que o empregado taciturno a devolvesse, atravessou uma sala de espera de paredes nuas e sujas, decoradas apenas com velhos cartazes em que até a Côte d'Azur adquirira tons de fuligem, e desceu com passos firmes, na luz oblíqua da tarde, a rua que conduzia da estação à cidade.

No hotel, pediu o quarto que havia reservado, recusou os serviços da camareira com cara de batata que queria carregar sua bagagem, mas, depois que ela o conduziu ao quarto, deu-lhe uma gorjeta que a surpreendeu e trouxe simpatia ao seu rosto. Depois, ele lavou as mãos de novo e desceu de volta no mesmo passo célere, sem trancar a porta. No saguão, cruzou com a camareira, perguntou onde ficava o cemitério, recebeu explicações em excesso, ouviu-as com amabilidade e tomou a direção indicada. Percorria agora as ruas estreitas e tristes, ladeadas por casas banais de horríveis telhas vermelhas. Volta e meia surgiam casas velhas de vigas aparentes, mostrando suas ardósias enviesadas. Os raros transeuntes sequer se detinham diante das vitrines que ofereciam mercadorias de vidro, obras-primas de plástico e náilon, cerâmicas pavorosas encontradas em todas as cidades do Ocidente moderno. Só as mercearias se mostravam opulentas. O cemitério era cercado de muros altos e rebarbativos. Nas cercanias da entrada, bancas de flores sem graça e marmorarias.

Diante de uma delas, o viajante parou para observar um menino de expressão inteligente que fazia seus deveres a um canto, sentado numa placa de lápide ainda sem inscrição. Em seguida, entrou e dirigiu-se à casa do zelador. Ele não estava. O viajante esperou no pequeno escritório pobremente mobiliado, onde viu um mapa, que estava decifrando quando o zelador entrou. Era um homem alto e de articulações nodosas, nariz grande, com cheiro de suor sob o casaco de gola alta. O viajante perguntou onde ficava a quadra dos mortos da guerra de 1914.

— Sim — disse o outro. — É a quadra da Memória Francesa. Que nome está procurando?

— Henri Cormery — respondeu o viajante.

O zelador abriu um grande livro encapado com papel de embrulho e seguiu com o dedo terroso uma lista de nomes. Seu dedo se deteve.

— Cormery, Henri — disse —, mortalmente ferido na batalha do Marne, morto em Saint-Brieuc em 11 de outubro de 1914.

— Isso mesmo — disse o viajante.

O zelador fechou o livro.

— Venha — disse.

E saiu à sua frente rumo às primeiras fileiras de túmulos, uns modestos, outros pretensiosos e feios, todos cobertos com essa miscelânea de mármore e contas que desonraria qualquer lugar do mundo.

— É um parente? — perguntou o zelador com ar distraído.

— É o meu pai.

— É duro — disse o outro.
— Que é isso, eu não tinha nem um ano quando ele morreu. Pode entender, então...
— Sim — disse o zelador —, mesmo assim. Morreu gente demais.

Jacques Cormery não respondeu. Com certeza havia morrido gente demais, mas, no caso do pai, ele não podia inventar um sentimento de devoção que não tinha. Havia anos que vivia na França e prometia a si mesmo fazer o que a mãe, que ficara na Argélia, o que ela[1] lhe pedia havia tanto tempo: ir ver o túmulo do pai, que ela própria nunca vira. Achava que aquela visita não tinha nenhum sentido, em primeiro lugar para ele mesmo, que não conhecera o pai, que quase nada sabia do que ele havia sido, que tinha horror a atos e comportamentos convencionais, e em segundo lugar para a mãe, que nunca falava do defunto, nem podia imaginar o que ele ia ver. Mas, como seu velho mestre estava aposentado em Saint-Brieuc e aquela seria uma oportunidade de revê-lo, decidira visitar aquele morto desconhecido e fizera até questão de lá ir antes de encontrar o velho amigo, para depois se sentir completamente livre.

— É aqui — disse o zelador.

Tinham chegado a uma quadra cercada de pequenos marcos de pedra cinzenta, unidos por grossa corrente pintada de preto. As lápides, em grande número, eram todas semelhantes, simples retângulos gravados, colocados a

---
[1] *Sic.*

intervalos regulares em fileiras sucessivas. Todas estavam ornamentadas com um pequeno buquê de flores frescas.

— É a Memória Francesa que cuida da manutenção há quarenta anos. Veja, ele está ali.

Apontava para uma lápide da primeira fileira. Jacques Cormery deteve-se a alguma distância da lápide.

— Vou deixá-lo sozinho — disse o zelador.

Cormery aproximou-se da lápide e a olhou distraidamente. Sim, de fato era o nome dele. Ergueu os olhos. No céu mais pálido, pequenas nuvens brancas e cinzentas passavam devagar, e do alto caía uma luz ora leve, ora ensombrecida. Ao redor, no vasto campo-santo, reinava o silêncio. Apenas um rumor surdo chegava da cidade por cima dos muros altos. Vez por outra passava uma silhueta preta entre os túmulos distantes. Jacques Cormery, com o olhar erguido para a lenta navegação das nuvens no céu, tentava sentir por trás do cheiro das flores molhadas o aroma salgado que naquele momento chegava do mar distante e imóvel, quando o tilintar de um balde contra o mármore de um túmulo o tirou do devaneio. Foi nesse momento que leu no túmulo a data de nascimento de seu pai, só então descobrindo que a ignorava. Em seguida, leu as duas datas, "1885-1914" e fez um cálculo maquinal: vinte e nove anos. De repente, ocorreu-lhe uma ideia que o abalou até no corpo. Ele estava com quarenta anos. O homem enterrado debaixo daquela laje, que fora o seu pai, era mais novo que ele.[a]

---

[a] Transição.

E a onda de ternura e comiseração que de repente encheu seu coração não era o estremecimento que leva o filho à lembrança do pai morto, mas a compaixão perplexa que um homem feito sente diante do filho injustamente assassinado — alguma coisa ali não estava na ordem natural e, para dizer a verdade, não havia ordem, mas apenas loucura e caos, se o filho era mais velho que o pai. A própria sequência temporal se estraçalhava em torno dele, imóvel, entre aqueles túmulos que ele já nem via, e os anos deixavam de ordenar-se seguindo o grande rio que corre para o próprio fim. Já eram apenas estrépito, ressaca e turbilhão, nos quais Jacques Cormery se debatia agora com angústia e comiseração.[a] Ele olhava as outras lápides da quadra e, pelas datas, reconhecia que aquele solo estava juncado de crianças que tinham sido pais de homens grisalhos que neste momento julgavam viver. Pois ele mesmo julgava viver, construíra-se sozinho, conhecia a própria força, a própria energia, enfrentava as coisas e sabia se controlar. Mas na estranha vertigem que então sentia, a estátua que todo homem acaba erguendo e solidificando no fogo dos anos para nela se moldar, à espera da desintegração derradeira, fissurava-se rapidamente, ruía já. Ele nada mais era que aquele coração angustiado, ávido de viver, revoltado contra a ordem mortal do mundo que o acompanhara durante quarenta anos e continuava batendo com a mesma força contra a parede que o separava do segredo de toda vida, querendo ir mais longe, ir além, e saber, saber antes

---

[a] desenvolvimento guerra de 14.

de morrer, finalmente saber para ser, uma única vez, um só segundo, mas para sempre.

Revia sua vida tresloucada, corajosa, covarde, obstinada e sempre voltada para uma meta da qual ele nada sabia, e na verdade ela se passara todinha sem que ele tentasse imaginar o que poderia ser um homem que lhe dera justamente essa vida para em seguida ir morrer numa terra desconhecida do outro lado dos mares. Aos vinte e nove anos, ele mesmo acaso não era frágil, doentio, tenso, voluntarioso, sensual, sonhador, cínico e corajoso? Sim, ele era tudo isso e muitas outras coisas, tinha sido um ser vivo, um homem, enfim, e no entanto nunca tinha pensado no homem que ali dormia como um ser vivo, mas como um desconhecido que um dia passara pela terra onde ele havia nascido, com quem sua mãe dizia que ele se parecia, que morrera com honra no campo de batalha. No entanto, o que ele buscara avidamente descobrir nos livros e nas criaturas parecia-lhe agora que era um segredo ligado ao morto, ao que esse pai caçula tinha sido e vindo a ser, e que ele mesmo buscara longe demais o que estava perto no tempo e no sangue. Na verdade, não tivera ajuda. Uma família em que pouco se falava, na qual não se lia nem escrevia, uma mãe infeliz e distraída, quem poderia ter informado sobre esse pai jovem e mísero? Ninguém o conhecera, senão sua mãe, que o havia esquecido. Disso ele estava certo. E ele morrera desconhecido nessa terra por onde passara fugazmente, como um desconhecido. A ele cabia certamente se informar, perguntar. Mas alguém que, como ele, não tem nada e quer o mundo inteiro não pode dispensar um pingo que seja da própria energia para se construir e conquistar ou entender o mundo. Afinal, não era tarde demais, ele ainda podia buscar, saber quem era esse homem que agora lhe parecia mais próximo que qualquer criatura no mundo. Podia...

A tarde chegava ao fim. O farfalhar de uma saia perto dele, uma sombra escura, trouxe-o de volta à paisagem de túmulos e céu que o cercava. Precisava ir embora, não tinha mais nada que fazer ali. Mas não conseguia se desligar daquele nome, daquelas datas. Debaixo daquela lousa já não havia mais que cinzas e poeira. Mas, para ele, seu pai estava vivo de novo, com uma estranha vida taciturna, e parecia-lhe que ia abandoná-lo de novo, deixá-lo prosseguir mais uma noite na interminável solidão em que havia sido jogado e abandonado. No céu deserto ressoou uma detonação repentina e forte. Um avião invisível acabava de ultrapassar a barreira do som. Dando as costas ao túmulo, Jacques Cormery abandonou seu pai.

3

Saint-Brieuc e Malan (J. G.)[a]

À noite, no jantar, J. C. observava o velho amigo atacar com uma espécie de avidez preocupada a segunda perna de carneiro; o vento que começara a soprar rosnava baixinho ao redor da casinha térrea, num subúrbio próximo ao caminho das praias. Ao chegar, J. C. notara no arroio seco, na beira da calçada, pedacinhos de algas ressecadas, única coisa que, com o cheiro de sal, evocava a proximidade do mar. Victor Malan, que construíra toda a sua carreira na administração alfandegária, se aposentara naquela cidadezinha, que ele não escolhera, mas cuja escolha justificara posteriormente, dizendo que ali nada o distraía da meditação solitária, nem o excesso de beleza, nem o excesso de feiura, nem a própria solidão. A administração das coisas e a direção dos homens muito lhe haviam ensinado, mas, antes de mais nada, aparentemente, que pouco sabia das coisas. No entanto, sua cultura era imensa, e J. C. o admirava sem reservas, pois Malan, numa época

---

[a] Capítulo por escrever e eliminar.

em que os homens superiores são tão banais, era o único ser que tinha um pensamento pessoal, na medida em que isso seja possível, porém, sob uma aparência falsamente conciliatória, sua liberdade de discernimento era tal que coincidia com a originalidade mais irredutível.

— Isso mesmo, filho — dizia Malan. — Já que vai encontrar sua mãe, procure descobrir algo sobre o seu pai. E venha correndo me contar. São raras as oportunidades de rir.

— Sim, é ridículo. Mas como fiquei curioso, pelo menos posso tentar colher mais algumas informações. É meio patológico eu nunca ter me preocupado com isso.

— De modo nenhum; é uma questão de sabedoria. Fui casado trinta anos com Marthe, que você conheceu. Uma mulher perfeita, de quem ainda hoje sinto falta. Sempre achei que ela gostava da própria casa.[1]

— Certamente tem razão — dizia Malan, desviando o olhar, e Cormery aguardava a objeção, sabendo que não deixaria de se seguir à aprovação. — Eu, contudo — prosseguiu Malan —, e certamente estaria errado, de minha parte evitaria procurar saber mais do que a vida me ensinou. Mas nesse sentido sou um mau exemplo, não é mesmo? Em suma, é certamente por causa dos meus defeitos que não tomaria nenhuma iniciativa. Ao passo que você (e uma espécie de malícia reluziu no seu olhar) é um homem de ação.

Malan parecia um chinês, com sua cara de lua cheia, nariz arrebitado, sobrancelhas ausentes ou quase, cabelo

---

[1] Estes três parágrafos estão riscados.

tigela e um bigodão insuficiente para cobrir a boca grossa e sensual. O próprio corpo, fofo e rotundo, de mãos gordas e dedos rechonchudos, lembrava um mandarim inimigo de correr a pé. Quando semicerrava os olhos, comendo com apetite, era irresistível imaginá-lo com túnica de seda e pauzinhos nas mãos. Mas o olhar mudava tudo. Os olhos castanho-escuros febris, inquietos ou fixos de repente, como se a inteligência estivesse trabalhando rapidamente numa questão precisa, eram de um ocidental de grande sensibilidade e cultura.

A velha criada trazia os queijos que Malan cobiçava com o canto do olho.

— Conheci um homem — disse ele — que depois de viver trinta anos com a mulher...

Cormery apurou a atenção. Toda vez que Malan começava com "conheci um homem que... ou um amigo... ou um inglês que viajava comigo...", era certeza que se tratava dele mesmo.

— ... que não gostava de produtos de confeitaria, e a mulher dele também nunca os comia. Pois bem, depois de vinte anos de vida em comum, ele surpreendeu a mulher na confeitaria e, observando-a, se deu conta de que várias vezes por semana ela ia se empanzinar de bombas de café. Pois é, ele achava que ela não gostava de doces, e na realidade ela adorava bombas de café.

— Quer dizer — disse Cormery — que a gente não conhece as pessoas.

— Pode ser. Mas talvez fosse mais correto, me parece, em todo caso acho que eu preferiria dizer, mas pode me acusar de ser incapaz de afirmar qualquer coisa, sim, basta dizer que, se vinte anos de vida em comum não bastam para conhecer uma pessoa, uma investigação necessariamente superficial, quarenta anos depois da morte de um homem, corre o risco de só lhe trazer informações de sentido limitado, sim, poderíamos dizer limitado, a respeito desse homem. Se bem que, em outro sentido...

Ergueu, munida de uma faca, uma mão fatalista, que caiu sobre o queijo de cabra.

— Perdão. Não quer queijo? Não? Sempre sóbrio, hein! Profissão difícil essa de agradar!

Um brilho malicioso passou de novo pelas pálpebras entreabertas. Havia já vinte anos que Cormery conhecia seu velho amigo (acrescentar aqui por que e como) e aceitava de bom humor as suas ironias.

— Não é para agradar. Comer demais me deixa pesado. Eu afundo.

— Sim, deixa de planar acima dos outros.

Cormery observava os belos móveis rústicos que enchiam a sala de jantar baixa, de vigas caiadas.

— Meu caro amigo — disse —, sempre achou que sou orgulhoso. E sou. Mas nem sempre, nem com todos. Com você, por exemplo, sou incapaz de orgulho.

Malan desviou o olhar, o que nele era sinal de emoção.

— Eu sei — disse —, mas por quê?

— Porque gosto de você — disse Cormery calmamente.

Malan puxou para si a saladeira cheia de frutas frescas e não respondeu.

— Porque quando eu era muito jovem — prosseguiu Cormery —, muito tolo e muito só (está lembrado, em Argel?), você me deu atenção e, sem dar na vista, abriu para mim as portas de tudo que amo neste mundo.
— Ah! Você tem talento.
— Pode ser. Mas mesmo os mais talentosos precisam de um iniciador. Aquele que a vida um belo dia põe no seu caminho, esse deve ser para sempre amado e respeitado, mesmo que não seja responsável. É a minha convicção!
— Sim, sim — disse Malan com ar finório.
— Você duvida, eu sei. Mas entenda, não creia que meu afeto por você seja cego. Você tem grandes, enormes defeitos. Pelo menos a meu ver.

Malan lambeu os lábios grossos e de repente pareceu interessado.
— Quais?
— Por exemplo, você é, digamos, parcimonioso. Não por avareza, aliás, mas por pânico, medo da falta etc. Mesmo assim é um grande defeito, que não me agrada em geral. Mas, sobretudo, não consegue deixar de desconfiar de segundas intenções da parte dos outros. Por instinto, não é capaz de acreditar em sentimentos perfeitamente desinteressados.
— Admita — disse Malan, terminando seu vinho —, eu não devia tomar café. No entanto...

Mas Cormery não perdia a calma.[a]

---

[a] Muitas vezes empresto dinheiro, sabendo que não o terei de volta, a pessoas que me são indiferentes. Mas é porque não sei dizer não, e ao mesmo tempo fico exasperado.

— Tenho certeza, por exemplo, de que não acreditaria em mim se eu dissesse que, com um simples pedido seu, eu lhe entregaria imediatamente todos os meus bens.

Malan hesitou e dessa vez olhou para o amigo.

— Oh, eu sei. Você é generoso.

— Não, não sou generoso. Sou avaro do meu tempo, do meu esforço, do meu cansaço, o que muito me contraria. Mas o que eu disse é verdade. Você não acredita em mim, e esse é o seu defeito e a sua verdadeira fraqueza, embora seja um homem superior. Pois está enganado. Basta uma palavra sua e no mesmo instante todos os meus bens serão seus. Você não precisa deles, é apenas um exemplo. Mas não é um exemplo escolhido de modo arbitrário. Realmente, todos os meus bens são seus.

— Obrigado, de verdade — disse Malan, com os olhos semicerrados —, fico muito sensibilizado.

— Bom, eu o estou deixando embaraçado. Você também não gosta que alguém fale muito claramente. Queria lhe dizer apenas que gosto de você com seus defeitos. Amo ou venero poucas pessoas. Em tudo o mais, sinto vergonha da minha indiferença. Mas aqueles que amo, nada, nem eu mesmo, nem sobretudo eles, me fará jamais deixar de amá-los. São coisas que levei muito tempo para aprender; e agora sei. Dito isto, voltemos à nossa conversa: você não aprova que eu tente me informar sobre meu pai.

— Quer dizer, sim, aprovo, apenas temia que se decepcionasse. Um amigo meu que gostava muito de uma jovem e queria se casar com ela cometeu o erro de colher informações a seu respeito.

— Um burguês — disse Cormery.
— Sim — confirmou Malan —, era eu.
Os dois caíram na gargalhada.
— Eu era jovem. Ouvi opiniões tão contraditórias que a minha opinião saiu abalada. Fiquei em dúvida se a amava ou não. Resumindo, casei-me com outra.
— Não posso encontrar um segundo pai.
— Não. Felizmente. Um só basta, a julgar pela minha experiência.
— Muito bem — disse Cormery. — De resto, terei de visitar minha mãe dentro de algumas semanas. É uma oportunidade. E lhe falei disso sobretudo porque ainda há pouco fiquei abalado com a diferença de idade a meu favor. A meu favor, sim.
— Sim, compreendo.
Ele olhou para Malan.
— Pense que ele não envelheceu. Esse sofrimento lhe foi poupado, e ele é longo.
— Com certo número de alegrias.
— Sim. Você ama a vida. É mesmo necessário, você só acredita nela.
Malan se sentou pesadamente numa poltrona forrada de cretone, e de repente uma expressão de indizível melancolia transfigurou seu rosto.
— Tem razão. Eu a amei e amo com avidez. E ao mesmo tempo ela me parece horrível, inacessível também. Eis por que acredito, por ceticismo. Sim, quero acreditar, quero viver, sempre.
Cormery se calou.

— Com sessenta e cinco anos, cada ano é um *sursis*. Eu gostaria de morrer tranquilo, e morrer é apavorante. Eu não fiz nada.

— Existem seres que justificam o mundo, que ajudam a viver por sua simples presença.

— Sim, e eles morrem.

Durante o silêncio que fizeram, o vento soprou um pouco mais forte ao redor da casa.

— Tem razão, Jacques — disse Malan. — Vá buscar notícias. Você não precisa mais de um pai. Criou-se sozinho. Agora, pode amá-lo como sabe amar. Mas... — disse e hesitou... — Venha me ver de novo. Não me resta mais muito tempo. E me perdoe...

— Perdoá-lo? — fez Cormery. — Eu lhe devo tudo.

— Não, não me deve grande coisa. Perdoe-me apenas por não saber às vezes corresponder ao seu afeto...

Malan olhava para o grande lustre à moda antiga que pendia acima da mesa, e sua voz se fez mais surda para dizer o que, momentos depois, sozinho no vento e no subúrbio deserto, Cormery continuava ouvindo em si mesmo, sem trégua:

— Há em mim um vazio pavoroso, uma indiferença que me dói...[a]

---

[a] Jacques / Tentei encontrar por minha própria conta, desde o início, ainda criança, o que era bem e o que era mal — pois ninguém no meu convívio era capaz de me dizer. E agora reconheço que tudo me abandona, que preciso que alguém me mostre o caminho e me dê reprovação e elogio, não em função do poder, mas da autoridade, preciso do meu pai. Eu julgava sabê-lo, estar no controle, eu não [sei?] ainda.

4

As brincadeiras do menino

Uma ondulação leve e curta fazia o navio adernar no calor de julho. Jacques Cormery, deitado seminu em sua cabine, olhava as bordas de cobre da vigia, onde dançavam os reflexos do sol esfarelado no mar. Levantou-se de um salto para desligar o ventilador, que secava o suor nos poros antes mesmo que começasse a escorrer pelo torso, era melhor transpirar, e deixou-se cair no beliche duro e estreito, como ele gostava que fossem as camas. Nesse momento, das profundezas do navio, o ruído surdo das máquinas subiu em vibrações amortecidas, como um enorme exército que se pusesse incessantemente em marcha. Ele também gostava daquele barulho dos grandes paquetes, dia e noite, e da sensação de estar caminhando sobre um vulcão, enquanto ao redor o mar imenso oferecia ao olhar suas extensões infinitas. Mas estava quente demais no convés; depois do almoço, alguns passageiros entorpecidos pela comilança tinham se jogado nas espreguiçadeiras do convés coberto ou se refugiado nas coxias na hora da sesta. Jacques não gostava de fazer a sesta. "*A benidor*", pensava com raiva, e essa era a expressão estranha da avó quando ele era criança em Argel e ela o obrigava a acompanhá-la na sesta. Os três cômodos do pequeno apartamento de um subúrbio de Argel ficavam mergulhados na sombra raiada das venezianas diligentemente fechadas.[a] O calor cozinhava lá fora as ruas secas e poeirentas, e na penumbra dos cômodos um ou dois moscões cheios de energia buscavam incansáveis uma saída, zumbindo como aviões. Estava quente demais para descer à rua ao encontro dos amigos, eles próprios obrigados a ficar em casa. Quente demais para ler *Les Pardaillan*[i] ou *L'Intrépide*.[ii][b] Quando a avó não estava em casa, excepcionalmente, ou batia papo com a vizinha, o menino apertava o nariz contra as venezianas da sala de jantar, que dava para a rua. A calçada estava deserta. Diante das lojas de calçados e dos armarinhos em frente, os toldos de tecido vermelho e amarelo estavam descidos, a entrada da tabacaria estava dissimulada por uma cortina de contas multicoloridas, e na cafeteria de Jean o salão estava deserto, com exceção do gato que, na fronteira do piso coberto de serragem com a calçada empoeirada, dormia como se estivesse morto.

O menino volta-se então para o interior do aposento quase nu, pintado de cal, tendo no centro uma mesa

---

[a] Por volta dos dez anos.
[i] *Les Pardaillan*, título de um romance de Michel Zévaco, inspirado numa família da região de Armagnac. (*N. R.*)
[ii] Publicação periódica em série, histórias de aventura em forma de desenho. (*N. R.*)
[b] Livros grandes de papel-jornal e capa grosseiramente colorida, que tinham o preço impresso em caracteres maiores que os do título e do nome do autor.

quadrada e, ao longo das paredes, um guarda-louça, uma escrivaninha cheia de cicatrizes e manchas de tinta e, no chão, um pequeno somiê coberto por uma colcha, no qual, ao anoitecer, deitava-se o tio semimudo, além de cinco cadeiras.[a] A um canto, sobre uma lareira que de mármore só tinha o tampo, um vasinho de gargalo longo decorado com flores, como esses que se encontram nas feiras. O menino, preso entre os dois desertos da sombra e do sol, começava a girar sem descanso ao redor da mesa, sempre no mesmo passo apressado, repetindo como numa ladainha: "Que chatice! Que chatice!" Ele morria de tédio, mas ao mesmo tempo havia um jogo, uma alegria, uma espécie de gozo naquele tédio, pois ele era tomado pelo furor ao ouvir o *"À benidor"* da avó, que enfim voltava. Mas seus protestos não adiantavam. A avó, que criara nove filhos no interior, tinha lá suas ideias sobre educação. O menino era mandado para o quarto com um só empurrão. Era um dos dois cômodos que davam para o quintal. No outro havia duas camas, a de sua mãe e aquela em que ele dormia com o irmão. A avó tinha direito a um quarto só para si. Mas, em sua cama grande e alta de madeira, muitas vezes acolhia o menino para passar a noite e diariamente para a sesta. Ele tirava as sandálias e se alçava até a cama. Tinha de ocupar a parte do fundo, junto à parede, desde o dia em que se deixara escorregar até o chão enquanto

---

[a] a extrema limpeza.
Um armário, uma penteadeira de madeira com tampo de mármore. Um tapete de cama de ponto amarrado, gasto e sujo, puído nas bordas. E a um canto um grande baú coberto com um velho tapete árabe de borlas.

a avó dormia, para retomar a ronda em torno da mesa, murmurando sua ladainha. Acomodado no fundo, via a avó tirar o vestido e abaixar a camisa de tecido grosso, que no alto tinha uma fita presa em passantes, que ela então desamarrava. Depois a avó subia também na cama, e o menino sentia bem de perto o cheiro de carne idosa enquanto observava as grandes veias azuis e as manchas de velhice que deformavam os pés dela.

— Vamos, *à benidor* — repetia ela, e rapidamente caía no sono, enquanto o menino, de olhos abertos, acompanhava o vaivém das moscas incansáveis.

Sim, ele detestara aquilo durante anos e mesmo mais tarde, homem feito, até cair gravemente doente, não conseguia de jeito nenhum se deitar depois do almoço nas horas mais quentes. Mas, se lhe acontecesse dormir, despertava indisposto e com náuseas. Fazia pouco tempo, desde que sofria de insônia, que conseguia dormir uma meia hora durante o dia e acordar disposto e alerta. *À benidor*...

O vento devia ter se acalmado, esmagado sob o sol. O barco perdera o leve balanço e agora parecia avançar em rota retilínea, com as máquinas funcionando a pleno regime, a hélice cavando reto a espessura das águas, e o barulho dos pistões finalmente tão regular que se confundia com o clamor surdo e ininterrupto do sol no mar. Jacques estava meio adormecido, com um aperto no coração, numa espécie de angústia feliz pela ideia de voltar a ver Argel e a casinha pobre do subúrbio. Era assim toda vez que viajava de Paris para a África, uma exultação surda, o coração se alargando, a satisfação de quem acaba de ter sucesso numa fuga e ri pensando na cara dos guardas. Da mesma forma como, toda vez que voltava pela estrada ou de trem, sentia um aperto no coração ao surgirem as primeiras casas dos arrabaldes, que eram abordadas sem que se visse como, sem fronteiras de árvores nem de águas, como um câncer infeliz, exibindo seus gânglios de miséria e feiura e digerindo aos poucos o corpo estranho para levá-lo até o coração da cidade, onde um cenário magnífico às vezes o fazia esquecer a floresta de cimento e ferro que o aprisionava dia e noite, povoando até a sua insônia. Mas ele tinha fugido, respirava agora sobre o grande dorso do mar, respirava em ondas, debaixo do grande balanço do sol, podia enfim dormir e voltar à infância da qual nunca se havia curado, àquele segredo de luz, de pobreza calorosa que o ajudara a viver e a vencer tudo. O reflexo partido, agora quase imóvel, no cobre da vigia vinha do mesmo sol que, no quarto escuro onde dormia a avó, pesando com toda a sua força na superfície inteira das venezianas, mergulhava na sombra uma só espada finíssima pela única frincha que um nó de madeira despegado deixara no cobre-junta das venezianas. Faltavam as moscas, não eram elas que zuniam, que povoavam e nutriam sua sonolência, no mar não há moscas, e já estavam mortas aquelas de antes, que o menino amava porque eram barulhentas, as únicas vivas naquele mundo anestesiado pelo calor, e todos os homens e animais estavam prostrados, inertes, menos ele, é verdade, que se revirava na cama no exíguo espaço que lhe restava entre a parede e a avó, e ele também queria viver, e lhe parecia que o tempo do sono era roubado à vida e a suas brincadeiras. Os companheiros o esperavam, com certeza, na rua Prévost-Paradol, na qual se alinhavam jardinzinhos que à noite recendiam à umidade das regas e à madressilva que brotava em toda parte, fosse ou não regada. Assim que a avó acordasse, ele escapuliria, desceria pela rua de Lyon ainda deserta debaixo dos fícus e correria até a fonte que ficava na esquina da rua Prévost-Paradol, giraria a toda velocidade a grande manivela de ferro fundido no alto da fonte, com a cabeça inclinada debaixo da torneira para receber o grande jato que lhe encheria as narinas e as orelhas e, pela gola aberta da camisa até a barriga e por baixo da calça curta, escorreria ao longo de suas pernas até as sandálias. Então, sentindo feliz a água espumar entre a planta dos pés e o couro da sola, ele correria até perder o fôlego ao encontro de Pierre[a] e dos outros, sentados na entrada do corredor da única casa assobradada da rua, aguçando o charuto de madeira que serviria para o jogo *cannette vinga*[1] com a raquete de madeira azul.

Quando já estavam todos reunidos, saíam passando a raquete pelas grades enferrujadas dos jardins diante das casas, fazendo uma barulheira que despertava o bairro inteiro e provocava pulos nos gatos adormecidos debaixo das glicínias poeirentas. Atravessavam a rua correndo um atrás do outro, já bem cobertos de suor, mas sempre na

---

[a] Pierre, também filho de uma viúva de guerra que trabalhava no correio, era seu amigo.
[1] Ver à frente a explicação do autor.

mesma direção, rumo ao *campo verde*, não distante da sua escola, a quatro ou cinco ruas dali. Mas havia uma parada obrigatória no chamado jato de água, numa praça bastante ampla, uma enorme fonte redonda de dois níveis, na qual não corria água, mas cujo tanque, havia muito entupido, de vez em quando se enchia até a borda com as intensas chuvas da região. A água estagnada ficava coberta de velhos musgos, cascas de melão e laranja e detritos de todo tipo, até ser aspirada pelo sol ou até que a prefeitura acordasse e decidisse bombeá-la, e um lodo seco, rachado e sujo permanecia ainda muito tempo no fundo, esperando que o sol, persistente em seu esforço, o pulverizasse e o vento ou a vassoura dos lixeiros o jogasse sobre as folhas luzidias dos fícus que cercavam a praça. No verão, de qualquer maneira, o tanque ficava seco e oferecia sua enorme borda de pedra escura, luzidia, escorregadia graças a milhares de mãos e fundilhos de calças, na qual Jacques, Pierre e os outros brincavam de cavalo com alças, girando sobre as nádegas até que uma queda irresistível os atirasse no tanque pouco profundo, que cheirava a urina e sol.

Depois, sempre correndo, no calor e na poeira que cobriam com a mesma camada cinzenta pés e sandálias, voavam para o campo verde. Era uma espécie de terreno baldio atrás de uma tanoaria, onde, entre aros enferrujados e velhos tampos apodrecidos de barris, brotavam touceiras de um capim anêmico entre placas de tufos. Ali, em meio a muitos gritos, traçavam um círculo no tufo. Um deles, de raquete na mão, aboletava-se no meio do círculo, enquanto os outros, um por vez, lançavam o charuto de madeira na direção do círculo. Se o charuto caísse dentro do círculo, o lançador pegava a raquete e passava a defendê-lo. Os mais hábeis[a] agarravam o charuto no ar e o atiravam longe. Nesse caso, tinham o direito de ir até o lugar onde ele caíra e, batendo com a quina da raquete na extremidade do charuto, que de novo se elevava no ar, ganhavam domínio sobre ele e o mandavam mais longe ainda, e assim sucessivamente, até que, errando a tacada ou sendo o charuto apanhado no ar pelos outros, voltavam com rapidez ao ponto de partida para defender de novo o círculo contra o charuto arremessado com rapidez e habilidade pelo adversário. Esse tênis de pobre, com algumas regras mais complicadas, ocupava toda a tarde. Pierre era o mais habilidoso, mais magro que Jacques, mais baixo também, quase franzino, tão louro quanto o outro era moreno, e até nos cílios, entre os quais seu olhar azul e direto se oferecia então sem defesa, meio ferido, assustado; com um ar aparentemente desajeitado, em ação era de uma destreza precisa e constante. Jacques, por sua vez, saía-se bem em defesas impossíveis e perdia reveses prontinhos. Por causa daquelas e das vitórias que despertavam a admiração dos companheiros, achava-se o melhor e estava sempre se gabando. Na realidade, Pierre ganhava dele constantemente sem nunca dizer nada. Mas depois do jogo ele tomava prumo de novo, sem perder um centímetro de altura, e sorria em silêncio ouvindo os outros.[b]

---

[a] o defensor hábil no singular.
[b] Era no campo verde que ocorriam as "*donnades*".

Quando o tempo ou o humor não era favorável, em vez de correrem por ruas e terrenos baldios eles se reuniam inicialmente no corredor da casa de Jacques. De lá, por uma porta nos fundos, passavam a um pequeno pátio rebaixado, cercado pelos muros de três casas. No quarto lado, o muro de um jardim deixava passar os galhos de uma grande laranjeira, cujo perfume, quando florida, elevava-se ao longo das casas miseráveis, vinha do corredor ou descia ao pátio por uma escadinha de pedra. De um dos lados e na metade do outro, uma pequena construção quadrada servia de moradia ao barbeiro espanhol, que tinha loja na rua, e a um casal árabe,[a] cuja mulher em certas noites mandava torrar café no pátio. No terceiro lado, os locatários criavam galinhas em gaiolas altas e deterioradas de alambrado e madeira. No quarto lado, enfim, de ambos os lados da escada, abriam-se em largas bocas escancaradas para o escuro os porões do imóvel: antros sem saída nem luz, cavados na própria terra, sem nenhuma separação, vertendo umidade, aos quais se descia por quatro degraus cobertos de um humo esverdeado e onde os locatários amontoavam de cambulhada os excedentes dos seus bens, vale dizer, quase nada: sacos velhos que lá apodreciam, pedaços de caixotes, velhas bacias enferrujadas e furadas, tudo aquilo, enfim, que pode ser encontrado nos terrenos baldios e que nem para os mais miseráveis tem serventia. Era num desses porões que os meninos se reuniam. Jean e Joseph, os dois filhos do barbeiro espanhol, costumavam

---

[a] Omar é filho desse casal — o pai é varredor municipal.

brincar ali. Diante da porta do casebre onde moravam, aquele era o seu jardim particular. Joseph, gorducho e matreiro, estava sempre rindo e dava tudo que tinha. Jean, pequeno e magro, catava incansavelmente qualquer prego, qualquer parafuso que encontrasse e mostrava-se muitíssimo parcimonioso com suas bolas de gude ou com caroços de damasco, indispensáveis a um dos jogos favoritos dos dois.[a] Impossível imaginar algo mais oposto do que aqueles irmãos inseparáveis. Juntamente com Pierre, Jacques e Max, o último cúmplice, eles se metiam no porão fedorento e úmido. Em estacas enferrujadas, estendiam os sacos rasgados que apodreciam no chão, depois de sacudir as baratinhas cinzentas de carapaça articulada, que eles chamavam de porquinhos-da-índia. E, debaixo daquela tenda ignóbil, sentindo-se finalmente em casa (pois nunca haviam tido um quarto, nem mesmo uma cama que fosse só deles), acendiam pequenas fogueiras que, fechadas naquele ar úmido e confinado, agonizavam em pura fumaça e os expulsavam da toca, até que voltassem para cobri-las com terra úmida cavada no pátio. Era então que compartilhavam, não sem discussão com o pequeno Jean, os grandes caramelos de menta, os amendoins ou os grãos-de-bico secos e salgados, os tremoços e as bengalas doces com cores vivas que os árabes ofereciam nas portas do cinema próximo, numa banca assediada pelas moscas

---

[a] Colocava-se um caroço sobre três outros, formando um tripé. E, a dada distância, tentava-se derrubar essa construção lançando outro caroço. Quem conseguisse, ficava com os quatro caroços. Se errasse o alvo, seu caroço ficava com o dono do montinho.

e constituída por um simples caixote de madeira montado sobre rolamento de bilhas. Em dias de aguaceiro, o piso saturado de água do pátio úmido deixava escorrer o excesso de chuva para dentro dos porões, regularmente inundados, e então, encarapitados em caixotes velhos, eles brincavam de Robinson Crusoé longe do céu puro e dos ventos do mar, triunfais em seu reino de miséria.[a]

Mas os dias mais bonitos* eram os do verão, quando, pretextando isto ou aquilo, eles conseguiam eliminar a sesta com uma bela mentira. Pois assim podiam andar durante muito tempo, pois nunca tinham dinheiro para o bonde, até o jardim botânico, passando pela sucessão de ruas amarelas e cinzentas do subúrbio, atravessando o bairro das estrebarias, as grandes cocheiras das empresas ou de particulares que atendiam com caminhões de tração animal às terras do interior, flanqueando então as grandes portas corrediças por trás das quais se ouviam o pisoteio dos cavalos, seu bufar brusco, que fazia estalar os beiços, o ruído, na madeira da manjedoura, da corrente de ferro que servia de cabresto, enquanto respiravam deliciados o cheiro de bosta, palha e suor que vinha daqueles lugares proibidos com os quais Jacques ainda sonhava antes de cair no sono. Paravam diante de uma estrebaria aberta onde era feita a limpeza dos cavalos, enormes animais patudos que vinham da França e abriam para eles olhos

---

[a] Galoufa. (Nome dado ao serviço de captura e abate de animais de rua — N. R.)
* longos.

de exilados, atordoados pelo calor e pelas moscas. Depois, enxotados pelos carreteiros, corriam para o imenso jardim onde eram cultivadas essências das mais raras. Na ampla aleia que abria até o mar uma grande perspectiva de lagos e flores, eles assumiam ares de visitantes indiferentes e civilizados sob o olhar desconfiado dos guardas. Mas, na primeira aleia transversal, começavam a correr em direção à parte leste do jardim, atravessando fileiras de enormes paletúvios, tão apinhados que à sua sombra era quase noite, em direção às grandes seringueiras,[a] cujos galhos pendentes mal se distinguiam das raízes múltiplas e desciam dos primeiros galhos em direção à terra, e ainda mais adiante, na direção do verdadeiro objetivo da incursão, os grandes coqueiros que ostentavam no alto cachos de pequenos frutos redondos e compactos de cor laranja que eles chamavam de *cocoses*. Nesse caso, era preciso antes de mais nada efetuar o reconhecimento do terreno em todas as direções para se certificar de que não havia guardas nas proximidades. Em seguida, começava a caçada às munições, vale dizer, aos seixos. Quando todos já retornavam de bolsos cheios, cada um atirava por sua vez contra os cachos, que balançavam devagarinho no céu, acima de todas as outras árvores. A cada golpe certeiro, caíam alguns frutos, que pertenciam exclusivamente ao feliz atirador. Os outros tinham de esperar que ele recolhesse seu butim para atirar também. Nessa disputa, Jacques, exímio lançador, se equiparava a Pierre. Mas os dois compartilha-

---

[a] dizer o nome das árvores.

vam sua colheita com os outros, menos bem-sucedidos. O mais desajeitado era Max, que não enxergava bem e usava óculos. Sólido e atarracado, era ainda assim respeitado pelos outros desde o dia em que o tinham visto lutar. Enquanto eles, nas frequentes batalhas de rua de que participavam, costumavam, sobretudo Jacques, incapaz de dominar a raiva e a violência, atirar-se contra o adversário para machucá-lo ao máximo o mais depressa possível, mesmo enfrentando dura reação, Max, com seu nome de sonoridade germânica, no dia em que foi chamado de *boche imundo* pelo filho gordo do açougueiro, apelidado de Pernil, tirara calmamente os óculos, entregando-os a Joseph, pusera-se em posição de guarda, como faziam os boxeadores que eles viam nos jornais, e convidara o outro a vir repetir o insulto. Em seguida, sem parecer se enervar, esquivara-se de cada investida do Pernil, esmurrando-o várias vezes sem ser tocado e tendo afinal a sorte, suprema glória, de deixar-lhe um olho preto. Desde então a popularidade de Max estava garantida no grupinho. Com as mãos e os bolsos grudentos da fruta, eles deixavam o jardim em direção ao mar e, uma vez lá fora, empilhando os *cocoses* sobre os lenços sujos, mastigavam deliciados as bagas fibrosas, enjoativas de tão açucaradas e gordurosas, mas leves e saborosas como a vitória. E tomavam a direção da praia.

Para isto, tinham de atravessar a chamada estrada da carneirada, pois de fato era percorrida com frequência por rebanhos de carneiros que vinham do mercado de Maison-Carrée, a leste de Argel, ou para lá se dirigiam.

Tratava-se na verdade de uma estrada de desvio que separava do mar o arco de círculo formado pela cidade instalada em forma de anfiteatro sobre suas colinas. Entre a estrada e o mar, fábricas, olarias e uma usina de gás eram separadas por extensões de areia recobertas de placas de argila ou poeira de cal, onde eram branqueados restos de madeira e de ferro. Atravessada essa charneca ingrata, desembocava-se na praia das Sablettes. A areia ali era meio escura, e as primeiras ondas nem sempre eram transparentes. À direita, uma casa de banhos oferecia cabines e, nos dias de festa, um salão, grande caixa de madeira montada sobre pilotis, para dançar. Diariamente, durante a temporada, um vendedor de batata frita punha seu forno em funcionamento. O grupinho quase nunca tinha dinheiro sequer para um cartucho. Aquele que, por acaso, tinha a moeda necessária,[a] comprava o seu cartucho, encaminhava-se solene na direção da praia, seguido pelo cortejo respeitoso dos companheiros, e, diante do mar, à sombra de um velho barco desmantelado, com os pés bem plantados na areia, deixava-se cair sentado, segurando o cartucho bem vertical numa das mãos e cobrindo-o com a outra, para não perder um único floco crocante. Era então costume que ele oferecesse uma batata frita a cada um dos companheiros, que saboreavam religiosamente a única guloseima quente e com aroma de óleo forte que ele lhes destinava. Depois ficavam olhando o sortudo,

---

[a] 2 soldos [pequena moeda francesa equivalente à vigésima parte de um franco (ou cinco cêntimos)].

que saboreava solenemente o restante das fritas, uma a uma. No fundo do saco restavam sempre migalhas de fritas. Os outros imploravam ao amigo saciado que fizesse o favor de compartilhá-las. E quase sempre, exceto quando se tratava de Jean, ele desdobrava o papel engordurado, deixava à mostra as migalhas e autorizava que cada um por vez se servisse de uma. Bastava encontrar um "bobo" para decidir quem atacaria primeiro e poderia assim pegar a migalha maior. Terminado o banquete, logo esquecidos o prazer e a frustração, era hora da corrida para a extremidade oeste da praia, debaixo de um sol implacável, até uma construção semidestruída de alvenaria que devia ter servido de alicerce a algum galpão desaparecido, e por trás da qual era possível tirar a roupa. Em questão de segundos eles estavam nus e dentro da água no instante seguinte, nadando com vigor e inabilidade, soltando exclamações,[a] babando e cuspindo, desafiando-se mutuamente a dar mergulhos ou a ver quem ficava mais tempo dentro da água. O mar era calmo, tépido, o sol já agora leve nas cabeças molhadas, e a glória da luz enchia os corpos jovens de uma alegria que os fazia gritar sem parar. Eles reinavam sobre a vida e sobre o mar, e aquilo que o mundo pode oferecer de mais suntuoso era por eles recebido e usado sem comedimento, como senhores seguros de suas riquezas insubstituíveis.

E assim se esqueciam da hora, correndo da praia ao mar, secando na areia a água salgada que os deixava pe-

---

[a] Se você se afogar, sua mãe vai te matar. — Não tem vergonha na cara de mostrar tudo assim? Onde é que está a sua mãe?

gajosos, e depois lavando no mar a areia que os vestia de cinzento. Corriam, e os andorinhões, com seus gritos rápidos, começavam a voar mais baixo por cima das fábricas e da praia. O céu, livre da soalheira do dia, ficava mais puro e depois se esverdeava, a luz se abrandava e, do outro lado do golfo, a curva das casas e da cidade, até então afogada numa espécie de bruma, ficava mais distinta. Ainda era dia, mas a iluminação das ruas já se acendia, prevendo o rápido crepúsculo da África. Pierre em geral era o primeiro a dar o sinal: "Já é tarde", e de imediato era a debandada, a despedida rápida. Jacques, Joseph e Jean corriam para casa sem se preocupar com os outros. Galopavam até perder o fôlego. A mãe de Joseph tinha a mão pesada. Quanto à avó de Jacques... Eles continuavam correndo na noite que caía com celeridade, apavorados com as primeiras lâmpadas a gás, com os bondes iluminados que fugiam diante deles, acelerando a corrida, aterrorizados por verem a noite já instalada, e separavam-se na frente da porta sem sequer se despedir. Nessas noites, Jacques parava na escada escura e malcheirosa, apoiava-se no negrume contra a parede e esperava que o coração agitado se acalmasse. Mas não podia esperar, e o simples fato de sabê-lo o deixava mais ofegante. Com três pernadas, encontrava-se já no patamar, passava diante da porta dos banheiros e abria a sua porta. A luz estava acesa na sala de jantar, no fim do corredor, e, paralisado, ele ouvia o barulho das colheres nos pratos. Entrava. Ao redor da mesa, sob a luz redonda do lampião a querosene, o tio[a]

---

[a] o irmão.

semimudo continuava aspirando ruidosamente a sopa; sua mãe, ainda jovem, com a abundante cabeleira castanha, olhava-o com seu belo olhar meigo.

— Você já sabe... — começava ela.

Mas, empertigada em seu vestido preto, boca enérgica, olhos claros e severos, a avó, que ele via só de costas, atalhava a filha.

— De onde está vindo? — perguntava.

— Pierre me mostrou o dever de matemática.

A avó levantava-se e aproximava-se dele. Cheirava seus cabelos, passava a mão em seus tornozelos ainda cheios de areia.

— Está vindo da praia.

— Então cê é mentiroso — articulava o tio.

Mas a avó passava por trás dele, pegava atrás da porta da sala o chicote grosseiro, conhecido como nervo de boi, que lá ficava pendurado, e açoitava suas pernas e suas nádegas três ou quatro vezes, fazendo-o urrar. Um pouco mais tarde, com a boca e a garganta cheias de lágrimas, diante do prato de sopa servido pelo tio penalizado, ele se retesava todo para impedir que as lágrimas extravasassem. E sua mãe, depois de um rápido olhar para a avó, voltava para ele o rosto que ele tanto amava:

— Tome a sopa — dizia. — Acabou. Acabou.

Era aí que ele começava a chorar.

Jacques Cormery acordou. O sol já não se refletia no cobre da vigia, mas baixara no horizonte e agora iluminava a parede à frente dele. Vestiu-se e subiu ao convés. De madrugada, estaria em Argel.

5

O pai. Sua morte. A guerra. O atentado

Ele a estreitava nos braços, na soleira da porta, ainda ofegante por ter subido a escada de quatro em quatro, num só impulso infalível, sem perder um degrau, como se seu corpo ainda guardasse a memória exata da altura dos degraus. Ao descer do táxi, na rua já bem animada, ainda reluzindo aqui e ali por causa das regas matinais[a] que o calor nascente começava a dissipar em forma de vapor, ele a tinha visto, no mesmo lugar de outrora, na mesma e única varanda do apartamento entre os dois aposentos, acima da marquise do barbeiro — mas já não era o pai de Jean e Joseph, que tinha morrido de tuberculose, é da profissão, dizia sua mulher, estar sempre respirando cabelos —, cujo revestimento de chapa de metal ondulada guardava sempre a mesma provisão de bagas de fícus, pedaços de papel amassados e velhas pontas de cigarro. Lá estava ela, com seus cabelos sempre abundantes, mas embranquecidos havia vários anos, ainda ereta, apesar

---

[a] domingo.

dos setenta e dois anos, aparentando dez anos menos por causa da extrema magreza e do vigor ainda evidente, e assim era com toda a família, tribo de magros com jeito despreocupado e energia infatigável, sobre a qual a velhice parecia que não tinha poder. Aos cinquenta anos, o tio Emile,[1] meio mudo, parecia um rapaz. A avó morrera sem curvar a cabeça. E quanto a sua mãe, para quem ele corria agora, parecia que nada reduziria sua doce tenacidade, pois dezenas de anos de trabalho exaustivo tinham respeitado nela a jovem que Cormery menino admirava com todas as forças.

Quando ele chegou diante da porta, a mãe a abria e se atirava nos seus braços. E então, como todas as vezes que se reencontravam, beijou-o duas ou três vezes, apertando-o com todas as forças, e ele sentia contra seus braços as costelas, os ossos duros e salientes dos ombros meio trêmulos, enquanto respirava o doce aroma de sua pele, que lhe lembrava aquele lugar, debaixo do pomo de adão, entre os dois tendões jugulares, que ele já não ousava beijar nela, mas que adorava respirar e acariciar quando criança e nas raras vezes em que ela o pegava no colo e ele fingia estar dormindo, com o nariz nessa pequena cavidade que para ele tinha o perfume, tão raro em sua vida de criança, da ternura. Ela o beijava e depois, soltando-o, olhava-o e aproximava-o de novo para beijá-lo mais uma vez, como se, dimensionando em si mesma todo o amor que podia

---

[1] Passará a ser Ernest.

sentir por ele ou exprimir, decidisse que ainda faltava alguma medida.

— Meu filho — dizia —, você estava longe.ª

E a seguir, logo depois, virando-se, entrava de novo no apartamento e ia sentar-se na sala de jantar que dava para a rua, parecendo não pensar nele nem, aliás, em nada, e às vezes até olhava para ele com uma expressão estranha, como se agora, ou pelo menos era a impressão que ele tinha, ele estivesse sobrando ali e atrapalhasse o universo estreito, vazio e fechado em que ela se movia solitária. Naquele dia, além do mais, tendo ele se sentado a seu lado, ela parecia tomada por uma espécie de inquietação e de vez em quando olhava para a rua furtivamente, com seu belo olhar sombrio e febril, que em seguida se acalmava, ao voltar para Jacques.

A rua ia ficando mais ruidosa, e mais frequentes as passagens dos pesados bondes vermelhos, em meio a forte barulho de ferragens. Cormery olhava para a mãe, numa bata cinza adornada com gola branca, sentada de perfil diante da janela na desconfortável cadeira [   ][1] em que sempre ficava, com as costas meio arqueadas pela idade, mas sem buscar apoio no espaldar, as mãos juntas em torno de um lencinho que de vez em quando ela embolava com os dedos anquilosados e em seguida abandonava na cavidade do vestido entre as mãos imóveis, a cabeça meio

---

ª transição.
[1] Dois sinais ilegíveis.

virada para a rua. Era a mesma de trinta anos antes, e por trás das rugas ele encontrava o mesmo rosto milagrosamente jovem, as arcadas das sobrancelhas lisas e lustrosas, parecendo fundidas na testa, o narizinho reto, a boca ainda bem desenhada, apesar da contração dos cantos dos lábios em torno da dentadura. O próprio pescoço, que tão cedo se devasta, preservava a forma, apesar dos tendões agora nodosos e o queixo algo relaxado.

— Você foi ao cabeleireiro — disse Jacques.

Ela sorriu com seu ar de menininha apanhada em travessura.

— Sim, sabe como é, você ia chegar.

Sempre fora vaidosa à sua maneira, quase invisível. E, por mais pobremente que estivesse vestida, Jacques não se lembrava de jamais tê-la visto usar algo feio. Ainda agora, os cinzas e pretos de que se vestia eram bem escolhidos. Era um gosto da tribo, sempre miserável, ou pobre, ou às vezes, no caso de certos primos, meio descuidados. Mas todos, sobretudo os homens, faziam questão, como todos os mediterrâneos, das camisas brancas e do vinco da calça, achando natural que esse trabalho incessante de manutenção, considerando-se a escassez do guarda-roupa, fosse acrescido ao trabalho das mulheres, mães ou esposas. Quanto à sua mãe,[a] sempre considerara que não bastava lavar a roupa e cuidar da casa dos outros, e Jacques, até onde se lembrava, sempre a vira passar a única

---

[a] a arcada proeminente e lustrosa na qual brilha o olho preto e febril.

calça do irmão e a sua, até que se foi e se afastou para o universo das mulheres que não lavam nem passam.

— É o italiano, o cabeleireiro — disse a mãe. — Ele trabalha bem.

— Sim — concordou Jacques.

Ele ia dizer "Você está linda", mas se deteve. Era o que sempre havia pensado da mãe, sem nunca ousar dizer-lhe. Não que temesse ser repelido ou duvidasse que o cumprimento lhe daria prazer. Mas seria ultrapassar a barreira invisível por trás da qual ele a vira entrincheirada a vida inteira — meiga, polida, conciliadora, passiva até, e no entanto jamais conquistada por nada nem por ninguém, isolada na sua semissurdez, nas suas dificuldades de linguagem, bela certamente, mas quase inacessível, e, quanto mais se mostrava sorridente, maior era o ímpeto do coração dele para ela — sim, a vida inteira ela mantivera o mesmo ar temeroso e submisso, contudo distante, o mesmo olhar que via, trinta anos antes, sem interferir, sua mãe bater com chicote em Jacques, ela que jamais tocara nos filhos nem realmente os repreendia, ela que, era indubitável, também ficava machucada com aqueles castigos, mas, impedida de interferir pelo cansaço, pela fraqueza de expressão e pelo respeito à mãe, deixava estar, suportava durante dias e anos, suportava as pancadas nos filhos, assim como suportava em si mesma a dura jornada de trabalho a serviço dos outros, os pisos lavados de joelhos, a vida sem homem nem consolo, em meio a sobras gordurosas de comida e à roupa suja dos outros, os longos dias de tristeza somados uns aos outros para fazer uma vida que, de tão privada de esperança, tornava-se também uma vida sem ressentimento de espécie alguma, ignorante, obstinada, resignada, enfim, a todos os sofrimentos, seus e dos outros. Ele nunca a ouvira queixar-se, senão para dizer que estava cansada ou com dor nas costas depois de lavar muita roupa. Nunca a ouvira falar mal de alguém, senão para dizer que uma irmã ou uma tia não fora gentil com ela, ou se mostrara "orgulhosa". Em compensação, raramente a ouvira rir com vontade. Ela ria um pouco mais agora que deixara de trabalhar, desde que os filhos passaram a suprir a suas necessidades. Jacques contemplava o aposento, que tampouco havia mudado. Ela não quisera deixar o apartamento a que se habituara, o bairro onde tudo era fácil para ela, por um outro mais confortável, mas onde tudo se tornaria difícil. Sim, era a mesma sala. Os móveis tinham sido trocados, eram agora decentes e menos miseráveis. Mas continuavam nus, colados à parede.

— Você sempre vasculhando — disse a mãe.

Sim, ele não conseguia se abster de abrir o guarda-louça, que continha sempre o estritamente necessário, apesar de todas as suas repreensões e cuja nudez o fascinava. Abria também as gavetas do aparador que abrigavam os dois ou três medicamentos que bastavam para o uso da casa, misturados a dois ou três velhos jornais, pedaços de barbante, uma caixinha de papelão cheia de botões descasados, uma velha foto de identidade. Ali, até o supérfluo era pobre, pois o supérfluo nunca era usado. E Jacques bem sabia que, instalada numa casa normal com abundância de objetos, como a casa dele, sua mãe só usaria, justamente, o estritamente necessário. Ele sabia que no quarto da mãe, ao lado, mobiliado com um pequeno armário, uma cama estreita, uma penteadeira de madeira e uma cadeira de palha, com a única janela guarnecida de uma cortina de crochê, não encontraria estritamente nenhum objeto, senão, vez por outra, o lencinho embolado que ela largava na madeira nua da penteadeira.

O que o impressionara, justamente, ao descobrir outras casas, fossem as dos colegas de liceu ou, mais tarde, as de um mundo mais rico, fora o número de vasos, taças, estatuetas e quadros que atulhavam os cômodos. Na casa dele, dizia-se "o vaso que está em cima da lareira", o pote, os pratos fundos, e os poucos objetos que se podiam encontrar não tinham nome. Na casa do tio, pelo contrário, todos eram convidados a admirar a faiança de Vosges, comia-se no aparelho de Quimper. Ele crescera numa pobreza nua como a morte, entre nomes comuns; na casa do tio, ele descobria nomes próprios. E ainda hoje, na sala de ladrilhos recém-lavados, sobre os móveis simples e reluzentes, não havia nada, a não ser, sobre o aparador, um cinzeiro árabe de cobre *repoussé*, prevendo sua chegada, e na parede o calendário dos Correios. Nada havia ali para ver e pouco para dizer, e por isso ele nada sabia da mãe, exceto o que conhecia por si mesmo. E do pai.

— Papai?

Ela olhou para ele e ficou atenta.[a]

---

[a] O pai — interrogação — guerra de 14 — Atentado.

— Diga.
— Ele se chamava Henri, e o que mais?
— Não sei.
— Não tinha outros nomes?
— Acho que sim, mas não me lembro.

De repente distraída, ela olhava para a rua, agora castigada com toda a força pelo sol.

— Ele se parecia comigo?
— Sim, era você, cuspido e escarrado. Tinha olhos claros. E a testa como a sua.
— Em que ano ele nasceu?
— Não sei. Eu era quatro anos mais velha que ele.
— E você, em que ano?
— Não sei. Dê uma olhada na caderneta da família.

Jacques foi até o quarto, abriu o armário. Entre as toalhas, na prateleira do alto, estava a caderneta da família, a de pensão e alguns papéis velhos redigidos em espanhol. Ele voltou com os documentos.

— Ele nasceu em 1885 e você em 1882. Você era três anos mais velha que ele.
— Ah! Achava que eram quatro. Faz muito tempo.
— Você me disse que ele perdeu o pai e a mãe muito cedo e que os irmãos o mandaram para o orfanato.
— Sim. A irmã também.
— Os pais tinham uma fazenda?
— Sim. Eram alsacianos.
— De Ouled-Fayet.
— Sim. E nós de Cheraga. Fica bem perto.

— Com que idade ele perdeu os pais?
— Não sei. Oh! Ele era novo. A irmã o abandonou. Não estava certo. Ele não quis mais vê-los.
— Que idade tinha a irmã?
— Não sei.
— E os irmãos? Ele era o mais moço?
— Não. O segundo.
— Mas então os irmãos eram novos demais para cuidar dele.
— Sim. É isto.
— Então não foi culpa deles.
— Foi, ele os culpava. Depois do orfanato, com dezesseis anos, voltou para a fazenda da irmã. Era obrigado a trabalhar demais. Era demais.
— Ele veio para Cheraga.
— Sim. Para nossa casa.
— Foi quando o conheceu?
— Sim.
Ela voltou novamente a cabeça para a rua, e ele se sentiu incapaz de prosseguir naquele caminho. Mas ela mesma tomou outra direção.
— Ele não sabia ler, entende? No orfanato não se aprendia nada.
— Mas você me mostrou cartas que ele mandou da guerra.
— Sim, ele aprendeu com o Sr. Classiault.
— Na casa de Ricome.
— Sim. O Sr. Classiault era o chefe. Ensinou-o a ler e escrever.

— Com que idade?

— Vinte anos, acho eu. Não sei. Faz muito tempo tudo isso. Mas quando nos casamos ele já entendia bastante de vinhos e podia trabalhar em qualquer lugar. Tinha cabeça.

Ela olhava para ele.

— Como você.

— E depois?

— Depois? O teu irmão nasceu. Teu pai trabalhava para Ricome, e Ricome o mandou para sua fazenda em Saint-Lapôtre.

— Saint-Apôtre?

— Sim. E depois veio a guerra. Ele morreu. Me mandaram o fragmento de obus.

O fragmento do obus que abrira a cabeça do seu pai estava numa caixinha de biscoitos atrás das mesmas toalhas do mesmo armário, com as cartas enviadas da frente de batalha e que ele era capaz de recitar de cor, em sua secura e brevidade. "Minha querida Lucie. Estou bem. Amanhã mudamos de acantonamento. Cuide bem das crianças. Beijo. Teu marido."

Sim, no fundo da mesma noite em que ele nascera durante aquela mudança, emigrante, filho de emigrantes, a Europa já afinava seus canhões, que estrondariam todos juntos alguns meses depois, expulsando os Cormery de Saint-Apôtre, ele para seu corpo militar em Argel, ela para o pequeno apartamento da mãe no subúrbio miserável, levando nos braços o filho inchado pelas picadas dos mosquitos do rio Seybouse. "Não se preocupe, mamãe.

Quando Henri voltar, nós vamos embora." E a avó, empertigada, os cabelos brancos puxados para trás, os olhos claros e duros: "Minha filha, vai ser preciso trabalhar."
— Ele estava na divisão dos zuavos.
— Sim. Ele fez a guerra no Marrocos.
Era verdade. Ele tinha esquecido. Em 1905, seu pai tinha vinte anos. Fizera, como se costumava dizer, o serviço ativo contra os marroquinos.[a] Jacques lembrava-se do que lhe dissera o diretor da sua escola ao encontrá-lo anos antes nas ruas de Argel. O Sr. Levesque fora convocado na mesma época que seu pai. Mas permanecera apenas um mês na mesma unidade. Não conhecera Cormery muito bem, segundo dizia, pois ele não falava muito. Resistente ao cansaço, taciturno, mas de convívio fácil e sempre justo. Só uma vez Cormery parecera perder as estribeiras. Era de noite, depois de um dia tórrido, na região do Atlas, onde o destacamento estava acampado, no alto de uma pequena colina protegida por um desfiladeiro rochoso. Cormery e Levesque tinham de render a sentinela no fundo do desfiladeiro. Ninguém respondera aos seus chamados. E junto a uma sebe de figueiras-da-índia eles encontraram o companheiro com a cabeça deitada para trás, estranhamente voltada para a lua. De início, não reconheceram a cabeça, que tinha uma forma estranha. Mas era muito simples. Ele tinha sido degolado, e na boca aquele intumescimento lívido era o seu sexo inteiro. Foi quando

---

[a] 14.

eles viram o corpo de pernas afastadas, a calça de zuavo rasgada e, no meio da fenda, num reflexo agora indireto da lua, aquela poça lodosa.[a] Cem metros adiante, dessa vez atrás de uma enorme rocha, a segunda sentinela estava na mesma posição. Foi dado o alarme, dobraram-se os postos de guarda. Ao alvorecer, quando já haviam voltado ao acampamento, Cormery disse que os outros não eram homens. Levesque, reflexivo, respondeu que, para eles, era assim que os homens deviam agir, que eles estavam em sua própria terra e se valiam de todos os meios. Cormery assumiu seu jeito turrão. "Talvez. Mas estão errados. Um homem não faz isso." Levesque retrucou que, para eles, em determinadas circunstâncias, um homem deve se permitir tudo e [destruir tudo]. Mas Cormery começou a gritar, como um louco furioso: "Não, um homem não se permite esse tipo de coisa! Homem que é homem, caso contrário..." Depois se acalmou. "Eu sou pobre — disse então com voz sufocada —, saio de um orfanato, me vestem este uniforme, me arrastam para a guerra, mas não me permito esse tipo de coisa." "Há franceses que se permitem", havia [dito] Levesque. "Então também não são homens." E de repente gritou: "Raça imunda! Que raça! Todos, todos..." E entrara na sua tenda, pálido como um lençol.

Quando parava para pensar, Jacques se dava conta de que era por meio daquele velho professor, que ele agora perdera de vista, que ficara sabendo mais coisas a respeito

---

[a] que você morra com ou sem, dissera o sargento.

do pai. Mas, à parte algum detalhe, nada além daquilo que o silêncio de sua mãe lhe permitira adivinhar. Um homem duro, amargurado, que trabalhara a vida inteira, matara obedecendo a ordens, aceitara tudo o que não podia ser evitado, mas que, em algum lugar bem lá dentro, não se deixava dobrar. Um homem pobre, enfim. Pois pobreza não se escolhe, mas pode ser conservada. E ele tentava imaginar, com o pouco que sabia pela mãe, o mesmo homem, nove anos depois, casado, pai de dois filhos, tendo conquistado uma situação um pouco melhor e sendo convocado a Argel para a mobilização,[a] a longa viagem noturna com a mulher paciente e os filhos insuportáveis, a separação na estação ferroviária e, três dias depois, no pequeno apartamento de Belcourt, sua chegada repentina no belo uniforme vermelho e azul de calças bufantes do regimento dos zuavos, suando debaixo da lã grossa no calor de julho,* com o chapéu de palha na mão, pois não havia fez nem capacete, depois de escapar clandestinamente do depósito sob as abóbadas das docas, correndo para vir beijar os filhos e a mulher antes do embarque à noite para a França, que ele nunca tinha visto,[b] pelo mar que nunca o havia levado, e os tinha beijado com força, brevemente, e saíra no mesmo passo, e a mulher na varandinha lhe fizera um sinal, ao qual ele respondera em plena corrida, virando-se para agitar o chapéu, antes de voltar a correr na rua cinzenta de poeira e

---

[a] jornais 1814 em Argel. [*Sic.*]
* Agosto.
[b] Nunca tinha visto a França. Quando viu, morreu.

calor e desaparecer na frente do cinema, mais adiante, na luz brilhante da manhã, para nunca mais voltar. O resto só imaginando. Mas não com o que pudesse dizer-lhe a mãe, que sequer podia ter ideia da história e da geografia, que sabia apenas que vivia na terra perto do mar, que a França ficava do outro lado desse mar que ela tampouco havia percorrido jamais, e sendo a França, aliás, um lugar obscuro perdido numa noite indecisa ao qual se chegava por um porto chamado Marselha, que ela imaginava como o porto de Argel, onde resplandecia uma cidade que diziam belíssima e que se chamava Paris, onde, enfim, se encontrava uma região chamada Alsácia, da qual vinham os pais do seu marido que tinham fugido, havia muito tempo, de inimigos chamados alemães, para morar na Argélia, região que agora devia ser retomada aos mesmos inimigos, que sempre haviam sido malvados e cruéis, especialmente com os franceses, e sem o menor motivo. Os franceses eram sempre obrigados a se defender desses homens briguentos e implacáveis. Era lá, junto com a Espanha, que ela não sabia situar, mas de qualquer maneira não ficava longe, de onde seus pais, maoneses, tinham saído havia tanto tempo quanto os pais do seu marido para vir para a Argélia, pois morriam de fome em Maó, que ela sequer sabia ser uma ilha, tampouco sabendo o que era uma ilha, pois jamais tinha visto uma. Dos outros países, às vezes se impressionava com o nome, que nem sempre conseguia pronunciar corretamente. E, de qualquer maneira, nunca tinha ouvido falar da Áustria--Hungria nem da Sérvia, a Rússia, como a Inglaterra, era um nome difícil, ela não sabia o que era um arquiduque e jamais seria capaz de juntar as quatro sílabas de Sarajevo. A guerra estava ali, como uma nuvem horrível, carregada de ameaças obscuras, mas que ninguém podia impedir de invadir o céu, assim como era impossível impedir a chegada dos gafanhotos e das tempestades devastadoras que se abatiam sobre os planaltos argelinos. Os alemães estavam obrigando a França a guerrear, mais uma vez, e todo mundo ia sofrer — não havia causas para aquilo, ela não conhecia a história da França, nem sabia o que era história. Conhecia um pouco a sua, e mal e mal a daqueles que amava, e aqueles que ela amava deviam sofrer como ela. Na noite do mundo que ela não podia imaginar e da história que ela ignorava, uma noite mais escura acabava de descer, ordens misteriosas tinham chegado, trazidas para o interior por um policial suado e exausto, e fora necessário deixar a fazenda, onde já se preparava a vindima — o padre estava na estação de Bône para a partida dos mobilizados: "É preciso rezar", dissera, e ela tinha respondido: "Sim, senhor padre", mas na verdade não o ouvira, pois ele não lhe falara bastante alto, e, por sinal, a ideia de rezar não lhe teria ocorrido, ela jamais seria capaz de incomodar alguém — e seu marido agora tinha partido em seu belo uniforme multicolorido e logo voltaria, todo mundo dizia, os alemães seriam punidos, mas enquanto isso era preciso encontrar trabalho. Felizmente um vizinho tinha dito à avó que estavam precisando de mulheres na fábrica de munições do Arsenal Militar e que davam preferência às mulheres dos mobilizados, especialmente se tivessem família para sustentar, e ela teria a sorte de trabalhar durante dez horas enfileirando tubinhos de papelão de acordo com a grossura e a cor, podia levar dinheiro para a avó, as crianças teriam o que comer até que os alemães fossem punidos e Henri voltasse. Naturalmente, ela não sabia que havia um *front* russo, nem o que era um *front*, nem que a guerra podia chegar aos Bálcãs, ao Oriente Médio, ao planeta, tudo acontecia na França, onde os alemães tinham entrado sem avisar e atacavam crianças. De fato tudo acontecia lá, onde as tropas da África e, entre elas, H. Cormery, transportadas o mais rápido possível, levadas do jeito que estavam para uma região misteriosa de que falavam, o Marne, e nem houvera tempo de encontrar capacetes para eles, o sol não era suficientemente forte para empalidecer as cores como na Argélia, e assim ondas de argelinos árabes e franceses, vestidos de cores vivas e vistosas, usando chapéu de palha, alvos vermelhos e azuis que podiam ser avistados de centenas de metros, subiam aos magotes para o fogo, eram eliminados aos magotes e começavam a adubar um território estreito no qual durante quatro anos homens do mundo inteiro, agachados em tocas de lama, se agarrariam a cada metro debaixo de um céu coalhado de obuses luminosos, de obuses uivantes enquanto tonitruavam as grandes barragens de artilharia a anunciarem inúteis assaltos.[a] Mas por enquanto não havia tocas, apenas tropas da África derretendo debaixo do fogo como

---

[a] desenvolver.

bonecos de cera multicoloridos, e a cada dia nasciam centenas de órfãos em todos os cantos da Argélia, árabes e franceses, meninos e meninas sem pai que teriam de aprender a viver sem lição nem herança. Mais algumas semanas e, numa manhã de domingo, no pequeno patamar interno do único andar, entre a escada e as duas privadas sem luz, buracos pretos abertos à moda turca na alvenaria, o tempo todo desinfetados com creolina e o tempo todo fedorentos, Lucie Cormery e sua mãe estavam sentadas em duas cadeiras baixas, catando lentilhas à luz da claraboia acima da escada, e o bebê numa cestinha de roupa chupava uma cenoura coberta de baba, quando um senhor, sério e bem-vestido, apareceu na escada com uma espécie de envelope. As duas mulheres surpresas puseram de lado os pratos onde catavam as lentilhas colhidas numa panela posta entre elas e já limpavam as mãos quando o senhor, que se detivera no penúltimo degrau, pediu que ficassem onde estavam, perguntou pela senhora Cormery, "aqui está ela, sou sua mãe", dissera a avó, e o senhor disse que era o prefeito, que trazia uma notícia dolorosa, que seu marido tinha morrido no campo de batalha e que a França, pranteando-o tanto quanto ela, se orgulhava dele. Lucie Cormery não o ouviu, mas se levantou e lhe estendeu a mão com todo o respeito, a avó se levantou, com a mão na boca, e repetia "meu deus" em espanhol. O senhor continuou segurando a mão de Lucie, depois até a apertou com as duas mãos, murmurou palavras de consolo e afinal lhe entregou o envelope, virou-se e desceu a escada num passo pesado. "Que foi que

ele disse?", perguntou Lucie. "Henri morreu. Foi morto."
Lucie olhava para o envelope sem abri-lo, nem ela nem a
mãe sabiam ler, revirava-o sem dizer palavra, sem uma lágrima, incapaz de imaginar aquela morte tão distante, no
fundo de uma noite desconhecida. Então pôs o envelope
no bolso do avental, passou pelo bebê sem olhar e foi para o
quarto que compartilhava com os dois filhos, fechou a porta e as venezianas da janela que dava para o pátio e se deitou
na cama, onde ficou muda e sem lágrimas durante longas
horas, apertando no bolso o envelope que não podia ler e
contemplando no escuro a desgraça que não compreendia.[a]

— Mamãe — disse Jacques.

Ela continuava olhando para a rua, com o mesmo ar, e
não o ouvia. Ele tocou seu braço magro e enrugado e ela
se voltou para ele sorrindo.

— Os cartões de papai... você sabe, os do hospital.
— Sim.
— Você os recebeu do prefeito?
— Sim.

Um estilhaço de obus lhe abrira a cabeça e ele fora
transportado num daqueles trens sanitários encharcados
de sangue, palha e curativos, que faziam o percurso entre
o matadouro e os hospitais de evacuação em Saint-Brieuc.
Lá, conseguira rabiscar dois cartões de qualquer jeito, pois
já não enxergava. "Estou ferido. Não é nada. Teu marido."
E morrera depois de alguns dias. A enfermeira escrevera:

---

[a] ela acha que os fragmentos de obus são autônomos.

"Melhor assim. Ele teria ficado cego ou louco. Era muito corajoso." E depois, o fragmento de obus.

Uma patrulha de três paraquedistas armados passava lá embaixo na rua, em fila indiana, olhando em todas as direções. Um deles era negro, alto e flexível, como um animal esplêndido em sua pele sarapintada.

— É por causa dos bandidos — disse ela. — Mas estou feliz que você tenha visitado o túmulo dele. Eu já estou muito velha, e além do mais é longe. É bonita?

— O quê? O túmulo?

— Sim.

— É bonito. Com flores.

— Sim. Os franceses são muito boa gente.

Ela realmente acreditava no que estava dizendo, mas sem pensar mais no marido, a essa altura esquecido, e, com ele, a infelicidade de outros tempos. E mais nada restava, nem nela nem na casa, daquele homem devorado por um fogo universal e do qual só restava uma lembrança impalpável como as cinzas de uma asa de borboleta queimada num incêndio florestal.

— O guisado vai queimar, espere.

[a]Ela se levantou para ir à cozinha, e ele tomou seu lugar, passando a observar também a rua inalterada há tantos anos, com as mesmas lojas de cores desbotadas e descascadas pelo sol. Só o dono da tabacaria em frente tinha trocado por longas tiras multicoloridas de matéria plástica a antiga

---

[a] mudança no apartamento.

cortina de caniços ocos cujo ruído especial Jacques ainda ouvia, quando passava por ela para penetrar no delicioso cheiro de papel impresso e tabaco e comprar *L'Intrépide*, que o arrebatava com histórias de honra e coragem. A rua tinha naquele momento a animação de uma manhã de domingo. Os operários, com suas camisas brancas recém-lavadas e passadas, dirigiam-se conversando para os três ou quatro cafés que tinham cheiro de sombra fresca e anis. Passavam árabes, também pobres, mas vestidos com asseio, e suas mulheres sempre cobertas de véus, mas calçando sapatos Luís XV. Às vezes passavam famílias inteiras de árabes assim endomingadas. Uma delas arrastava três crianças, uma das quais fantasiada de paraquedista. E justamente iam passando de novo os paraquedistas de patrulha, descontraídos e aparentemente indiferentes. Foi no momento em que Lucie Cormery entrou na sala que ecoou a explosão.

Parecia bem próxima, enorme, não parava mais de se prolongar em vibrações. Parecia que não era mais ouvida havia um bom tempo, e a lâmpada da sala de jantar ainda vibrava no fundo da concha de vidro que servia de lustre. Sua mãe tinha recuado para o fundo da sala, pálida, com os olhos pretos tomados por um medo que ela não conseguia controlar, meio cambaleante.

— É aqui. É aqui — dizia.

— Não — disse Jacques, correndo para a janela.

Algumas pessoas corriam, ele não sabia para onde; uma família árabe entrara no armarinho em frente, instando as crianças a voltar para casa, e o dono da loja as recebia, fechava a porta retirando a maçaneta e ficava plantado atrás da vidraça, observando a rua. Nesse momento, a patrulha de paraquedistas voltou, correndo em disparada na outra direção. Automóveis encostavam apressadamente nas calçadas e paravam. Em questão de segundos, a rua estava vazia. Mas Jacques, debruçando-se, conseguia ver uma multidão em movimento mais adiante, entre o cinema Musset e a parada do bonde.

— Vou lá ver — disse.

Na esquina da rua Prévost-Paradol,[a,1] um grupo de homens vociferava.

— Essa raça imunda! — bradava um operário de camiseta olhando para um árabe colado a um portão perto do café. E começou a andar em sua direção.

— Eu não fiz nada — disse o árabe.

— Vocês estão todos mancomunados, bando de veados. — E arremeteu contra ele.

Os outros o seguraram. Jacques disse ao árabe:

— Venha comigo — e entrou com ele no café que agora era gerido por Jean, seu amigo de infância, o filho do barbeiro. Jean se encontrava lá, o mesmo, mas enrugado, baixo e magro, cara matreira e atenta. — Ele não fez nada — disse Jacques. — Deixe-o entrar.

Jean olhou para o árabe enquanto limpava o balcão.

---

[a] — Ele viu antes de visitar a mãe?
— Refazer na terceira parte o atentado de Kessous e nesse caso dar aqui apenas a indicação do atentado.
— Mais adiante.
[1] Todo esse trecho até "de dor" está rodeado por um círculo com um ponto de interrogação.

— Venha — disse, e desapareceram nos fundos.
Quando Jacques saiu, o operário o olhava de cara feia.
— Ele não fez nada — disse Jacques.
— É preciso matá-los todos.
— É o que se diz na hora da raiva. Pense.
O outro deu de ombros.
— Vai lá e me conta depois de ver o que aprontaram.
Sirenes de ambulâncias se aproximavam, rápidas, prementes. Jacques correu até a parada do bonde. A bomba tinha explodido no poste de energia próximo da parada. E havia muitas pessoas esperando o bonde, todas endomingadas. Do pequeno café ali perto vinham muitos gritos, e não era possível distinguir se de raiva e[1] de dor.

Ele se voltou para a mãe. Ela agora estava bem ereta, completamente branca.

— Sente-se — e a conduziu até a cadeira que estava bem junto à mesa. Sentou-se perto dela, segurando-lhe as mãos.

— Duas vezes esta semana — disse ela. — Tenho medo de sair.

— Não é nada — disse Jacques —, isso vai acabar.
— Vai — disse ela.

Olhava para ele com um jeito estranho de indecisão, como que dividida entre a confiança na inteligência do filho e a certeza de que *a vida inteira* é uma desgraça contra a qual nada se pode fazer, e que só cabe suportar.

---

[1] *Sic.*

— Você entende — disse —, já estou velha. Não consigo correr.

O sangue agora voltava-lhe às faces. Ao longe, ouviam-se as sirenes das ambulâncias, prementes, rápidas. Mas ela não as ouvia. Respirava profundamente, acalmou-se um pouco mais e sorriu para o filho com seu belo sorriso valente. Ela crescera, como toda a sua raça, no perigo, e o perigo podia apertar-lhe o coração, ela o suportava como todo o resto. Era ele que não conseguia suportar aquele rosto macilento de agonizante que de repente ela mostrou.

— Venha comigo para a França — disse, mas ela sacudia a cabeça com uma tristeza resoluta.

— Oh, não! Lá faz muito frio. Agora estou velha demais. Quero ficar na nossa casa.

6

A família

— Ah! — disse-lhe a mãe — Estou contente quando você está aqui!ª Mas venha à noite, assim me aborreço menos. Principalmente à noite, no inverno anoitece cedo. Se pelo menos eu soubesse ler. Também não posso tricotar com a luz acesa, sinto dor nos olhos. Então, quando Etienne não está aqui, vou me deitar e espero a hora de comer. E demora, duas horas assim. Se as crianças estivessem aqui comigo, eu falaria com elas. Mas elas chegam e vão embora. Estou muito velha. Vai ver que não cheiro bem. Então é assim, sozinha de tudo...

Ela falava aos jatos, em pequenas frases simples que se seguiam como se ela se esvaziasse de seu pensamento até então silencioso. E então, esgotado o pensamento, calava-se de novo, com a boca fechada, olhos plácidos e tristonhos, olhando através das venezianas fechadas da sala de jantar a luz sufocante que subia da rua, sempre em seu mesmo lugar

---

[a] Ela nunca usa o subjuntivo.

na mesma cadeira desconfortável, e seu filho girava como antigamente ao redor da mesa central.[a]

Ela o olha de novo, enquanto ele gira em torno da mesa.[b]

— Solferino é bonita.

— É, tudo limpo. Mas deve ter mudado desde a última vez que você viu.

— É, muda.

— O médico lhe manda lembranças. Você se lembra dele?

— Não, é coisa muito velha.

— Ninguém se lembra de papai.

— A gente não ficou muito tempo. E também ele não falava muito.

— Mamãe?

Ela o olhava com seu olhar distraído e doce, sem sorrir.

— Eu achava que você e papai nunca tinham vivido juntos em Argel.

— Não, não.

— Você me entendeu?

Ela não tinha entendido, foi o que ele percebeu pelo seu ar meio assustado, como se se desculpasse, e então repetiu a pergunta, articulando bem:

— Vocês nunca moraram juntos em Argel?

— Não — ela respondeu.

— Mas então, quando papai foi ver cortarem o pescoço de Pirette?...

---

[a] Relação com o irmão Henri: as brigas.
[b] O que se comia: guisado de vísceras — guisado de bacalhau, grão-de-bico etc.

Ele batia no pescoço com a lateral da mão para se fazer entender. Mas ela imediatamente respondeu:

— Sim, ele se levantou às três horas para ir à prisão de Barberousse.

— Então vocês estavam em Argel?
— Sim.
— Mas foi quando?
— Não sei. Ele trabalhava com Ricome.
— Antes de irem para Solferino?
— Sim.

Ela dizia sim, mas talvez fosse não, era preciso voltar no tempo através de uma lembrança brumosa, nada era seguro. A memória dos pobres já por si é menos robusta que a dos ricos, tem menos referenciais no espaço, pois raramente eles deixam o lugar onde vivem, e menos referenciais também no tempo de uma vida uniforme e monótona. Claro, existe a memória do coração, e dizem que é a mais segura, mas o coração se desgasta no sofrimento e no trabalho, esquece mais depressa sob o peso da labuta. Tempo perdido só se encontra nos ricos. Para os pobres, ele marca apenas os vagos rastros do caminho da morte. Além do mais, para poder suportar, é melhor não se lembrar muito, seria necessário apegar-se ao dia presente, hora após hora, como fazia sua mãe, um pouco por necessidade, sem dúvida, pois aquela doença da juventude (na verdade, segundo a avó, fora uma febre tifoide. Mas a febre tifoide não deixa sequelas dessa natureza. Um tifo talvez. O que mais? Também nessa questão, escuridão completa), já que a doença da juventude a deixara surda e com dificuldades de fala, e além disso impedida de aprender o que é ensinado até aos mais deserdados, forçando-a à resignação muda, mas também era a única maneira que ela encontrara de enfrentar a vida, e que mais poderia fazer, quem, no seu lugar, teria encontrado outra saída? Ele gostaria que ela lhe descrevesse com paixão um homem morto quarenta anos antes, cuja vida ela havia compartilhado (mas havia mesmo?) durante cinco anos. Mas ela não era capaz, nem sequer era certo que tivesse amado apaixonadamente aquele homem, e de qualquer maneira ele não podia fazer essa pergunta, também ele à sua maneira ficava mudo e inseguro diante dela, e no fundo nem mesmo queria saber o que houvera entre eles, e precisava desistir de receber alguma informação dela. Mesmo aquele detalhe que, criança, tanto o havia impressionado, e que o perseguira a vida inteira, até em sonhos, seu pai levantando-se às três horas para assistir à execução de um criminoso famoso, ele ficara sabendo pela avó. Pirette era trabalhador agrícola numa fazenda do Sahel, bem perto de Argel. Matara a marteladas os patrões e as três crianças da casa. "Para roubar?", perguntara o menino Jacques. "Sim", dissera o tio Etienne. "Não", corrigira a avó, mas sem dar mais explicações. Os cadáveres tinham sido encontrados desfigurados, a casa, ensanguentada até no teto, e debaixo de uma das camas a menor das crianças ainda respirando, mas acabaria morrendo também, embora tivesse encontrado forças para escrever na parede caiada, com o dedo sujo de sangue: "Foi Pirette." Perseguido, o assassino fora encontrado no mato, aturdido. Horrorizada, a opinião pública exigia pena de morte, que não foi regateada, e a execução ocorreu em Argel, em frente à prisão de Barberousse, diante de considerável multidão. O pai de Jacques levantara-se de madrugada e saíra para assistir à punição exemplar de um crime que, segundo a avó, o deixara indignado. Mas nunca se soube o que havia acontecido. Aparentemente, a execução ocorrera sem incidentes. Mas o pai de Jacques retornara lívido, fora se deitar, depois se levantara várias vezes para vomitar e voltara a dormir. Nunca mais quis falar do que havia visto. E, na noite em que ouviu esse relato, o próprio Jacques, deitado na beira da cama para não tocar no irmão com quem dormia, encolhido, reprimia uma náusea de horror, ruminando os detalhes que lhe haviam sido contados e os que imaginava. E a vida inteira essas imagens o haviam perseguido, invadindo suas noites, quando, de longe em longe, mas regularmente, se repetia um mesmo pesadelo, variando nas formas, mas de tema único: vinham buscá-lo, a ele, Jacques, para executá-lo. E, durante muito tempo, ao despertar, ele expulsara o medo e a angústia e reencontrara com alívio a boa realidade em que não havia rigorosamente a menor probabilidade de ele ser executado. Até que, chegando à idade adulta, a história ao seu redor evoluiu de tal maneira que uma execução, pelo contrário, começava a fazer parte dos acontecimentos que podem ser considerados não inverossímeis, e a realidade já não trazia alívio aos sonhos, mas, ao contrário, foi alimentada durante anos muito [precisos] pela mesma angústia que havia abalado seu pai e lhe fora legada como única herança evidente e certa. Mas era um vínculo misterioso que o ligava ao morto desconhecido de Saint-Brieuc (que tampouco havia imaginado, afinal de contas, que pudesse ter uma morte violenta), acima da mãe, que tinha tomado conhecimento dessa história, assistido ao vômito e esquecido aquela manhã exatamente como ignorara que os tempos tinham mudado. Para ela, era sempre o mesmo tempo, do qual a desgraça podia sair a qualquer momento, sem aviso prévio.

Já a avó,[a] pelo contrário, tinha uma ideia mais precisa das coisas. "Você vai acabar no cadafalso", repetia com frequência para Jacques. Por que não? Já não seria nada de excepcional. Ela não sabia disso, mas do jeito como era, nada a espantaria. Ereta em seu longo vestido preto de profetisa, ignorante e obstinada, ela pelo menos nunca conhecera a resignação. E mais que qualquer outra havia dominado a infância de Jacques. Criada pelos pais maoneses, numa pequena fazenda do Sahel, casara-se muito nova com outro maonês, fino e frágil, cujos irmãos estavam estabelecidos na Argélia desde 1848, após a morte trágica do avô paterno, poeta nas horas vagas, que compunha seus versos empoleirado num burrico e caminhando pela ilha entre as muretas de pedra seca que delimitavam as hortas. Foi durante um desses passeios que um marido traído, confundido pela silhueta e pelo chapéu preto de abas largas, julgando punir o amante, fuzilou pelas costas a poesia e um modelo de virtude familiar, que, no entanto, nada deixou para os filhos. O resultado distante desse trágico mal-entendido em que um poeta encontrou a morte foi o estabelecimento, no litoral argelino, de uma prole de

---

[a] Transição.

analfabetos que se reproduziram longe das escolas, atrelados exclusivamente a um trabalho extenuante debaixo de um sol feroz. Mas, a julgar pelas fotos, o marido da avó conservara alguma coisa do avô inspirado, e seu rosto magro, bem desenhado, com um olhar sonhador encimado por grande testa, com toda evidência não o marcava como alguém capaz de opor resistência à jovem, bela e enérgica esposa. Ela lhe deu nove filhos, dois dos quais morreram muito pequenos, enquanto uma outra só pôde ser salva à custa de uma deficiência, e o último nascia surdo e quase mudo. Na fazendinha melancólica, sem deixar de fazer sua parte do duro trabalho comum, ela criava sua ninhada com um pau bem comprido ao lado, quando se sentava à cabeceira da mesa, o que a dispensava de observações inúteis, sendo o culpado imediatamente atingido na cabeça. Ela reinava, exigindo respeito para si e para o marido, que os filhos deviam tratar de senhor, segundo o hábito espanhol. O marido não desfrutaria desse respeito durante muito tempo: morreu prematuramente, maltratado pelo sol e pelo trabalho, e talvez pelo casamento, sem que Jacques jamais viesse a saber de que doença ele morrera. Sozinha, a avó liquidou a fazendola e foi morar em Argel com os filhos menores, tendo os outros começado a trabalhar assim que atingiram a idade de se tornarem aprendizes.

Quando Jacques, crescendo, foi capaz de observá-la, a pobreza e a adversidade não a tinham dobrado. A essa altura ela vivia com três dos filhos apenas. Catherine[1]

---

[1] Antes, a mãe de Jacques Cormery é chamada de "Lucie". A partir de agora, vai se chamar Catherine.

Cormery, que trabalhava fazendo faxina, o mais moço, deficiente, que se tornara um vigoroso tanoeiro, e Joseph, o mais velho, que não se casara e trabalhava na ferrovia. Os três recebiam salários de miséria, que, reunidos, tinham de garantir a subsistência de uma família de cinco pessoas. A avó administrava o dinheiro da casa, por isso a primeira coisa que chamou a atenção de Jacques foi sua dureza, não que ela fosse avarenta, ou pelo menos o era como quem é avarento do ar que respira e que lhe permite viver.

Era ela que comprava as roupas das crianças. A mãe de Jacques voltava para casa tarde da noite e limitava-se a ver e ouvir o que diziam, sobrepujada pela vitalidade da avó e delegando-lhe tudo. E assim Jacques, durante toda a infância, foi obrigado a usar impermeáveis compridos demais, pois a avó os comprava para durarem e contava com a colaboração da natureza para que o tamanho do garoto viesse a se equiparar ao da capa. Mas Jacques crescia devagar e só se decidiu realmente a espichar por volta dos quinze anos, quando a roupa estava gasta antes de estar ajustada. Comprava-se outra, de acordo com os mesmos princípios de economia, e Jacques, cujos trajes eram objeto de zombaria dos colegas, tinha como único recurso afofar os impermeáveis na cintura para tornar original o que era ridículo. De resto, esses breves motivos de vergonha logo eram esquecidos na sala de aula, onde ele voltava a ter vantagem, bem como no pátio de recreio, onde o futebol era seu reino. Mas era um reino proibido. Pois o pátio era cimentado, e nele as solas se gastavam com tanta rapidez que a avó o proibira de jogar futebol no recreio. Ela mesma comprava para os netos sólidos e pesados sapatos de cano alto, esperando que fossem eternos. Em todo caso, para prolongar sua longevidade, mandava pregar às solas enormes pregos cônicos que ofereciam duas vantagens: deviam ser gastos antes que começasse a ser gasta a sola e permitiam conferir as infrações à proibição de jogar futebol. De fato, as corridas pelo piso cimentado os desgastavam rapidamente, conferindo-lhes um polimento cujo caráter recente denunciava o infrator. Toda noite, ao voltar para casa, Jacques tinha de ir à cozinha, onde Cassandra oficiava acima de caldeirões pretos, e, de joelhos dobrados, com as solas para o alto, na posição do cavalo que vai ser ferrado, mostrar as solas. Naturalmente, ele não era capaz de resistir ao chamado dos companheiros e à tentação do seu jogo favorito, e todo o seu empenho não estava voltado para a prática de uma virtude impossível, mas para a maquiagem da culpa. Portanto, ao sair da escola e, mais tarde, do liceu, ele passava muito tempo esfregando as solas na terra molhada. O estratagema dava certo às vezes. Mas chegava o momento em que o desgaste dos pregos se tornava escandaloso, em que a própria sola às vezes era comprometida, ou até, suprema catástrofe, soltava-se da gáspea em consequência de um pontapé de mau jeito no chão ou na grade de proteção das árvores, e Jacques chegava em casa com o sapato circundado por um pedaço de barbante, para não ficar de boca escancarada. Eram as noites do nervo de boi. Como Jacques caísse no choro, o único consolo que sua mãe lhe oferecia era dizer:

"É verdade que é caro. Por que não toma cuidado?" Mas ela mesma nunca tocava nos filhos. No dia seguinte, Jacques saía calçado de alpargatas, e os sapatos eram levados ao sapateiro. Dois ou três dias depois ele os reencontrava enriquecidos com novos pregos e precisava aprender de novo a se equilibrar sobre solas escorregadias e instáveis.

A avó era capaz de ir ainda mais longe, e, mesmo passados tantos anos, Jacques não conseguia se lembrar dessa história sem uma crispação de vergonha e asco.* Seu irmão e ele não recebiam dinheiro para seus gastos, a não ser nas vezes em que concordavam em visitar um tio comerciante ou uma tia bem casada. No caso do tio, era fácil, pois gostavam dele. Mas a tia tinha a arte de prevalecer-se de sua riqueza, e os dois meninos preferiam ficar sem dinheiro e sem os prazeres por ele proporcionados para não se sentirem humilhados. De qualquer maneira, embora o mar, o sol e as brincadeiras de rua fossem prazeres gratuitos, as batatas fritas, os caramelos, os doces árabes e sobretudo, para Jacques, certos jogos de futebol exigiam um pouco de dinheiro, no mínimo alguns soldos. Certa noite, Jacques voltava de uma incumbência, trazendo nos braços estendidos um prato de batatas que mandara gratinar no padeiro do bairro (na casa não havia gás nem fogão, e a comida era preparada numa espiriteira. Nada de forno, portanto, e, quando era necessário gratinar um prato, este era levado, já preparado, ao padeiro do bairro, que, por alguns soldos, o enfornava e vigiava), o prato fumegava à

---

* em que se misturavam vergonha e asco

sua frente através do pano que o protegia da poeira da rua e permitia segurá-lo nas extremidades. Na dobra do seu braço direito, a sacolinha cheia de provisões compradas em quantidades muito pequenas (meia libra de açúcar, meio quarto de manteiga, cinco soldos de queijo ralado etc.) não pesava muito, e Jacques, sentindo o cheiro agradável do gratinado, andava com passos ágeis, evitando a multidão popular que àquela hora ia e vinha nas calçadas do bairro. Nesse momento, escapuliu do seu bolso furado uma moeda de dois francos, que caiu tilintando na calçada. Jacques a apanhou, verificou seu estado, ela estava inteira, e a colocou no outro bolso. "Poderia tê-la perdido", pensou de repente. E a partida do dia seguinte, que ele até então tinha afastado do pensamento, voltou-lhe à mente.

Na verdade, ninguém nunca tinha ensinado ao menino o que era certo ou o que era errado. Certas coisas eram proibidas, e as infrações, duramente castigadas. Outras, não. Só os professores, quando sobrava tempo no currículo, às vezes lhes falavam de moral, mas também nesse caso as proibições eram mais claras que as explicações. A única coisa que Jacques pôde ver e experimentar em matéria de moral era a vida cotidiana de uma família operária, na qual estava claro que ninguém jamais pensara haver outros caminhos, além do trabalho duro, para conseguir o dinheiro necessário à vida. Mas nesse caso era uma lição de coragem, e não de moral. Apesar disso, ele sabia que era errado esconder aqueles dois francos. E não queria fazê-lo. Não o faria; talvez conseguisse, como da outra vez, enfiar-se entre duas tábuas do velho estádio do campo de manobras e assistir à partida sem pagar. Por isso nem ele mesmo entendia por que não devolvera imediatamente a moeda que trazia de troco e por que, logo depois, voltou da privada dizendo que uma moeda de dois francos tinha caído no buraco quando ele tirava a calça. Privada ainda era uma palavra nobre demais para o espaço reduzido que fora aberto na alvenaria do patamar do andar único. Sem ventilação nem luz elétrica e torneira, abrira-se ali, sobre um pilar de altura média, espremido entre a porta e a parede do fundo, um buraco no estilo turco, no qual era preciso despejar baldes de água depois do uso. Mas nada era capaz de impedir que o fedor daquele lugar transbordasse até a escada. A explicação de Jacques era plausível.[a] Ela o eximia de ser mandado de volta à rua para encontrar a moeda perdida, eliminando a possibilidade de qualquer desdobramento. Simplesmente, ele sentia um aperto no coração ao dar a má notícia. Sua avó estava na cozinha picando alho e salsa na velha tábua esverdeada e lanhada pelo uso. Parou o que estava fazendo e olhou para Jacques, que esperava a explosão. "Tem certeza?", perguntou, afinal. "Tenho, senti quando ela caiu." Ela continuava a encará-lo. "Muito bem", disse, "nós vamos ver". E, apavorado, Jacques a viu arregaçar a manga do braço direito, descobrir seu braço branco e nodoso e sair para o patamar. Ele então se precipitou para a sala de jantar, à beira da náusea. Quando ela o chamou, foi encontrá-la diante da pia, com o braço coberto de sabão

---

[a] Não. Por já ter alegado ter perdido dinheiro na rua é que ele é obrigado a encontrar outra explicação.

cinzento e enxaguando-se com muita água. "Não havia nada lá", disse ela. "Você é um mentiroso." Ele balbuciava: "Mas pode ter sido levada." Ela hesitava. "Talvez. Mas se você mentiu, as coisas não vão ser fáceis para você." Não, não eram fáceis, pois naquele exato instante ele entendeu que não tinha sido por avareza que a avó fora remexer na imundície, mas pela terrível necessidade, que fazia com que naquela casa dois francos representassem muito dinheiro. Ele entendia e finalmente via com clareza, na perturbação da vergonha, que tinha roubado os dois francos do trabalho da própria família. Ainda hoje Jacques, olhando a mãe diante da janela, não entendia como não tinha devolvido aqueles dois francos e havia até sentido prazer em assistir à partida do dia seguinte.

A lembrança da avó também estava ligada a vergonhas menos legítimas. Ela fizera questão de que Henri, o irmão mais velho de Jacques, tivesse aulas de violino. Jacques se esquivara por causa do sucesso nas matérias escolares, que, segundo ele, seria impossível manter com um estudo suplementar dessa natureza. E assim o irmão aprendera a extrair alguns sons horríveis de um violino frígido e era capaz de executar com algumas notas erradas as canções da moda. Para se divertir, Jacques, que tinha uma voz bem afinada, aprendera as mesmas canções, sem imaginar as desastrosas consequências dessa ocupação inocente. E aos domingos, quando a avó recebia a visita das filhas casadas,[a] duas das quais eram viúvas de guer-

---

[a] Suas sobrinhas.

ra, ou da irmã que continuava morando numa fazenda do Sahel e gostava mais de falar no patoá de Maó do que em espanhol, depois de servir as grandes tigelas de café puro na mesa coberta de oleado, ela convocava os netos para um concerto improvisado. Consternados, eles traziam as estantes de metal e as partituras de duas páginas das melodias famosas. Não havia como evitar. Jacques, seguindo mal ou bem o ziguezague do violino de Henri, cantava *Ramona*, "Ramona, ouço os sinos repicando. Ramona, cantam pelo nosso amor", ou então "Dança, ó minha Djalmé, esta noite quero te amar", ou ainda, para ficar no Oriente, "Noites da China, noites fagueiras, noite de amor, noite de embriaguez, de ternura...". Outras vezes, uma canção realista era pedida especialmente para a avó. Jacques então interpretava "És tu mesmo, meu homem, tu que tanto amei, tu que me juraste, sabe Deus como, nunca me fazer chorar?". E por sinal essa canção era a única que Jacques conseguia cantar com verdadeiro sentimento, pois a heroína da canção retomava no fim o patético refrão em meio à multidão que assistia à execução do seu difícil amante. Mas a preferência da avó era por uma canção na qual ela provavelmente apreciava a melancolia e a ternura que ninguém seria capaz de encontrar em sua natureza. Era a *Serenata* de Toselli, executada por Henri e Jacques com grande habilidade, embora o sotaque argelino não conviesse propriamente àquele momento sedutor evocado na canção. Na tarde ensolarada, quatro ou cinco mulheres vestidas de preto, tendo todas elas, exceto a tia-avó, dispensado a mantilha preta das espanholas, sentadas em círculo no aposento pobremente mobiliado, de paredes caiadas, aprovavam com suaves gestos da cabeça as efusões sentimentais da música e da letra, até que a avó, que nunca fora capaz de distinguir um dó de um si e, aliás, sequer conhecia os nomes das notas da escala musical, interrompeu aquele momento de encantamento com um seco "Você errou", que fez os dois artistas perderem completamente o rebolado. A música era retomada, "aí", dizia a avó quando o trecho difícil era superado satisfatoriamente para o seu gosto, as cabecinhas voltavam a balançar e no fim os dois virtuoses eram aplaudidos, desmontavam às pressas seu equipamento para ir ao encontro dos amigos na rua. Só Catherine Cormery ficara a um canto, sem dizer palavra. E Jacques ainda se lembrava daquela tarde de domingo, quando, já saindo com as partituras, ao ouvir uma das tias cumprimentar sua mãe pelas qualidades do filho, ela respondeu: "Sim, foi bom. Ele é inteligente", como se as duas coisas tivessem alguma relação. Mas, ao se voltar, ele entendeu qual era a relação. O olhar de sua mãe, trêmulo, doce, febril, repousava nele com tal expressão que o menino recuou, hesitou e fugiu. "Ela me ama, quer dizer que ela me ama", pensava ele na escada, ao mesmo tempo entendendo que a amava perdidamente, que desejara com todas as suas forças ser amado por ela e até então sempre duvidara.

As sessões de cinema reservavam outros prazeres ao menino... A cerimônia ocorria também no domingo à tarde e às vezes na quinta-feira. O cinema do bairro ficava a poucos passos da casa e tinha o nome de um poeta romântico, como a rua onde se encontrava. Antes de entrar, era preciso passar pelos obstáculos formados pelas banquinhas de vendedores árabes, nas quais havia, de cambulhada, amendoim, grão-de-bico torrado e salgado, tremoços, bengalas doces de cores berrantes e "azedinhos" puxa-puxa. Outros vendiam doces chamativos e baratos, entre eles uma espécie de pirâmide retorcida de creme de leite, recoberta de açúcar cor-de-rosa; outros ainda, bolinhos árabes encharcados de óleo e mel. Ao redor das bancas, uma nuvem de moscas e crianças, atraídas pelo mesmo açúcar, zuniam ou gritavam, correndo umas atrás das outras debaixo das imprecações dos vendedores, que temiam pelo equilíbrio das bancas e com os mesmos gestos afastavam moscas e crianças. Alguns comerciantes conseguiam se abrigar debaixo do toldo de vidro do cinema, que se prolongava num dos lados, os outros expunham suas riquezas viscosas sob o sol vigoroso e a poeira levantada pelas brincadeiras das crianças. Jacques acompanhava a avó, que para a ocasião esticando bem os cabelos brancos e fechara o eterno vestido preto com um broche de prata. Ela afastava solene todo aquele povinho barulhento que bloqueava a entrada e se apresentava na única bilheteria para pegar suas "reservas". Na verdade, a única alternativa era entre esses "reservados", que não passavam de péssimas poltronas de madeira cujo assento fazia muito barulho ao ser abaixado, e os bancos para os quais as crianças disparavam na disputa de lugares, quando uma porta lateral era aberta para elas no último momento. De cada lado das fileiras de bancos um lanterninha armado de chicote estava encarregado de manter a ordem no seu setor, e não era raro vê-lo expulsar uma criança ou um adulto agitado demais. O cinema projetava então filmes mudos, começando pelas atualidades, depois um curto filme cômico, a seguir a atração principal e, para concluir, um filme em capítulos, à razão de um breve capítulo por semana. A avó gostava especialmente desses filmes em fatias, em que cada capítulo terminava em suspense. Por exemplo, o herói musculoso, carregando nos braços a mocinha loura e ferida, começava a atravessar uma ponte de cipós por cima de um cânion caudaloso. E a última imagem do capítulo semanal mostrava uma mão tatuada que, armada de um facão primitivo, cortava os cipós do pontão. O herói seguia soberbamente seu caminho, não obstante as advertências berradas pelos espectadores dos "bancos".[a] A questão então não era saber se o casal se safaria daquela, pois semelhante dúvida nem era permitida, mas apenas saber como se safariam, o que explicava que tantos espectadores, árabes e franceses, voltassem na semana seguinte para ver os pombinhos aparados em sua queda fatal por uma árvore providencial. O espetáculo era acompanhado ao piano, do início ao fim, por uma velha senhorita que opunha à zombaria dos "bancos" a serenidade imóvel de suas costas magras em forma de garrafa de água mineral, capsulada por uma gola de rendas. Jacques considerava sinal de grande distinção o fato de a impressionante senhorita usar luvas sem dedos o tempo todo num calor tão tórrido. E por sinal seu papel não era assim tão fácil quanto podia parecer. O comentário musical das atualidades, em especial, a obrigava a mudar de melodia em função do caráter do acontecimento projetado.

---

[a] Riveccio.

E assim ela passava sem transição de uma alegre música de quadrilha, destinada a acompanhar a apresentação das modas de primavera, à marcha fúnebre de Chopin, para uma inundação na China ou o funeral de um personagem importante na vida nacional ou internacional. Qualquer que fosse a peça, em todo caso, a execução era imperturbável, como se dez pequenos mecanismos secos realizassem sobre as velhas teclas amareladas uma manobra desde sempre comandada por engrenagens de precisão. Na sala de paredes nuas, no piso coberto de cascas de amendoim, o cheiro da creolina se misturava a um forte odor humano. E por sinal era ela que interrompia abruptamente a algazarra ensurdecedora ao atacar com plenos pedais o prelúdio destinado a criar o clima da matinê. Um enorme zumbido anunciava que o projetor se punha em funcionamento, e tinha início então o calvário de Jacques.

Os filmes, por serem mudos, continham muitas projeções de textos escritos para explicar a ação. Como a avó não sabia ler, o papel de Jacques era ler para ela. Apesar da idade, a avó não era nem um pouco surda. Mas era preciso se sobrepor ao som do piano e ao ruído da sala, sempre de reações generosas. Além disso, apesar da extrema simplicidade dos textos, a avó não estava familiarizada com muitas palavras neles contidas e não tinha a menor ideia do que significavam outras. Jacques, por sua vez, não querendo incomodar os vizinhos e, principalmente, preocupado em não anunciar à sala inteira que a avó não sabia ler (ela mesma às vezes, cheia de pudor, dizia em voz alta no início da sessão: "Você lê para mim, esqueci os óculos"), Jacques, portanto, não lia os textos em voz tão alta quanto poderia. O resultado era que a avó só entendia metade, exigia que ele repetisse o texto, e que repetisse em voz mais alta. Jacques tentava falar mais alto, os "psiu" faziam-no morrer de vergonha, ele gaguejava, a avó o repreendia, e logo aparecia o texto seguinte, mais obscuro ainda para a pobre velha, que não entendera o anterior. A confusão ia aumentando, até que Jacques recuperasse presença de espírito suficiente para resumir em duas palavras um momento crucial de *A marca do Zorro*, por exemplo, com Douglas Fairbanks pai. "O vilão quer roubar a mocinha", articulava Jacques com firmeza, aproveitando uma pausa do piano ou da sala. Tudo se esclarecia, o filme continuava, e o menino respirava. Em geral, os problemas paravam por aí. Mas certos filmes, do gênero *As duas órfãs*, eram realmente complicados demais, e Jacques, encurralado entre as exigências da avó e os protestos cada vez mais irritados dos vizinhos, acabava emudecendo. Ele ainda guardava na memória uma daquelas sessões em que a avó, fora de si, acabou se retirando, enquanto ele a seguia chorando, transtornado pela ideia de ter posto a perder um dos raros prazeres da infeliz e o pobre dinheiro com que fora preciso pagar por ele.[a]

---

[a] acrescentar sinais de pobreza — desemprego — colônia de férias de verão em Miliana — toque de corneta — posto para fora — Não tem coragem de lhe dizer. Fala: Pois bem, esta noite tomaremos café. De vez em quando isso muda. Ele olha para ela. Muitas vezes leu histórias de pobreza em que a mulher é valente. Ela não sorriu. Foi para a cozinha, valente — Não resignada.

Já sua mãe nunca ia àquelas sessões. Também não sabia ler e, ainda por cima, era meio surda. No fim das contas, seu vocabulário era ainda mais restrito que o da mãe. Ainda hoje não havia divertimentos em sua vida. Em quarenta anos, ela fora ao cinema duas ou três vezes, não tinha entendido nada e, para não ofender as pessoas que a haviam convidado, disse apenas que os vestidos eram bonitos ou que o sujeito de bigode parecia muito mau. Também não podia ouvir rádio. E, quanto aos jornais, às vezes folheava os que eram ilustrados, pedia que os filhos ou as netas lhe explicassem as ilustrações, decidia que a rainha da Inglaterra estava triste e fechava a revista para observar de novo pela mesma janela o movimento da mesma rua que ela havia contemplado durante metade da vida.[a]

---

[a] Trazer o tio Ernest velho, antes — seu retrato na sala onde se encontravam Jacques e a mãe. Ou então fazê-lo aparecer depois.

Étienne

Em certo sentido, ela participava menos da vida que o irmão Ernest,[1] que vivia com eles, era completamente surdo e exprimia-se por onomatopeias e gestos, além da centena de palavras que tinha ao seu alcance. Mas Ernest, que não era possível pôr para trabalhar na juventude, frequentara vagamente uma escola e aprendera a decifrar as letras. Esse de vez em quando ia ao cinema, voltando com relatos espantosos para quem já tivesse visto o filme, pois a riqueza de sua imaginação compensava a ignorância. De resto, como ele era esperto e astuto, uma espécie de inteligência instintiva lhe permitia orientar-se num mundo e entre criaturas que para ele eram obstinadamente silenciosas. Essa mesma inteligência lhe permitia mergulhar todos os dias no jornal, decifrando os principais títulos, o que lhe dava pelo menos uma vaga ideia do que ia pelo mundo.

— Hitler não é nada bom, hein — dizia, por exemplo, a Jacques quando este já era adulto.

---

[1] Chamado ora de Ernest, ora de Étienne, trata-se sempre da mesma personagem: o tio de Jacques.

Não, não era nada bom.

— São os boches, sempre iguais — acrescentava o tio.

Não, não era isso.

— Sim, existem os bons — reconhecia o tio. — Mas Hitler não é bom.

E logo em seguida seu gosto pela brincadeira prevalecia:

— O Lévy (o dono do armarinho em frente) está com medo.

E caía na gargalhada. Jacques tentava explicar. O tio ficava sério de novo.

— Sim. Por que fazer mal aos judeus? Eles são como todo mundo.

Ele sempre gostara de Jacques à sua maneira. Admirava seu bom desempenho na escola. Com sua mão dura, coberta por uma espécie de casco pelo trabalho braçal e pelas ferramentas, esfregava o crânio do menino.

— Cabeça boa esse aí. Dura (e batia na própria cabeça com seu grosso punho fechado), mas boa.

Às vezes acrescentava:

— Como o pai.

Um dia, Jacques aproveitou para perguntar se o pai era inteligente.

— Seu pai, cabeça-dura. Fazia só o que queria, sempre. Sua mãe sim, sim, sempre.

Jacques não conseguira extrair mais nada. De qualquer maneira, Ernest muitas vezes saía com o menino. Sua força e sua vitalidade, que não podiam se expressar na fala nem nas relações complicadas da vida social, explodiam em sua vida física e nas sensações. Já ao despertar, quando o sacudiam, tirando-o do sono hermético do surdo, erguia-se aturdido e rugia "Hã, hã", como o animal pré-histórico que acorda todo dia num mundo desconhecido e hostil. Uma vez desperto, pelo contrário, seu corpo e o seu funcionamento o faziam sentir-se seguro com os pés no chão. Apesar do duro ofício de tanoeiro, gostava de nadar e caçar. Levava Jacques ainda pequeno[a] à praia de Sablettes, punha-o sobre os ombros e partia imediatamente para o mar alto, num nado de peito elementar, mas robusto, dando gritos desarticulados que traduziam de início a surpresa da água fria e, depois, o prazer de ali estar ou a irritação com uma onda hostil. De vez em quando, "Não tá com medo?", perguntava a Jacques. Sim, ele estava com medo, mas não dizia, fascinado com a solidão em que se encontravam, entre o céu e o mar, igualmente vastos, e, quando se virava, a praia lhe parecia uma linha invisível, sentia um medo ácido no ventre e imaginava, com uma ponta de pânico, as profundezas imensas e escuras ali embaixo, nas quais afundaria como uma pedra se fosse largado pelo tio. Então o menino se agarrava um pouco mais ao pescoço musculoso do nadador.

— Tá com medo — dizia logo o outro.

— Não, mas vamos voltar.

Dócil, o tio virava, respirava um pouco e partia de novo com a mesma segurança que demonstrava em terra firme. Na praia, muito pouco ofegante, esfregava Jacques vigorosamente, entre grandes gargalhadas, e depois, virava-se

---

[a] 9 anos

para urinar com estardalhaço, sempre rindo e congratulando-se pelo bom funcionamento de sua bexiga, batendo no próprio ventre com exclamações de "Bom, bom", que nele sempre acompanhavam todas as sensações agradáveis, entre as quais não fazia diferença, fossem de excreção ou de nutrição, insistindo também, com a mesma inocência, no prazer que delas extraía, constantemente desejoso de compartilhar esse prazer com os próximos, o que, à mesa, provocava protestos da avó, que por certo admitia que se falasse dessas coisas e ela mesma falava, mas "não à mesa", como dizia, embora tolerasse o número da melancia, fruta de forte reputação diurética, que Ernest adorava e cuja ingestão sempre começava com risos, piscadelas maliciosas para a avó, diferentes ruídos de aspiração, regurgitação e mastigação de boca aberta e, depois das primeiras mordidas na fatia, toda uma mímica em que a mão indicava várias vezes o trajeto que a bela fruta rosada e branca deveria fazer da boca até o sexo, enquanto o rosto se regozijava espetacularmente com caretas, reviradas de olhos acompanhadas de "Bom, bom. Lava. Bom, bom", que se tornavam irresistíveis e faziam todo mundo cair na risada. A mesma inocência adâmica que o levava a dar importância desproporcional a uma infinidade de males fugazes, de que se queixava, com as sobrancelhas franzidas e o olhar voltado para dentro, como se sondasse a noite misteriosa dos seus órgãos. Dizia ter uma "pontada", de variadíssima localização, ter uma "bola" que passeava por todo o corpo. Mais tarde, quando Jacques frequentava o liceu, convencido de que a ciência é única e a mesma para todos, fazia-lhe perguntas, mostrando a região lombar, dizia: "Aqui está puxando. É ruim?" Não, não era nada. E ele se afastava aliviado, descia a escada num passinho apressado e ia ao encontro dos amigos nos cafés do bairro, com mobiliário de madeira e balcão de zinco, cheiro de anisete e serragem, aonde Jacques tinha às vezes de ir buscá-lo na hora do jantar. E o menino não ficava pouco surpreso ao dar com o surdo-mudo junto ao balcão, cercado de camaradas e discorrendo sem parar em meio a risos gerais que não eram de deboche, pois Ernest era adorado pelos companheiros graças a seu bom humor e sua generosidade.[a, b, c, d] Era o que Jacques percebia quando

---

[a] o dinheiro que guardou e dá a Jacques.
[b] De altura mediana, com pernas um pouco arqueadas, costas ligeiramente curvas sob uma espessa carapaça de músculos, apesar da magreza ele dava impressão de extraordinária força viril. No entanto, seu rosto permanecera e por muito tempo permaneceria o rosto de um adolescente, fino, regular, um pouco [ ][1] com os belos olhos castanhos da irmã, o nariz bem reto, as arcadas das sobrancelhas nuas, o queixo regular e a bela cabeleira cerrada, não, ligeiramente ondulada. Só a beleza física explicava que, apesar da deficiência, tivesse tido algumas aventuras femininas, que não podiam redundar em casamento e eram necessariamente breves, mas às vezes se coloriam com um pouco do que se costuma chamar de amor, como a relação que tivera com uma comerciante casada do bairro, e às vezes nas noites de sábado ele levava Jacques ao concerto da praça Bresson, que dava para o mar, e a banda militar tocava no coreto *Os sinos de Corneville* ou árias de *Lakmé*, enquanto em meio à multidão que circulava à noite ao redor de [ ], Ernest, endomingado, dava um jeito de passar pela mulher do dono da cafeteria vestida de tussor, e os dois trocavam sorrisos de amizade, enquanto o marido às vezes dirigia pequenas frases amistosas a Ernest, que certamente jamais lhe parecera um possível rival.
[c] a lavanderia *la mouna* [palavras circundadas pelo autor, N. E.]
[d] a praia pedaços de madeira esbranquiçados, rolhas, cacos de garrafas corroídos... cortiça, caniços.
[1] Palavra riscada.

o tio o levava à caçada com os amigos, todos tanoeiros ou operários do porto e da ferrovia. Eles acordavam ao alvorecer. Jacques era encarregado de despertar o tio, que dormia na sala de jantar, e que nenhum despertador seria capaz de tirar do sono. Jacques obedecia à campainha, seu irmão se revirava na cama resmungando, e sua mãe, na outra cama, mexia-se levemente sem despertar. Ele se levantava tateando, riscava um fósforo e acendia o pequeno lampião de querosene que ficava sobre a mesa de cabeceira comum às duas camas. (Ah! a mobília desse quarto: duas camas de ferro, uma de solteiro, na qual dormia a mãe, a outra de casal, onde dormiam os meninos, uma mesa de cabeceira entre as duas camas e, diante da mesa de cabeceira, um armário de espelho. O quarto tinha uma janela que dava para o pátio, junto ao pé da cama da mãe. Abaixo dessa janela havia um grande baú de fibra vegetal, coberto com uma capa de malha. Enquanto era pequeno, Jacques precisava se ajoelhar no baú para fechar as venezianas. Por fim, nenhuma cadeira.) Em seguida, ia até a sala de jantar, sacudia o tio, que grunhia, olhava assustado para a luz acima dos seus olhos e finalmente voltava a si. Os dois se vestiam. E Jacques requentava um resto de café no pequeno fogareiro a álcool da cozinha, enquanto o tio preparava os bornais cheios de provisões, um queijo, *sobrassadas*, tomates com sal e pimenta e metade de um pão cortado ao meio no qual fora introduzida uma grande omelete preparada pela avó. Em seguida, o tio verificava uma última vez a espingarda de cano duplo e os cartuchos, em torno dos quais na véspera fora realizada uma grande cerimônia.

Depois do jantar, a mesa tinha sido tirada, e o oleado fora cuidadosamente limpo. O tio se sentara num dos lados da mesa, dispondo à sua frente, com ar grave, sob a luz da grande lamparina de querosene abaixada da suspensão, as peças da espingarda desmontada, que ele lubrificara meticulosamente. Sentado do outro lado, Jacques aguardava sua vez. O cachorro Brilhante também. Pois havia um cão, um mestiço de setter, de bondade ilimitada, incapaz de fazer mal a uma mosca, e prova disso era que, quando pegava uma delas em pleno voo, apressava-se a cuspi-la com cara de nojo e muito bater de língua e sacudir de bochechas. Ernest e seu cão eram inseparáveis, e perfeito o entendimento entre eles. Quem os visse não podia deixar de pensar num casal (e só mesmo quem não conhece nem ama os cães acharia isso ridículo). E o cão devia obediência e afeto ao homem, ao passo que o homem aceitava ter uma única preocupação. Os dois viviam juntos e nunca se separavam, dormiam juntos (o homem no sofá da sala de jantar, o cão num mísero tapete de cama, tão gasto que já mostrava a trama), iam juntos para o trabalho (o cão deitado numa cama de aparas de madeira especialmente preparada para ele debaixo da bancada de trabalho da oficina), entravam juntos nos cafés, onde o cão esperava paciente, entre as pernas do dono, que seus discursos chegassem ao fim. Os dois conversavam por onomatopeias e gostavam dos respectivos cheiros. Não se podia dizer a Ernest que seu cão, raramente lavado, tinha um cheiro muito forte, em especial depois da chuva. "Ele não cheira", dizia, e farejava amorosamente o interior das grandes orelhas frementes do cão. A caçada era uma festa para os dois, uma excursão em grande estilo. E bastava que Ernest pegasse o bornal para que o cão começasse a correr feito louco pela pequena sala de jantar, pondo as cadeiras a dançar com batidas do traseiro e dando sonoras pancadas com o rabo nas quinas do guarda-louça. Ernest achava graça. "Ele entendeu, ele entendeu", depois acalmava o animal, que vinha depositar o focinho na mesa, contemplando os minuciosos preparativos e bocejando discretamente de vez em quando, mas sem se afastar do delicioso espetáculo até que chegasse ao fim.[a, b]

Quando a espingarda estava novamente montada, o tio a entregava a Jacques. Este a recebia com respeito e, usando um pedaço de lã, deixava os canos reluzentes. Enquanto isso, o tio preparava os cartuchos. Dispunha a sua frente tubos de papelão de cores vivas com base de cobre, guardados até então num bornal, do qual também tirava uns frascos de metal em forma de cabaça, contendo a pólvora, o chumbo e pedaços de feltro marrom. Enchia cuidadosamente os tubos de pólvora e bucha. Em seguida, pegava uma maquineta na qual se encaixavam os tubos, com uma pequena manivela que acionava uma cápsula que fazia as pontas dos tubos de papelão rolarem até o nível da bucha. À medida que os cartuchos ficavam prontos, Ernest os entregava um a um a Jacques, que os

---

[a] caçada? pode ser eliminada.
[b] seria preciso que o livro tivesse grande peso em matéria de objetos e de carne.

colocava zelosamente na cartucheira à sua frente. De manhã, o sinal de partida era dado quando Ernest prendia a pesada cartucheira na cintura já avantajada por dois pulôveres sobrepostos. Jacques a afivelava em suas costas. E Brilhante, que desde o despertar ia e vinha em silêncio, treinado a controlar a alegria para não acordar ninguém, mas bafejando sua agitação em todos os objetos ao alcance, erguia-se e apoiava-se no dono, com as patas no peito dele, e, esticando o pescoço e o lombo, tentava lamber vigorosa e generosamente o rosto amado.

Na madrugada já mais clara, quando no ar pairava o perfume ainda recente dos fícus, eles se apressavam na direção da estação de Agha, antecedidos pelo cão a toda velocidade, em desenfreada corrida ziguezagueante que podia acabar em escorregões nas calçadas molhadas pela umidade da noite, para em seguida voltar não menos depressa, com a visível aflição de tê-los perdido, Étienne levando a espingarda invertida em sua bainha de lona grossa, um bornal e uma bolsa de caça, Jacques com as mãos nos bolsos das calças e um grande bornal a tiracolo. Na estação, os companheiros já esperavam com seus cães, que só se afastavam dos donos para rápidas inspeções debaixo do rabo dos congêneres. Lá estavam Daniel e Pierre,[a] os dois irmãos, colegas de oficina de Ernest, Daniel sempre risonho e cheio de otimismo, Pierre mais calado, mais metódico e sempre cheio de opiniões e de sagacidade sobre as pessoas e as coisas. Havia ainda Georges, que tra-

---

[a] atenção, mudar os nomes.

balhava na usina de gás, mas de vez em quando também participava de lutas de boxe para ganhar um extra. E muitas vezes mais uns dois ou três, todos bons rapazes, pelo menos nessa ocasião, felizes por poder escapar durante um dia da oficina, do apartamento apertado e atravancado, às vezes da mulher, totalmente entregues à disponibilidade e à alegre tolerância tão características dos homens quando se encontram para um prazer curto e violento. Eles subiam cheios de entusiasmo num desses vagões com um estribo à entrada de cada compartimento, iam passando os bornais, faziam os cães subir e se instalavam, finalmente felizes de se sentir lado a lado, de compartilhar o mesmo calor. Jacques descobriu nesses domingos que a companhia dos homens é boa e pode alentar o coração. O trem dava a partida, ganhava velocidade com curtas arfadas e, de longe em longe, um breve apito sonolento. Atravessava-se um pedaço do Sahel e, ao surgirem as primeiras plantações, curiosamente, aqueles homens sólidos e ruidosos se calavam e contemplavam o dia nascer sobre as terras lavradas com amor, onde a névoa matinal se arrastava obliquamente sobre as sebes de grandes juncos secos que separavam os campos. De vez em quando, um arvoredo deslizava pelo vidro da janela junto com a casa caiada à qual serviam de proteção e na qual tudo dormia. Um pássaro, saindo assustado da vala à beira do aterro, alçava-se de uma só vez até a altura deles, depois voava na mesma direção que o trem, como se quisesse competir em velocidade, até tomar, bruscamente, a direção perpendicular à marcha do trem, parecendo então se descolar de repente do vidro da janela e ser projetado para a traseira do trem pelo vento da corrida. O horizonte verde ficava rosado, depois se avermelhava de uma só vez, o sol surgia e se elevava visivelmente no céu. Sugava as brumas em toda a extensão dos campos, continuava subindo, e de repente fazia calor no compartimento, os homens tiravam um pulôver, depois outro, mandavam dormir os cães que também se agitavam, trocavam pilhérias, e Ernest já contava à sua maneira histórias de comilança, de doença e também [de] brigas, nas quais sempre levava vantagem. De vez em quando, um dos camaradas fazia a Jacques uma pergunta sobre a escola, depois mudavam de assunto ou então o tomavam como testemunha de uma mímica de Ernest.

— Teu tio é um ás!

A paisagem mudava, ficava mais rochosa, o carvalho substituía a laranjeira, o trenzinho ia ficando com o fôlego cada vez mais curto e soltava grandes jatos de vapor. De repente esfriara, pois a montanha se interpunha entre o sol e os viajantes, e então eles se davam conta de que mal passava de sete horas. Por fim, ele apitava uma última vez, diminuía a velocidade, fazia lentamente uma curva fechada e desembocava numa estaçãozinha solitária no vale, pois só atendia a minas distantes, deserta e silenciosa, cercada de grandes eucaliptos cujas folhas em forma de foice tremulavam ao vento leve da manhã. O desembarque ocorria no mesmo alvoroço: os cães desciam do compartimento pulando os dois degraus íngremes do vagão, os homens passavam de novo de mão em mão bornais e espingardas.

Mas na saída da estação, que dava diretamente para as primeiras encostas, o silêncio da natureza selvagem aos poucos afogava gritos e interjeições, o grupinho começava a escalar a subida em silêncio, enquanto os cães descreviam meandros incansáveis ao redor. Jacques não se deixava ficar atrás dos vigorosos companheiros. Daniel, seu favorito, tomara-lhe o bornal, apesar dos seus protestos, mas, mesmo assim, ele precisava dobrar o passo para se manter à altura do grupo, e o ar cortante da manhã queimava-lhe os pulmões. Passada uma hora, enfim, chegava-se à beira de um imenso planalto coberto de carvalhos-anões e zimbros, com ondulações pouco pronunciadas, sobre o qual um imenso céu fresco e ligeiramente ensolarado estendia seus espaços. Era o terreno de caça. Os cães, parecendo adivinhar, voltavam a se agrupar em torno dos homens. Combinava-se o reencontro para o almoço às duas da tarde junto a um pinhal onde havia uma pequena fonte bem situada à beira do planalto, de onde a vista se estendia pelo vale até a planície distante. Os relógios eram acertados. Os caçadores formaram grupos de dois, assobiavam para seus cães e partiam em direções diferentes. Ernest e Daniel formavam uma equipe. Jacques recebia a bolsa de caça, que ajeitava a tiracolo com toda precaução. De longe, Ernest anunciava aos outros que traria mais coelhos e perdizes que todos eles juntos. Eles riam, acenavam e desapareciam.

    Começava então para Jacques uma espécie de embriaguez cujo encanto nostálgico ele guardava ainda no coração. Os dois homens, afastados dois metros um do outro, mas lado a lado, o cão na frente, ele sempre atrás, e o tio com seu olhar subitamente selvagem e matreiro verificava o tempo todo se ele mantinha a distância, e a caminhada silenciosa, interminável, por entre arbustos de onde às vezes partia com um grito estridente um pássaro menosprezado, a descida pelas pequenas ravinas cheias de odores cujo fundo eles seguiam, a subida de volta em direção ao céu radioso e cada vez mais quente, o aumento do calor que ressecava rapidamente a terra ainda úmida quando haviam partido. Detonações do outro lado da ravina, o seco bater de asas de um bando de perdizes cor de poeira desentocadas pelo cão, a dupla detonação, quase imediatamente repetida, a disparada do cão que logo voltava com os olhos enlouquecidos, o focinho cheio de sangue e penas, que eram retiradas por Ernest e Daniel e que logo depois Jacques recebia com um misto de excitação e horror, a busca das outras vítimas, quando viam que tinham caído, os ganidos de Ernest às vezes confundidos com os de Brilhante, e novamente a marcha em frente, Jacques já agora recurvado sob o sol, apesar do chapeuzinho de palha, enquanto o planalto ao redor começava a vibrar surdamente como uma bigorna debaixo do martelo do sol, e de vez em quando novamente uma ou duas detonações, mas nunca mais que isso, pois só um dos caçadores vira escapulir a lebre ou o coelho irremediavelmente condenado se estivesse na mira de Ernest que, sempre hábil como um macaco, dessa vez corria quase na mesma velocidade de seu cão, gritando como ele, para agarrar o animal morto pelas patas traseiras e mostrá-lo de longe a Daniel e Jacques, que chegavam exultantes e sem fôlego. Jacques abria bem a bolsa de caça para receber o novo troféu e em seguida pôr-se de novo a caminho, vacilante debaixo do sol, seu senhor, e assim durante horas sem fronteira num território sem limites, com a cabeça perdida na luz incessante e nos imensos espaços do céu, Jacques se sentia o garoto mais rico do mundo. Na volta para o encontro do almoço, os caçadores ainda estavam de olho em alguma oportunidade, mas sem o mesmo entusiasmo. Avançando a custo, enxugavam a testa, estavam com fome. E iam chegando um após outro, mostrando de longe as presas, zombando dos que vinham de mãos abanando, dizendo que eram sempre os mesmos, todos contando ao mesmo tempo como tinham apanhado suas presas, cada um com seu detalhe especial para acrescentar. Mas o astro do dia era Ernest, que acabava dono da palavra e descrevia em mímicas, com uma precisão de gestos que Jacques e Daniel sabiam avaliar, a revoada das perdizes, a fuga apressada do coelho fazendo duas curvas e rolando sobre as costas como um jogador de rúgbi tomando posição por trás da linha de meta. Enquanto isso, Pierre, metódico, vertia anisete nos copinhos de metal que pegara de cada um deles e ia encher de água fresca na fonte que escorria por um fio junto aos pinheiros. Estendendo-se panos de prato, instalava-se algo parecido com uma mesa, e cada um tirava as provisões de seu bornal. Mas Ernest, que tinha talento para a cozinha (as pescarias de verão sempre começavam com uma *bouillabaisse* preparada por ele no próprio local e na qual economizava tão pouco nos condimentos que seria capaz de queimar uma língua de tartaruga), preparava uns pauzinhos finos bem aguçados, espetava-os em pedaços da *sobrassada* que tinha levado e numa pequena fogueira a lenha grelhava-os até estalarem, liberando um sumo vermelho que escorria sobre as brasas, onde crepitava e pegava fogo. Entre dois pedaços de pão, ele oferecia *sobrassadas* ardentes e perfumadas, recebidas com muitas exclamações e devoradas com o vinho rosé que tinham posto para refrescar na fonte. Em seguida, eram muitos risos, histórias de trabalho, piadas que Jacques, com a boca e as mãos pegajosas, sujo, esgotado, mal ouvia, pois já estava sendo vencido pelo sono. Mas na verdade todos estavam sendo vencidos pelo sono, e durante algum tempo dormitavam, contemplando vagamente a planície ao longe, coberta pelo vapor do calor, ou então, como Ernest, dormiam de verdade, com um lenço cobrindo o rosto. Mas às quatro horas teriam de descer para pegar o trem que passava às cinco e meia. Agora já estavam no compartimento, derreados pelo cansaço, os cães, esgotados, dormiam debaixo dos bancos ou entre as pernas deles, com um sono pesado permeado de sonhos sanguinários. Nos arredores da planície, o dia começava a declinar, depois vinha o rápido crepúsculo africano, e a noite, sempre angustiante nessas grandes paisagens, começava sem transição. Mais tarde, na estação, com pressa de chegar a casa, comer e ir deitar-se cedo por causa do trabalho no dia seguinte, eles se separavam rapidamente, na sombra, quase sem palavras, mas entre muitas taponas de amizade. Jacques os ouvia afastar-se, escutava suas vozes rudes e calorosas, gostava deles. Depois seguia os passos de Ernest, sempre enérgicos, enquanto ele se arrastava. Perto de casa, na rua escura, o tio virava-se para ele:

— Está contente?

Jacques não respondia. Ernest ria e assobiava para o cão. Mas, poucos passos adiante, o menino introduzia a mãozinha na mão dura e calejada do tio, que a apertava bem forte. E assim voltavam para casa, em silêncio.

[a][b]No entanto, Ernest era capaz de acessos de raiva tão instantâneos e completos quanto seus prazeres. A impossibilidade de argumentar ou de simplesmente discutir com ele tornava esses acessos muito semelhantes a um fenômeno natural. Uma tempestade é algo que podemos ver se formar, e esperamos até desabar. Não há o que fazer. Como muitos surdos, Ernest tinha o olfato aguçadíssimo (exceto quando se tratava do seu cão). Esse privilégio dava-lhe muitas alegrias, quando cheirava a sopa de ervilhas ou pratos que apreciava mais que quaisquer outros, lulas em suas tintas, omelete com linguiça ou aquele guisado de vísceras, feito com o coração e os pulmões do boi, um *bourguignon* dos pobres que era a glória da avó e, dado o custo módico, voltava à mesa com frequência, e também quando ele se borrifava no domingo com água-de-colônia barata ou com a chamada loção [Pompero] (também usada pela mãe de Jacques), cujo perfume doce

---

[a] Tolstói ou Gorki (I) *O pai*. Desse meio saiu Dostoiévski (II) *O filho*, que, tendo voltado às fontes, resulta no escritor da época (III) *A mãe*.
[b] Sr. Germain — O liceu — a religião — a morte da avó — Concluir com a mão de Ernest?

e persistente, com fundo de tangerina, permanecia na sala de jantar e nos cabelos de Ernest, e ele cheirava profundamente o frasco, com ar extasiado... Mas sua sensibilidade nessa questão também lhe causava problemas. Ele tinha intolerância a certos cheiros imperceptíveis a narizes de constituição normal. Por exemplo, adquirira o hábito de farejar o prato antes de começar a refeição e ficava vermelho de raiva quando percebia o que afirmava ser cheiro de ovo. A avó então pegava o prato sob suspeita, cheirava, declarava não estar sentindo nada e o entregava à filha, para mais um depoimento. Catherine Cormery passeava o delicado nariz sobre a porcelana e, sem mesmo aspirar, declarava com voz suave que não, não tinha nenhum cheiro. Os outros pratos também eram cheirados, para ficar bem estabelecido o julgamento definitivo, exceto os das crianças, que comiam em tigelas de ferro. (Por motivos, aliás, misteriosos, talvez o número insuficiente de pratos ou então, como alegou certa vez a avó, para evitar quebras, embora nem ele nem o irmão tivessem mãos rotas. Mas as tradições de família muitas vezes não têm nenhum fundamento mais sólido, e acho muita graça dos etnólogos que tentam encontrar motivos para tantos ritos misteriosos. O verdadeiro mistério, em muitos casos, é não haver absolutamente nenhum motivo.) Depois a avó proferia o veredito: não estava com cheiro. Na verdade, seu julgamento nunca teria sido o contrário, sobretudo se ela é que tivesse lavado a louça na véspera. Jamais cederia em nada, em se tratando da sua honra de dona de casa. Mas era aí que a verdadeira fúria de Ernest explodia, tanto mais que ele não era capaz de encontrar palavras para expressar sua convicção.[a] Era preciso esperar que a tempestade desabasse, quando ele ou rejeitava o jantar, amuado, ou simplesmente beliscava, com cara de nojo, a comida do prato, apesar de este ter sido trocado pela avó, ou então se levantava da mesa e saía porta afora, dizendo que ia ao restaurante, tipo de estabelecimento onde, por sinal, jamais pusera os pés, como ninguém mais da casa, embora a avó, toda vez que alguma insatisfação se manifestava à mesa, não se eximisse de pronunciar a frase fatídica: "Vá ao restaurante." E aos olhos de todos o restaurante surgia como um desses lugares pecaminosos de sedução enganosa, nos quais tudo parece fácil desde que se possa pagar, mas onde as primeiras e culposas delícias ofertadas acabam sendo, mais cedo ou mais tarde, pagas, e caro, pelo estômago. De qualquer maneira, a avó jamais reagia aos acessos de raiva do filho caçula. Por um lado, por saber que não adiantava, por outro, porque sempre tivera um estranho fraco por ele, atribuído por Jacques, a partir do momento em que teve um pouco de leitura, ao fato de Ernest ser deficiente (embora haja tantos exemplos em que, contrariando o conceito geral, os pais acabam se afastando do filho incapacitado), o que ele entendeu melhor muito mais tarde, certo dia em que, surpreendendo o olhar franco da avó, inesperadamente suavizado por uma ternura que ele nunca vira, voltou-se e viu o tio vestindo o paletó do terno de domingo. Parecendo mais magro por

---

[a] microtragédias.

causa do tecido escuro, o rosto fino e jovem, recém-escanhoado, penteado com apuro, usando excepcionalmente colarinho e gravata, com ares de pastor grego endomingado, Ernest lhe pareceu então o que era mesmo, vale dizer, muito bonito. E ele entendeu que a avó amava fisicamente o filho, que era apaixonada como todo mundo pela graça e pela força de Ernest, e que sua excepcional fraqueza diante dele era no fim das contas perfeitamente comum, a todos nós ela amolece em graus diferentes, deliciosamente, aliás, contribuindo para tornar o mundo suportável, é a fraqueza diante da beleza.

Jacques lembrava-se também de outro acesso de raiva do tio Ernest, dessa vez mais grave, pois quase acabou em briga com o tio Joséphin, o que trabalhava na ferrovia. Joséphin não dormia na casa da mãe (e para dizer a verdade, onde haveria de dormir?). Alugava um quarto ali no bairro (quarto, por sinal, aonde não levava ninguém da família e que Jacques, por exemplo, nunca tinha visto) e fazia as refeições na casa da mãe, pagando-lhe uma pequena pensão. Joséphin não podia ser mais diferente do irmão. Cerca de dez anos mais velho, com seu bigode curto e os cabelos à escovinha, era também mais corpulento, mais fechado e, sobretudo, mais calculista. Ernest sistematicamente o acusava de avareza. Na verdade, se expressava de maneira mais simples: "Ele mzabita." Para ele os mzabitas eram os merceeiros do bairro, que de fato vinham da região de Mzab e durante muitos anos viviam sem nada e sem mulheres nos fundos de suas lojas que cheiravam a azeite e canela, para sustentarem a família nas cinco cidades do Mzab, em pleno deserto, onde a tribo de heréticos, espécie de puritanos do islã, perseguidos mortalmente pela ortodoxia, tinham se estabelecido séculos antes num lugar que haviam escolhido por estarem convencidos de que ninguém brigaria por ele, considerando-se que por lá só havia pedras, que era tão distante do mundo semicivilizado do litoral quanto um planeta de crosta acidentada e sem vida pode estar da Terra, e onde se instalaram efetivamente para fundar cinco cidades, em torno de avarentas fontes de água, concebendo aquela estranha ascese de mandar os homens válidos para as cidades do litoral, a fim de comerciar e sustentar aquela criação do espírito e unicamente do espírito, até que pudessem ser substituídos por outros e voltar para desfrutar, em suas cidades fortificadas de terra e lama, do reino finalmente conquistado para sua fé. A vida rarefeita, a rispidez daqueles mzabitas, portanto, só podiam ser julgadas em função de seus objetivos profundos. Mas a população operária do bairro, que ignorava o islã e suas heresias, só via as aparências. E, para Ernest, como para todo mundo, comparar o irmão a um mzabita era o mesmo que compará-lo a Harpagão. Na verdade, Joséphin era bem agarrado a seus vinténs, ao contrário de Ernest, que, segundo a avó, tinha "mão aberta". (É bem verdade que, quando estava furiosa com ele, ela o acusava, pelo contrário, de ter a mesma mão "furada".) Mas além das diferenças de temperamento, havia o fato de que Joséphin ganhava um pouco mais que Étienne e de que sempre é mais fácil ser pródigo na pobreza. São raros aqueles que continuam pródigos depois de conquistar os meios para tanto. São os reis da vida, que devem ser saudados com profunda reverência. Joséphin por certo não nadava em dinheiro, mas, além do salário que ele administrava metodicamente (praticava o chamado método dos envelopes, mas, parcimonioso demais para comprar envelopes de verdade, fabricava-os com papel-jornal ou de embrulho), conseguia uma renda extra mediante pequenos arranjos muito bem planejados. Trabalhando na estrada de ferro, ele tinha direito a um passe quinzenal. Domingo sim, domingo não, portanto, pegava o trem para o que se costuma chamar de interior, ou seja, o *"bled"*, e percorria as fazendas árabes para comprar ovos, galinhas esquálidas e coelhos a preço baixo. As mercadorias eram então revendidas aos vizinhos com razoável lucro. Em todos os aspectos, sua vida era organizada. Ninguém jamais soubera que tivesse mulher. De resto, entre a semana de trabalho e os domingos dedicados ao comércio, certamente lhe faltava o tempo exigido pelo exercício da volúpia. Mas sempre havia declarado que se casaria aos quarenta anos com uma mulher de boa situação. Até lá, ficaria no seu quarto, juntaria dinheiro e continuaria vivendo em parte na casa da mãe. Por estranho que pareça, considerando-se sua falta de encantos, o fato é que ele cumpriu seu plano como previsto e casou-se com uma professora de piano que longe estava de ser feia e que, com seus móveis, proporcionou-lhe a felicidade burguesa, durante alguns anos pelo menos. É bem verdade que no fim das contas Joséphin acabaria ficando com os móveis, e não com a mulher. Mas essa era outra história, e a única coisa não prevista por ele foi a obrigação em que se viu, depois da briga com Étienne, de deixar de fazer as refeições na casa da mãe e de recorrer às delícias dispendiosas do restaurante. Jacques não se lembrava das causas do drama. Brigas obscuras às vezes dividiam a família, e na verdade ninguém seria capaz de desvendar as origens, principalmente porque, sendo fraca a memória de todos, já não se lembravam das causas, limitando-se a cultivar mecanicamente o efeito, aceito e ruminado de uma vez por todas. Quanto àquele dia, ele só se lembrava de Ernest de pé diante da mesa ainda posta, berrando insultos incompreensíveis, exceto o de mzabita, em direção ao irmão, que continuava sentado e comendo. Ernest então deu uma bofetada no irmão, que se levantou e recuou antes de investir contra ele. Mas a avó já se agarrava a Ernest, e a mãe de Jacques, pálida de emoção, puxava Joséphin por trás.

— Deixe-o, deixe-o — dizia ela, e os dois garotos, pálidos, boquiabertos, olhavam sem se mexer, ouvindo a enxurrada de imprecações enfurecidas que corria em sentido único, até que Joséphin dissesse, com mordacidade:

— É mesmo um bicho bruto. Não se pode fazer nada com ele — e desse a volta à mesa, enquanto a avó segurava Ernest, que queria correr atrás do irmão.

E ainda depois de batida a porta, Ernest continuava agitado.

— Me larga, me larga — dizia à mãe —, vou te machucar. Mas ela o agarrara pelos cabelos e o sacudia:

— Você? Você? Vai bater na sua mãe?

E Ernest, deixando-se cair em sua cadeira, chorando:
— Não, não, você não. Você é como Deus para mim!

A mãe de Jacques fora se deitar sem acabar de comer, e no dia seguinte estava com dor de cabeça. A partir desse dia, Joséphin não voltou mais, a não ser algumas vezes, para visitar a mãe, quando tinha certeza de que Ernest não estava lá.

[a]Havia ainda um acesso de raiva, de que Jacques não gostava de se lembrar, pois não queria saber a causa. Em determinada época, certo senhor Antoine, vago conhecido de Ernest, vendedor de peixes no mercado, de origem maltesa, bem-apessoado, magro e alto, que estava sempre com um estranho chapéu-coco escuro e um lenço xadrez enrolado e amarrado no pescoço por dentro da camisa, visitava-os regularmente à noite, antes do jantar. Pensando mais tarde no caso, Jacques deu-se conta de algo que não lhe chamara a atenção de início, que sua mãe se mostrava um pouco mais coquete nos trajes, usava aventais de cor clara e até era possível ver uma sombra de ruge no seu rosto. Era também a época em que as mulheres começaram a cortar os cabelos, que até então usavam longos. E, por sinal, Jacques gostava de observar a mãe ou a avó entregues à cerimônia do penteado. Com uma toalha nos ombros e a boca cheia de grampos, elas penteavam demoradamente os longos cabelos brancos ou castanhos, em seguida os levantavam, puxavam mechas lisas bem compactas até o coque na nuca e o crivavam de grampos retirados da boca

---

[a] O casal Ernest, Catherine depois da morte da avó.

um a um, com os lábios afastados e os dentes cerrados, plantando-os na espessa massa do coque. A nova moda parecia ao mesmo tempo ridícula e pecaminosa para a avó, que, subestimando a força real da moda, garantia sem a menor preocupação lógica que só as mulheres "da vida" concordariam em se ridicularizar daquela maneira. A mãe de Jacques concordava plenamente, no entanto, um ano depois, mais ou menos na época das visitas de Antoine, voltara certa noite com os cabelos cortados, rejuvenescida e jovial, declarando, com falsa alegria, por trás da qual se percebia a preocupação, que quisera fazer-lhes uma surpresa.

E era de fato uma surpresa para a avó, que, medindo-a de alto a baixo e contemplando o irremediável desastre, limitou-se a dizer, na presença do filho, que agora ela estava com jeito de puta. E voltara para a sua cozinha. Catherine Cormery tinha parado de sorrir, e toda a miséria e o desânimo do mundo se refletiram no seu rosto. Dera então com o olhar fixo do filho, tentara sorrir de novo, mas seus lábios tremiam, e ela correra chorando para o quarto, para a cama, que ainda era o único refúgio do seu repouso, da sua solidão e das suas mágoas. Jacques, confuso, aproximara-se. Ela tinha enfiado o rosto no travesseiro, e os cachos curtos que deixavam descoberta a nuca e as costas magras eram sacudidos por soluços.

— Mamãe, mamãe — dissera Jacques, tocando-a timidamente com a mão. — Você está linda assim.

Mas ela não ouvira e, com um gesto da mão, pedira que a deixasse. Ele recuara até a soleira da porta e, encostado no batente, começara também a chorar de impotência e de amor.*

Durante vários dias a avó não dirigiu a palavra à filha. Ao mesmo tempo, Antoine, quando aparecia, era recebido mais friamente. Ernest, sobretudo, ficava de cara fechada. Antoine, apesar de gabola e bom falante, não deixava de perceber. E o que foi que aconteceu? Várias vezes Jacques viu sinais de lágrimas nos belos olhos da mãe. Ernest quase sempre se mantinha calado e dava empurrões até em Brilhante. Numa noite de verão, Jacques notou que ele parecia espreitar alguma coisa na varanda.

— Daniel vem? — perguntou o menino.

O outro deu um grunhido.

E de repente Jacques viu Antoine chegando, depois de vários dias sem aparecer. Ernest saiu correndo e, segundos depois, da escada elevaram-se ruídos surdos. Jacques foi correndo para lá e viu os dois atracados no escuro sem dizer palavra. Ernest, sem sentir os golpes, dava um murro atrás do outro com seus punhos duros como ferro, e no momento seguinte Antoine rolava até o pé da escada, levantava-se com a boca ensanguentada e pegava um lenço para limpar o sangue sem parar de olhar para Ernest, que se afastava como um louco. Ao voltar para dentro, Jacques deu com mãe sentada na sala de jantar, imóvel, rosto sem expressão. Ele também se sentara, sem dizer nada.[a] E depois Ernest voltara, resmungando insultos e olhando

---

* lágrimas do amor impotente.
[a] trazê-lo bem antes — batalha não Lucien.

furioso para a irmã. O jantar transcorrera como sempre, só que sua mãe não comeu; "não estou com fome", dizia simplesmente à mãe, que insistia. Terminada a refeição, ela fora para o quarto. Durante a noite, Jacques, desperto, a ouviu virar-se na cama. A partir do dia seguinte, ela voltou aos seus vestidos pretos ou cinzentos, aos seus sóbrios trajes de pobre. Jacques a achava igualmente bela, mais bela ainda por causa do aumento do distanciamento e da distração, já agora instalada para sempre na pobreza, na solidão e na velhice que estava para chegar.[a]

Por muito tempo Jacques teve raiva do tio, sem saber muito bem do que poderia culpá-lo. Mas ao mesmo tempo sabia que não era possível ter raiva dele e que a pobreza, a deficiência, as carências básicas em que vivia toda a família, embora não desculpassem tudo, em todo caso impedem de condenar alguma coisa nas suas vítimas.

Eles faziam mal uns aos outros sem querer, simplesmente porque cada um era para o outro o representante da carência e da penúria cruéis em que viviam. E, de qualquer maneira, ele não podia duvidar do apego quase animal do tio à avó, em primeiro lugar, e também à mãe de Jacques e a seus filhos. Foi o que sentiu, de sua parte, no dia do acidente na tanoaria.[b] Toda quinta-feira, Jacques

---

[a] pois a velhice ia chegar — nessa época Jacques achava que a mãe estava velha, e ela mal tinha a idade dele próprio agora, mas a juventude é antes de mais nada uma reunião de possibilidades, e ele, com quem a vida fora generosa... [trecho riscado, *N. E.*]
[b] pôr tanoaria antes acessos de raiva e talvez mesmo no início retrato Ernest.

ia à tanoaria. Se tivesse deveres de casa, terminava-os depressa e corria para a oficina, com a mesma alegria que sentia em outros momentos ao se juntar aos companheiros de rua. A oficina ficava perto do campo de manobras. Era uma espécie de pátio atulhado de lixo, velhos aros de ferro, escória e restos de fogueiras. Num dos lados fora erguida uma espécie de telheiro de tijolos sustentado a distâncias regulares por pilares de pedra de alvenaria. Os cinco ou seis operários trabalhavam debaixo desse teto. Em princípio, cada um tinha seu posto de trabalho, vale dizer, uma bancada encostada na parede, diante da qual havia um espaço vazio onde se podiam montar os barris e as barricas bordelesas, e, separando-os do posto seguinte, uma espécie de banco sem encosto, no qual era aberta uma fenda suficientemente larga para receber o fundo dos barris e apará-lo à mão com um instrumento muito semelhante a um cutelo,[a] mas cujo lado afiado ficava voltado para o homem que segurava os dois cabos. Essa organização, na verdade, não era perceptível a um primeiro olhar. Com certeza a repartição fora feita assim no início, mas aos poucos os bancos se haviam deslocado, os aros se amontoaram entre as bancadas, as caixas de rebites iam daqui para ali, e seria necessária uma longa observação ou, o que dava no mesmo, visitas muito frequentes para notar que os movimentos de cada operário se desenrolavam sempre na mesma área. Antes de chegar à oficina com a merenda do tio, Jacques reconhecia o barulho das

---

[a] verificar o nome da ferramenta

marteladas sobre os formões que serviam para embutir os aros de ferro ao redor dos barris, cujas aduelas acabavam de ser juntadas, e os operários batiam numa extremidade do formão enquanto passavam rapidamente a outra ao redor do aro — ou então ele adivinhava, pelo barulho mais forte, mais espaçado, que estavam rebitando os aros introduzidos no torninho da bancada. Ao entrar na oficina, em meio ao estrépito dos martelos, ele era recebido com uma saudação alegre, e a dança dos martelos era retomada. Ernest, usando uma velha calça azul remendada, alpargatas cobertas de serragem, uma camisa de flanela cinzenta sem mangas e um velho fez desbotado que protegia seus belos cabelos das aparas e da poeira, beijava-o e convidava-o a ajudá-lo. Às vezes Jacques segurava o aro montado na bigorna, enquanto o tio batia com toda força para esmagar os rebites. O aro vibrava nas mãos de Jacques, e cada martelada lhe marcava as palmas, ou então, enquanto Ernest montava a cavalo numa das extremidades do banco, Jacques se sentava da mesma maneira na outra, apertando o fundo do barril que os separava, enquanto Ernest o aparava. Mas o que ele preferia era levar as aduelas até o meio do pátio para que Ernest as montasse grosseiramente, prendendo-as com um aro passado pelo meio. No meio do barril aberto dos dois lados, Ernest juntava aparas, sendo Jacques incumbido de lhes atear fogo. O fogo fazia o ferro dilatar-se mais que a madeira, e Ernest aproveitava para encravar o aro ainda mais com farto uso do formão e do martelo, em meio à fumaça que os fazia lacrimejar. Quando o aro estava bem embutido, Jacques trazia os grandes baldes de madeira que enchera de água na bomba do fundo do pátio, eles se afastavam, e Ernest jogava água com força contra o barril, assim resfriando o aro, que encolhia e mordia ainda mais a madeira amolecida pela água, em meio a enorme liberação de vapor.[a]

Os trabalhos eram deixados como estavam no intervalo para comer, os operários se reuniam em torno de uma fogueira alimentada com aparas e pedaços de madeira no inverno, ou à sombra do telheiro no verão. Havia Abder, o braçal árabe que usava uma calça árabe de fundilhos que pendiam em dobras e pernas que só chegavam à metade da panturrilha, uma velha jaqueta sobre um suéter esfarrapado e um fez na cabeça, e que chamava Jacques de "meu colega" com um sotaque engraçado, pois fazia o mesmo trabalho que ele quando ajudava Ernest. O dono, Sr. [ ],[1] que na realidade era um velho operário tanoeiro que executava com seus ajudantes encomendas para uma tanoaria mais importante e anônima. Um operário italiano sempre triste e resfriado. E, sobretudo, o alegre Daniel, sempre chamando Jacques para o seu lado, para brincar com ele ou afagá-lo. Jacques escapulia, perambulava pela oficina, com o avental preto coberto de serragem, os pés nus em sandálias ordinárias, quando fazia calor, cobertas de terra e aparas, respirava deliciado o cheiro da serragem, o cheiro mais fresco das aparas, voltava à fogueira para saborear a fumaça deliciosa que escapava ou então expe-

---

[a] acabar o barril
[1] Nome ilegível.

rimentava com cuidado, num pedaço de madeira preso ao torninho, a ferramenta de aparar os fundos e então se alegrava com a destreza de suas mãos, que todos os operários elogiavam.

Foi numa dessas pausas que ele se empoleirou estupidamente no banco com solas molhadas. De repente, escorregou para a frente enquanto o banco pendia para trás, e caiu com todo o peso sobre o banco, enquanto sua mão direita era espremida por ele. Imediatamente ele sentiu uma dor surda na mão, mas se levantou rindo, de um salto, ante os operários que haviam acorrido. Mas, antes mesmo que acabasse de rir, Ernest atirou-se sobre ele, tomou-o nos braços e saiu correndo da oficina, numa disparada de perder o fôlego, balbuciando:

— No médico, no médico.

Foi quando ele viu o dedo médio da mão direita completamente esmagado na extremidade, como uma massa suja e disforme da qual escorria sangue. De repente o coração lhe faltou, e ele desmaiou. Cinco minutos depois, estavam na casa do médico árabe que morava em frente à casa deles.

— Não é nada, doutor, não é nada, hein?! — queria saber Ernest, branco como um lençol.

— Espere-me ali ao lado — disse o médico —, ele vai ser corajoso.

E tivera mesmo de ser, como evidenciava ainda hoje o estranho dedo médio remendado de Jacques. Mas, dados os pontos e concluído o curativo, o médico concedeu-lhe um licor como certificado de coragem. Ainda assim, Ernest fez questão de carregá-lo para atravessar a rua e, na escada de casa, começou a beijar o menino, gemendo e apertando-o contra si a ponto de machucá-lo.

— Mamãe, estão batendo na porta — disse Jacques.
— É Ernest — respondeu a mãe. — Vá abrir para ele. Agora eu sempre fecho por causa dos bandidos.

Na soleira da porta, vendo Jacques, Ernest soltou uma exclamação de surpresa, algo parecido com o "*how*" inglês, e o abraçou, endireitando o corpo. Apesar dos cabelos completamente brancos, ele preservara um rosto de surpreendente juventude, ainda regular e harmonioso. Mas as pernas tortas estavam mais envergadas, as costas, completamente arqueadas, e Ernest caminhava afastando os braços e as pernas.

— Tudo bem? — perguntou Jacques.

Não, ele tinha pontadas, reumatismo, muito ruim; e Jacques? Sim, estava tudo bem, como ele era forte, ela (e apontava para Catherine) estava contente por voltar a vê-lo. Desde a morte da avó e a partida dos filhos, o irmão e a irmã viviam juntos e não conseguiam prescindir da companhia um do outro. Ele precisava que cuidassem dele, e desse ponto de vista ela era sua mulher, fazendo comida, lavando roupa, eventualmente tratando dele. O que ela precisava não era de dinheiro, pois os filhos atendiam às suas necessidades, mas da companhia de um homem, e à sua maneira ele vinha tomando conta dela todos aqueles anos em que tinham vivido, sim, como marido e mulher, não pela carne, mas pelo sangue, ajudando-se mutuamente a viver, já que suas deficiências tornavam tão difícil a vida dos dois, dando prosseguimento a uma conversa muda esclarecida de vez em quando por pedaços de frases, porém mais unidos e informados um sobre o outro do que muitos casais normais.

— Sim, sim — dizia Ernest. — Jacques, Jacques, ela diz sempre.

— Pois muito bem — dizia Jacques.

Muito bem, com efeito, lá estava ele junto aos dois como antigamente, sem nada poder dizer-lhes e sem jamais deixar de adorá-los, pelo menos a eles, e amando-os ainda mais por lhe permitirem amar, sabendo que malograra tanto em amar tantas criaturas que o mereciam.

— E Daniel?

— Vai bem, velho como eu; Pierrot irmão na prisão.

— Por quê?

— Diz o sindicato. Eu acho que ele está com os árabes.

E de repente inquieto:

— Diz, os bandidos, certo?

— Não — respondeu Jacques —, os outros árabes sim, os bandidos não.

— Bom, eu disse a sua mãe os patrões duros demais. Era uma loucura, mas os bandidos, tá doido.

— Pois é — concordou Jacques. — Mas temos de fazer alguma coisa por Pierrot.

— Bom, eu vai dizer ao Daniel.

— E Donat? (Era o empregado do gás, boxeador.)

— Morreu. Câncer. Todo mundo velho.

Sim, Donat morrera. E a tia Marguerite, irmã da sua mãe, estava morta; à casa dela a avó o arrastava nas tardes de domingo, onde ele morria de tédio, exceto quando o tio Michel, que era carroceiro e também se entediava com as conversas da sala de jantar escura, em torno de tigelas de café sobre a toalha de oleado, o levava ao seu estábulo ali perto, e lá, numa semipenumbra, enquanto o sol da tarde esquentava as ruas lá fora, ele sentia primeiro o cheiro bom de pelos, palha e excrementos, ouvia as correntes do cabresto raspando na manjedoura de madeira, os cavalos voltavam para eles os olhos de cílios longos, e o tio Michel, alto, seco, com seus longos bigodes e também cheirando a palha, colocava-o sobre um dos cavalos que, plácido, mergulhava de novo em sua manjedoura e voltava a ruminar a aveia, enquanto o tio trazia para o menino alfarrobas que ele mastigava e chupava deliciado, cheio de amizade por aquele tio sempre ligado aos cavalos na sua imaginação, e era com ele que, na segunda-feira de Páscoa, toda a família partia para preparar a *mouna* na floresta de Sidi-Ferruch, e Michel alugava um daqueles bondes puxados a cavalo que na época faziam o percurso entre o bairro onde moravam e o centro de Argel, espécie de grande jaula com claraboia e bancos de costas uns para os outros, atrelada a cavalos, um dos quais ia na frente dos outros, sendo escolhido por Michel no seu estábulo, e muito cedo pela manhã o bonde era carregado de grandes cestos de roupa cheios daqueles brioches grosseiros chamados *mounas* e leves massas farelentas chamadas *oreillettes*, que todas as mulheres da casa fabricavam na casa da tia Marguerite durante dois dias antes da partida, no oleado coberto de farinha, no qual a massa era estendida com o rolo até cobrir quase toda a toalha, e, com uma carretilha de buxo, eram então cortados os bolinhos que as crianças levavam em pratos para fritar e eram jogados em grandes bacias de óleo fervente, para em seguida serem alinhados com todo cuidado nos grandes cestos dos quais subia o delicioso cheiro de baunilha que os acompanhava durante todo o percurso até Sidi-Ferruch, misturado ao cheiro da surriada que chegava até a estrada litorânea, vigorosamente vencida pelos quatro cavalos acima dos quais Michel[a] estalava o chicote, que de vez em quando ele passava a Jacques, sentado ao seu lado, Jacques fascinado pelas quatro enormes garupas que rebolavam abaixo dele em meio à algazarra dos guizos ou então se abriam enquanto o rabo se levantava, e ele via plasmar-se e depois cair no chão o excremento apetitoso, enquanto as ferraduras chispavam e o tilintar dos guizos se precipitava quando os cavalos sacudiam a cabeça. Na floresta, enquanto os outros instalavam entre as árvores os cestos e os panos de prato, Jacques ajudava Michel a esfregar os cavalos e a prender-lhes ao pescoço os embornais de lona parda, nos quais eles trabalhavam as mandíbulas, fechando e abrindo seus grandes olhos fraternos ou espantando uma mosca com uma patada impaciente. A floresta estava cheia de gente, eles comiam apinhados, dançavam daqui para ali ao som do acordeão ou do violão, o mar rugia ali perto, o calor nunca era suficiente para se banharem mas sempre para caminharem descalços nas primeiras ondas, enquanto os outros faziam a sesta e a

---

[a] recuperar Michel durante o terremoto de Orléansville.

luz que ia diminuindo imperceptivelmente tornava os espaços do céu ainda mais vastos, tão vastos que o menino sentia lágrimas subindo aos olhos e, ao mesmo tempo, um grande grito de alegria e gratidão pela vida adorável. Mas a tia Marguerite tinha morrido, ela, tão bela, sempre bem vestida, coquete demais, diziam, e não estivera errada, pois a diabetes a prendera a uma poltrona, onde começara a inchar no apartamento descuidado e a ficar enorme e tão intumescida que mal conseguia respirar, já agora feia de dar medo, cercada das filhas e do filho manco que era sapateiro, todos espreitando, de coração apertado, para ver se o ar lhe faltaria.[a, b] Ela continuava inflando, encharcada de insulina, e no fim das contas o ar de fato lhe faltou.[c]

Mas a tia Jeanne também morrera, a irmã da avó, aquela que assistia aos concertos das tardes de domingo e tinha resistido muito tempo em sua fazenda caiada no meio das três filhas viúvas de guerra, sempre falando do marido morto há muito tempo,[d] o tio Joseph, que por sua vez só falava a língua de Maó e era admirado por Jacques por seus cabelos brancos sobre um belo rosto rosado e pelo *sombrero* preto que não tirava da cabeça nem mesmo à mesa, com um ar de inimitável nobreza, verdadeiro patriarca camponês, que no entanto podia eventualmente levantar-

---

[a] Livro sexto na 2ª parte.
[b] E Francis também morrera (ver últimas notas)
[c] Denise os deixa aos dezoito anos para ganhar a vida — Volta aos vinte e um rica, e, vendendo suas joias, reconstitui a estrebaria do pai — morta por uma epidemia.
[d] as filhas?

-se um pouco de lado durante a refeição para soltar uma sonora grosseria pela qual se desculpava cortesmente ante as recriminações resignadas da mulher. E os vizinhos da sua avó, os Masson, estavam todos mortos, primeiro a velha e depois a irmã mais velha, a grande Alexandra, e [ ][1] o irmão de orelhas de abano, que era contorcionista e cantava nas matinês do cinema Alcazar. Sim, todos, até a moça mais jovem, Marthe, que tinha sido cortejada e mais que cortejada por seu irmão Henri.

Ninguém falava mais deles. Nem sua mãe nem o tio falavam mais dos parentes mortos. Nem daquele pai cujos vestígios ele buscava, nem dos outros. Eles continuavam vivendo da necessidade, embora já não estivessem na privação, mas o hábito persistia, e também uma desconfiança resignada em relação à vida, que amavam de forma animal, mas sabendo por experiência que ela pare regulamente infelicidade, sem sequer dar sinais de que estava prenhe dela.[a] Além do mais, tal como se apresentavam os dois ali ao seu redor, calados e cabisbaixos, vazios de lembranças e fiéis apenas a algumas imagens obscuras, eles viviam agora na proximidade da morte, vale dizer, sempre no presente. Ele jamais ficaria sabendo por eles quem fora seu pai, e ainda que, por sua simples presença, eles reabrissem nele fontes frescas vindas de uma infância miserável e feliz, ele não podia estar certo de que essas lembranças tão ricas, tão caudalosas nele, fossem realmente fiéis à criança

---

[1] Nome ilegível.
[a] mas na verdade seriam monstros? (não, era ele o m.)

que tinha sido. Era muito mais certo, pelo contrário, que devia se apegar a duas ou três imagens privilegiadas que o reuniam a eles, o fundiam neles, que eliminavam o que ele tentara ser durante tantos anos e o reduziam finalmente ao ser anônimo e cego que sobrevivera a si mesmo durante tantos anos através da sua família e que constituía a sua verdadeira nobreza.

Como a imagem daquelas noites de calor em que, depois do jantar, a família inteira levava as cadeiras à calçada diante da porta de casa, e um ar poeirento e quente descia dos fícus empoeirados, enquanto os moradores do bairro iam e vinham diante deles, Jacques,[a] com a cabeça no ombro magro da mãe, sua cadeira um pouco inclinada para trás, olhando através dos galhos as estrelas do céu de verão, ou como aquela outra imagem de uma noite de Natal em que, voltando sem Ernest da casa da tia Marguerite depois da meia-noite, eles tinham visto na frente do restaurante, perto da porta de casa, um homem deitado, em torno do qual um outro dançava. Os dois homens, que tinham bebido, haviam desejado beber mais ainda. O dono do restaurante, um jovem louro e franzino, pusera-os para fora. Eles tinham agredido a pontapés a mulher dele, que estava grávida. E o proprietário atirou. A bala se alojara na têmpora direita do homem. Agora a cabeça repousava sobre o ferimento. Bêbado de álcool e de medo, o outro começara a dançar em volta dele, e, enquanto o restaurante fechava as portas, todo mundo tinha fugido,

---

[a] soberano humilde e orgulhoso da beleza da noite.

antes que a polícia chegasse. E naquele recanto retirado do bairro onde eles se mantinham apertados uns contra os outros, as duas mulheres segurando os filhos junto ao corpo, a luz rala no pavimento besuntado pelas chuvas recentes, o longo deslizar molhado dos automóveis, a chegada espaçada de bondes sonoros e iluminados, cheios de passageiros alegres e indiferentes àquela cena de outro mundo, gravavam no coração amedrontado de Jacques uma imagem que até agora sobrevivera a todas as outras: a imagem adocicada e insistente daquele bairro onde ele reinara o dia inteiro na inocência e na avidez, mas que o fim do dia tornava de repente misterioso e inquietante, quando suas ruas começavam [a se] povoar de sombra ou quando, melhor dizendo, uma única sombra anônima, denunciada por um surdo pisotear e um ruído confuso de vozes, às vezes surgia, inundada de glória sangrenta na luz vermelha de um globo de farmácia, e o menino, de repente tomado de angústia, corria para a casa miserável ao encontro dos seus.

6 bis

A escola[1]

[a]Aquele lá não conhecera o pai, mas muitas vezes lhe falava dele de uma forma meio mitológica, e, de qualquer maneira, em dado momento soubera substituir esse pai. Por isso Jacques nunca o esquecera, como se, nunca tendo realmente sentido a ausência de um pai que não conhecera, tivesse apesar disso reconhecido inconscientemente, primeiro na infância, depois ao longo da vida, o único gesto paterno, ao mesmo tempo refletido e decisivo, que se manifestou em sua vida infantil. Pois o senhor Bernard, seu professor no fim do ensino fundamental, lançara mão de toda a sua influência masculina, em dado momento, para modificar o destino daquele menino que tinha a seus cuidados, e de fato o modificara.

No momento, o senhor Bernard ali estava diante de Jacques, em seu pequeno apartamento de Tournants Ro-

---

[1] Ver anexo, p. 307-308, a folha II intercalada pelo autor entre as páginas 68 e 69 do manuscrito.
[a] Transição com 6?

vigo, quase ao pé da casbá, bairro que dominava a cidade e o mar, habitado por pequenos comerciantes de todas as raças e religiões, no qual as casas recendiam a especiarias e pobreza. Lá estava ele, envelhecido, de cabelos mais escassos, manchas de velhice por trás do tecido já agora vitrificado do rosto e das mãos, deslocando-se mais devagar que antes e visivelmente satisfeito quando podia se sentar em sua poltrona de ratã, perto da janela que dava para a rua comercial e onde gorjeava um canário, enternecido, também, pela idade e deixando transparecer sua emoção, o que antes não teria feito, mas ainda ereto, com voz forte e firme, como na época em que, plantado diante da turma, dizia: "Em fila de dois. De dois! Eu não disse de cinco!" E cessava o empurra-empurra, os alunos, que ao mesmo tempo temiam e adoravam o senhor Bernard, alinhavam-se ao longo da parede externa da sala de aula, na galeria do primeiro andar, até que, finalmente regulares e imóveis as fileiras, calados os alunos, estes eram liberados por um "Agora entrem, bando de tremoços!", que dava o sinal do movimento e de uma animação mais discreta que o senhor Bernard, sólido, vestido com elegância, rosto forte e regular coroado por cabelos um pouco ralos, mas bem esticados, cheirando a água-de-colônia, vigiava com bom humor e severidade.

A escola ficava numa parte relativamente nova do velho bairro, entre casas de um ou dois andares construídas pouco depois da guerra de 1870 e armazéns mais recentes, que acabaram ligando a rua principal do bairro, onde ficava a casa de Jacques, ao retroporto de Argel, onde se encontravam os cais de carvão. Jacques então ia a pé, duas vezes por dia, àquela escola que ele começara a frequentar aos quatro anos no maternal e da qual não guardava a menor lembrança, a não ser a de um lavatório de pedra escura que ocupava todo o fundo do pátio coberto e onde ele tinha aterrissado um dia de cabeça, levantando-se coberto de sangue, com a sobrancelha rasgada, em meio ao desespero das professoras, e foi quando travou conhecimento com os pontos cirúrgicos, que, tão logo retirados, na verdade precisaram ser repostos na outra sobrancelha, uma vez que seu irmão tivera a ideia de cobri-lo em casa com um velho chapéu-coco que o impedia de enxergar e um casacão que lhe travava os passos, de tal maneira que mais uma vez ele foi dar com a cabeça numa pedra solta do piso e viu-se coberto de sangue novamente. Mas já ia para o maternal com Pierre, um ano ou quase mais velho que ele, que morava numa rua próxima com a mãe igualmente viúva de guerra, agora empregada do correio, e dois tios que trabalhavam na estrada de ferro. As duas famílias eram vagamente amigas, ou como se é amigo nesses bairros, ou seja, as pessoas se estimavam sem quase nunca se visitarem e estavam sempre decididas a ajudar-se mutuamente sem quase nunca terem tal oportunidade. Só as crianças se tornaram amigas de fato, desde aquele primeiro dia em que Jacques, ainda usando vestido, fora entregue aos cuidados de Pierre, consciente das calças que já usava e do seu dever de mais velho, e os dois tinham ido juntos para a escola maternal. Haviam em seguida percorrido juntos as sucessivas classes até a conclusão do ensino fundamental, quando Jacques tinha já nove anos. Durante cinco anos, haviam feito quatro vezes por dia o mesmo percurso, um louro, o outro moreno, um plácido, o outro inquieto, porém irmãos por origem e destino, ambos bons alunos e ao mesmo tempo jogadores incansáveis. Jacques se destacava mais em certas matérias, mas seu comportamento e seu estouvamento, sua necessidade também de aparecer, que o levava a fazer muitas bobagens, davam vantagem a Pierre, que era mais ponderado e reservado. E assim os dois se alternavam como primeiros da turma, sem pensarem em extrair disso os prazeres da vaidade, ao contrário das respectivas famílias. Seus prazeres eram diferentes. De manhã, Jacques esperava Pierre na frente da casa. Partiam antes da passagem dos lixeiros, ou mais exatamente da charrete puxada por um cavalo com coroa no joelho[i] e conduzida por um velho árabe. A calçada ainda estava molhada da umidade da madrugada, o ar que vinha do mar tinha gosto de sal. A rua de Pierre, que ia dar no mercado, estava pontuada de lixeiras, vasculhadas ao alvorecer por árabes ou mouros famintos, às vezes por algum velho mendigo espanhol, que encontravam ainda o que aproveitar no que as famílias pobres e frugais tinham desdenhado a ponto de jogar fora. Aquelas lixeiras em geral estavam com a tampa aberta, e àquela hora da manhã os gatos vigorosos e magros do bairro tinham tomado o lugar dos maltrapilhos. Os dois garotos só precisavam chegar em silêncio por trás das lixeiras e virar repenti-

---

[i] Calvície no joelho do cavalo, devido a pancada ou doença. (N. R.)

namente a tampa por cima do gato que se encontrasse lá dentro. Não era façanha fácil, pois os gatos nascidos e crescidos num bairro pobre tinham a vigilância e a rapidez dos animais habituados a defender seu direito de viver. Mas às vezes, hipnotizado por um achado apetitoso e difícil de arrancar do monte de lixo, algum gato se deixava surpreender. A tampa caía ruidosamente, o gato soltava um uivo de pavor, movimentava convulsivamente o dorso e as garras e conseguia levantar o teto da prisão de zinco, saltar para fora, com os pelos eriçados de pavor, e zarpar como se tivesse uma matilha de cães no seu encalço, em meio às gargalhadas dos seus carrascos nada conscientes da própria crueldade.[a]

Na verdade, os carrascos eram também incoerentes, pois azucrinavam com sua antipatia o homem da carrocinha de cachorros, chamado pelas crianças do bairro de Galoufa[1] (que em espanhol...). Esse funcionário municipal atuava mais ou menos à mesma hora, mas, dependendo da necessidade, também fazia rondas vesperais. Era um árabe vestido à europeia, que em geral se postava na traseira de um estranho veículo puxado por dois cavalos e conduzido por um velho árabe impassível. O corpo do veículo era constituído por uma espécie de cubo de madeira, em cujas laterais fora adaptada uma fileira dupla de gaiolas de barras sólidas. No todo havia disponibilidade de dezesseis

---

[a] Exotismo da sopa de ervilha.
[1] O nome tinha origem na primeira pessoa que aceitou a função, e que realmente se chamava Galoufa.

gaiolas, cada uma das quais podia conter um cão, que ficava encurralado entre as barras e o fundo. Aboletado num pequeno estribo na traseira do veículo, o captor tinha o nariz à altura do teto das gaiolas e assim podia vigiar seu terreno de caça. O veículo percorria lentamente as ruas molhadas que começavam a ser tomadas por crianças a caminho da escola, donas de casa que iam comprar pão ou leite, trajando penhoares de baetilha estampados com flores berrantes, e comerciantes árabes que retornavam ao mercado, com suas banquinhas dobradas no ombro e segurando com a outra mão uma enorme canastra de palha trançada que continha as mercadorias. E de repente, quando o captor avisava, o velho árabe puxava as rédeas, e o veículo parava. O captor tinha avistado uma das suas infelizes presas, cavando febrilmente numa lixeira, volta e meia lançando olhares apavorados para trás, ou então trotando rápida ao longo do muro com o ar apressado e inquieto dos cães mal alimentados. Galoufa pegava no alto da viatura um chicote rematado numa corrente de ferro que corria por uma argola ao longo do cabo. Avançava com o passo flexível, rápido e silencioso do caçador em direção à fera, chegava perto e, se ela não tivesse a coleira que é a marca dos filhos de família, corria para ele[1] com uma velocidade brusca e surpreendente e passava em torno de seu pescoço a arma que funcionava como um laço de ferro e couro. O animal, estrangulado de repente, debatia-se loucamente, emitindo gemidos desarticulados. Mas

---

[1] *Sic.*

o homem rapidamente [o] arrastava até o veículo, abria uma das grades e, levantando o cão cada vez mais estrangulado, atirava-o na gaiola, tomando o cuidado de passar o cabo do laço de volta pelas barras. Capturado o cão, ele afrouxava a corrente de ferro e soltava o pescoço do animal agora cativo. Era pelo menos como as coisas aconteciam quando o cão não recebia a proteção das crianças do bairro. Pois todas elas formavam uma liga contra Galoufa. Sabiam que os cães capturados eram levados para o canil municipal, guardados durante três dias, depois dos quais, se ninguém fosse buscá-los, os animais eram abatidos. E mesmo que não o soubessem, o lamentável espetáculo da carroça da morte voltando depois de uma ronda frutífera, cheia de animais infelizes de todas as pelagens e de todos os tamanhos, apavorados por trás das barras e deixando na passagem do veículo um rastro de gemidos e uivos de morte, teria sido suficiente para deixá-los indignados. Por isso, assim que o veículo de cativeiro aparecia no bairro, as crianças alertavam umas às outras. Espalhavam-se por todas as ruas do bairro para perseguir os cães, mas a fim de escorraçá-los para outras áreas da cidade, longe do terrível laço. Se, apesar dessas precauções, como várias vezes aconteceu a Pierre e Jacques, o captor descobrisse um cão vadio na presença deles, a tática era sempre a mesma. Antes que o caçador pudesse aproximar-se da caça, Jacques e Pierre começavam a gritar "Galoufa, Galoufa" com voz tão aguda e terrível, que o cão dava no pé a toda velocidade e em questão de segundos estava fora de alcance. Nesse momento, os dois meninos também tinham de dar mostra de sua aptidão para correr, pois o infeliz Galoufa, que era gratificado por cada cão capturado, louco de raiva, passava a caçá-los brandindo seu chicote. Os adultos em geral os ajudavam na fuga, fosse atrapalhando Galoufa, fosse simplesmente detendo-o e pedindo que cuidasse dos cães. Os trabalhadores do bairro, todos caçadores, gostavam dos cães em geral e não tinham a menor consideração por essa curiosa profissão. Como dizia o tio Ernest, "Ele folgado!". Acima de toda essa agitação, o velho árabe que conduzia os cavalos reinava, silencioso, impassível, ou, quando as discussões se prolongavam, começava a enrolar tranquilamente um cigarro. E as crianças, tivessem capturado gatos ou libertado cães, apressavam-se em seguida, pelerines ao vento se fosse inverno, ou então estalando suas sandálias (chamadas de *mevas*) se fosse verão, em direção à escola e ao estudo. Uma olhadela para as bancas de frutas, ao atravessarem o mercado, e, conforme a estação, montanhas de nêsperas, laranjas, tangerinas, damascos, pêssegos, tangerinas,[1] melões e melancias desfilavam em torno delas que só poderiam provar, e em quantidade limitada, as menos caras; duas ou três rodadas de cavalo de alças na borda lustrosa do grande tanque do chafariz, sem largar a pasta da escola, e corriam ao longo dos depósitos do bulevar Thiers, recebiam na cara o cheiro de laranja que saía da fábrica onde elas eram descascadas para preparar licores com as cascas, subiam por uma ruazinha de jardins e mansões e finalmente desembocavam na rua

---

[1] *Sic.*

Aumerat, fervilhante com uma multidão infantil que, em meio à animação das conversas, esperava a abertura dos portões.

E chegava a hora da aula. Com o Sr. Bernard, a aula era sempre interessante pelo simples motivo de que ele amava apaixonadamente a profissão. Lá fora, o sol podia bradar nos muros fulvos enquanto o calor crepitava na própria sala de aula, apesar de mergulhada na sombra dos toldos de grossas faixas amarelas e brancas. A chuva também podia cair como costuma fazer na Argélia, em intermináveis cataratas, transformando a rua num poço escuro e úmido, a turma mal chegava a se distrair. Só as moscas às vezes desviavam a atenção das crianças durante as tempestades. Eram capturadas e aterrissavam nos tinteiros, onde tinha início para elas uma morte pavorosa, afogadas na borra violeta que enchia os pequenos tinteiros de porcelana de forma cônica que eram enfiados em buracos da carteira. Mas o método do Sr. Bernard, que consistia em não ceder um milímetro em matéria de comportamento e, ao contrário, tornar o seu ensino vivo e divertido, saía vitorioso mesmo frente às moscas. Ele sempre sabia tirar do armário de tesouros, no momento exato, a coleção de minerais, o herbário, as borboletas e os insetos conservados, os mapas ou... que despertavam novamente o interesse vacilante dos alunos. Era o único da escola que conseguira uma lanterna mágica, e duas vezes por mês fazia projeções sobre temas de história natural ou geografia. Em aritmética, instituíra um concurso de cálculo mental que obrigava o aluno a desenvolver rapidez intelectual. Propunha à turma, na qual todos deviam estar de braços cruzados, os termos de uma divisão, de uma multiplicação ou às vezes de uma adição meio complicada. Quanto são 1.267 + 691? O primeiro que apresentasse a solução correta ganhava um ponto na classificação mensal. Quanto ao resto, usava os livros didáticos com competência e precisão... Os livros didáticos eram sempre os utilizados na metrópole. E aquelas crianças, que só conheciam o siroco, a poeira, os aguaceiros fenomenais e breves, a areia das praias e o mar em chamas debaixo do sol, liam com aplicação, enfatizando vírgulas e pontos, narrativas para elas míticas, em que crianças de gorro e cachecol de lã, calçando tamancos, voltavam para casa no frio gélido, arrastando feixes de lenha por caminhos cobertos de neve, até avistarem o teto nevado da casa, em que a chaminé fumegante deixava claro que a sopa de ervilha estava sendo cozida no fogo. Para Jacques, aquelas histórias eram o próprio exotismo. Sonhava com elas, enchia suas redações de descrições de um mundo que nunca vira e não se cansava de interrogar a avó sobre uma queda de neve que ocorrera durante uma hora vinte anos antes na região de Argel. Para ele, aqueles relatos faziam parte da poderosa poesia da escola, que também se alimentava do cheiro de verniz das réguas e dos estojos, do delicioso sabor da alça da sua pasta, que ele mastigava demoradamente nas tarefas difíceis, do cheiro amargo e áspero da tinta violeta, sobretudo quando era a sua vez de encher os tinteiros com uma enorme garrafa escura em cuja rolha tinha sido introduzido um tubo recurvado de vidro, e Jacques cheirava contente o orifício do tubo, do contato macio das páginas lisas e lustrosas de certos livros, das quais vinha também um cheiro bom de impressão gráfica e cola, e por fim, nos dias de chuva, daquele cheiro de lã molhada exalado pelas japonas de lã no fundo da sala e que era uma espécie de prefiguração daquele universo edênico em que as crianças de tamancos e gorro de lã corriam pela neve em direção à casa quentinha.

Só a escola dava essas alegrias a Jacques e Pierre. E o que tão ardentemente amavam nela era sem dúvida o que não encontravam em casa, onde a pobreza e a ignorância tornavam a vida mais dura, mais tristonha, fechada em si mesma; a miséria é uma fortaleza sem ponte levadiça.

Mas não era só isso, pois Jacques se sentia a mais miserável das crianças, nas férias, quando, para se livrar daquele garoto incansável, a avó o mandava para uma colônia de férias com umas cinquenta crianças e um punhado de monitores, nas montanhas de Zaccar, em Miliana, onde eles ocupavam a escola que tinha dormitórios coletivos, comendo e dormindo confortavelmente, brincando e passeando dias inteiros, vigiados por enfermeiras gentis, e apesar de tudo isso, quando chegava a noite e o escuro subia a toda velocidade as encostas das montanhas, e do quartel vizinho o clarim começava a lançar, no enorme silêncio da cidadezinha perdida nas montanhas a uma centena de quilômetros de qualquer lugar realmente frequentado, as notas melancólicas do toque de recolher, o menino se sentia invadido por um desespero sem limite e clamava em silêncio pela pobre casa carente de toda a sua infância.[a]

---

[a] prolongar e enaltecer a escola laica.

Não, a escola não lhes servia apenas de escape da vida em família. Pelo menos na aula do Sr. Bernard, ela nutria neles uma fome mais essencial à criança do que ao adulto, que é a fome da descoberta. Nas outras aulas, muitas coisas lhes eram ensinadas sem dúvida, mas um pouco do jeito como os gansos são empanturrados. Apresentavam-lhes um alimento prontinho, pedindo-lhes que tivessem a bondade de engoli-lo. Na aula do Sr. Germain,[1] sentiam pela primeira vez que existiam e mereciam a mais alta consideração: eram julgados dignos de descobrir o mundo. E, além disso, o professor não se limitava a lhes transmitir o que era pago para ensinar, mas os acolhia com simplicidade em sua vida pessoal, convivia com eles, contando-lhes sua infância e a história de crianças que conhecera, expunha-lhes seus pontos de vista, não suas ideias, pois era, por exemplo, anticlerical como muitos colegas e jamais pronunciava em sala de aula uma palavra contra a religião, nem contra nada que pudesse representar uma escolha ou uma convicção, mas nem por isso deixava de condenar com veemência o que estava fora de discussão, o roubo, a delação, a indelicadeza, a falta de asseio.

E sobretudo falava-lhes da guerra ainda tão próxima e da qual participara durante quatro anos, do sofrimento, da coragem, da paciência dos soldados e da felicidade do armistício. No fim de cada trimestre, antes de liberá-los para as férias, e vez por outra, quando os horários permitiam, adquirira o hábito de ler para eles longos trechos de

---

[1] Aqui o autor dá ao professor seu nome verdadeiro.

As cruzes de madeira,[a] de Dorgelès. Para Jacques, aquelas leituras abriam ainda mais as portas do exotismo, mas um exotismo no qual rondavam o medo e a infelicidade, embora ele só estabelecesse um paralelo meramente teórico com o pai que não conhecera. Limitava-se a escutar de todo coração uma história que seu professor lia de todo coração e que mais uma vez lhe falava da neve e do seu querido inverno, mas também de homens extraordinários, vestidos de roupas pesadas e endurecidas pela lama, que falavam uma linguagem estranha e viviam em buracos debaixo de um teto de obuses, foguetes sinalizadores e balas. Ele e Pierre esperavam cada leitura com impaciência cada vez maior. Aquela guerra de que todo mundo ainda falava (e Jacques ouvia Daniel em silêncio, mas com toda atenção, quando ele contava à sua maneira a batalha do Marne, de que participara e da qual nem sabia como havia escapado quando eles, os zuavos, segundo contava, tinham sido postos em posição de combate e depois no ataque desceram a uma ravina atacando e não havia ninguém diante deles e eles caminhavam e de repente os metralhadores quando eles estavam no meio da descida caíam uns sobre os outros e o fundo da ravina cheio de sangue e os que gritavam mamãe era terrível), que os sobreviventes não conseguiam esquecer e cuja sombra pairava sobre tudo o que se decidia em torno deles e sobre todos os projetos feitos para uma história fascinante e mais extraordinária que os contos de fadas que eram lidos

---

[a] ver o volume.

nas outras aulas e que eles teriam ouvido com decepção e tédio, se o Sr. Bernard decidisse mudar a programação. Mas ele continuava, cenas divertidas se alternavam com descrições terríveis, e aos poucos as crianças africanas travavam conhecimento com... x y z que faziam parte da sua sociedade, sobre os quais falavam como se fossem velhos amigos, presentes e tão vivos que Jacques, pelo menos, não imaginava nem por um segundo que, embora vivessem na guerra, corressem o risco de ser suas vítimas. E no dia em que, no fim do ano, tendo chegado ao fim do livro,* o Sr. Bernard leu com voz mais abafada a morte de D., quando fechou o livro em silêncio, confrontado com sua emoção e suas recordações, para erguer os olhos para a turma mergulhada em espanto e silêncio, ele viu Jacques na primeira fila olhando fixamente, com o rosto coberto de lágrimas, sacudido por soluços intermináveis, parecendo destinados a nunca mais acabar. "Força, menino, força" — disse o Sr. Bernard com uma voz quase imperceptível, e levantou-se para devolver o livro ao armário, de costas para a turma.

— Espere, menino — disse o Sr. Bernard. Levantou-se com dificuldade e passou a unha do indicador na grade da gaiola do canário, que gorjeou com mais vontade ainda.
— Ah! Casimir, temos fome, estamos pedindo ao papai.

E se [propagou] até sua carteira de estudante no fundo da sala, perto da lareira. Remexeu numa gaveta, fechou-a, abriu outra, tirou alguma coisa.

---

* romance

— Tome — disse —, é para você.

Jacques recebeu um livro encapado de papel pardo de mercearia e sem nada escrito na capa. Antes mesmo de abri-lo, já sabia que era *As cruzes de madeira*, o mesmo exemplar com o qual o Sr. Bernard fazia a leitura em sala de aula.

— Não, não, é... — disse ele.

Queria dizer: é bom demais. Mas não achava as palavras. O Sr. Bernard sacudia a velha cabeça.

— Você chorou no último dia, lembra? Desde esse dia, o livro é seu.

E virou-se para esconder os olhos de repente avermelhados. Dirigiu-se de novo à carteira, e então, com as mãos para trás, voltou na direção de Jacques e, brandindo diante do nariz dele uma régua vermelha, curta e pesada,[a] disse-lhe, rindo:

— Lembra-se da bengala doce?

— Ah, senhor Bernard — disse Jacques —, o senhor a guardou? Agora é proibido, como sabe.

— Ora, ora, era proibido na época. Mas você é testemunha de que eu usava!

Jacques era testemunha, pois o Sr. Bernard era favorável aos castigos corporais. É verdade que normalmente a punição consistia apenas em pontos negativos, que no fim do mês ele deduzia do número de pontos ganhos pelo aluno, fazendo-o assim descer na classificação geral. Mas, nos casos graves, o Sr. Bernard não se dava o trabalho,

---

[a] *Os castigos.*

como muitas vezes faziam seus colegas, de mandar o contraventor para a sala do diretor. Tratava ele mesmo de agir, obedecendo a um rito imutável.

— Meu pobre Robert — dizia calmamente e mantendo o bom humor —, vamos ter de recorrer à bengala doce.

Ninguém reagia na turma (só para rir à socapa, de acordo com a regra constante do coração humano, segundo a qual a punição de uns dá prazer aos outros).[a] O menino se levantava, pálido, mas quase sempre se esforçando para manter uma aparência tranquila (alguns se afastavam da carteira já engolindo as lágrimas e se dirigiam para a mesa, ao lado da qual já se postava o Sr. Bernard, diante do quadro de giz). Sempre de acordo com o ritual, em que entrava uma ponta de sadismo, o próprio Robert ou Joseph ia pegar a "bengala doce" na mesa para entregá-la ao sacrificador.

A bengala doce era uma régua curta e grossa de madeira vermelha, manchada de tinta, deformada por ranhuras e entalhes, muito tempo antes confiscada pelo Sr. Bernard a algum aluno esquecido; o aluno a entregava ao Sr. Bernard, que em geral a recebia com um ar de galhofa e afastava as pernas. O menino tinha de botar a cabeça entre os joelhos do professor, que, apertando as coxas, a prendia com força. E, nas nádegas assim expostas, o Sr. Bernard aplicava, em função do delito, um número variável de boas reguadas, igualitariamente repartidas entre cada nádega. As reações a essa punição diferiam segundo os alunos. Uns já começavam a gemer antes de receber as

---

[a] ou o que é punição para uns é prazer para os outros.

reguadas, e o professor observava então, impávido, que estavam adiantados, outros protegiam ingenuamente as nádegas com as mãos, afastadas pelo Sr. Bernard com uma pancada negligente. Outros, com a ardência das reguadas, debatiam-se ferozmente. Havia também aqueles, entre os quais Jacques, que suportavam as pancadas sem dizer palavra, tremendo, e voltavam ao seu lugar engolindo as lágrimas. De modo geral, contudo, o castigo era aceito sem ressentimento, para começar porque quase todas aquelas crianças apanhavam em casa, e o corretivo lhes parecia um modo natural de educação, depois, porque a equidade do professor era absoluta, sabendo-se de antemão que tipo de infração, sempre as mesmas, acarretava a cerimônia expiatória, e todo aquele que ultrapassasse o limite dos atos que implicavam apenas o ponto negativo sabia o risco que estava correndo, sendo a sentença aplicada com caloroso igualitarismo aos primeiros como aos últimos. Jacques, de quem era visível que o Sr. Bernard gostava muito, sofria o castigo como todos os outros, e o sofreu até mesmo no dia seguinte àquele em que o Sr. Bernard lhe manifestou publicamente sua preferência. Tendo sido chamado ao quadro de giz, Jacques deu uma resposta certa, e o Sr. Bernard lhe fez um afago no rosto, ao que uma voz murmurou na sala: "Queridinho." O professor puxou-o para si e disse com uma espécie de gravidade:

— Sim, tenho uma preferência por Cormery, como por todos aqui que perderam o pai na guerra. Eu estive na guerra com os pais deles e estou vivo. E aqui tento pelo menos substituir meus companheiros mortos. E agora, se alguém quiser dizer que eu tenho "queridinhos", que se manifeste!

A descompostura foi recebida em completo silêncio. Na saída, Jacques perguntou quem o tinha chamado de "queridinho". E, de fato, aceitar semelhante insulto sem reagir seria perder a honra.

— Eu — disse Munoz, um louro alto todo flácido e sem graça, que raramente se manifestava, mas sempre manifestava sua antipatia por Jacques.

— Bom — disse Jacques —, então é a puta que o pariu.[a]

Era outra ofensa ritualística que ocasionava imediatamente uma batalha, sendo o insulto à mãe e aos mortos o mais grave às margens do Mediterrâneo, por toda a eternidade. Munoz no entanto parecia hesitar. Mas ritual é ritual, e os outros falaram por ele.

— Vamos, para o campo verde.

O campo verde era uma espécie de terreno baldio não distante da escola, onde crescia em crostas um capim mirrado, atulhado de aros velhos, latas de conserva e barris podres. Era lá que ocorriam as *donnades*. *Donnades* eram simplesmente duelos, em que os punhos substituíam a espada, mas obedecendo a um cerimonial idêntico, pelo menos no seu espírito. O objetivo era resolver uma disputa em que estava em jogo a honra de um dos adversários, fosse por terem insultado seus ascendentes diretos ou seus antepassados, fosse por ter sido depreciada sua

---

[a] *et la putain de tes morts.* (lit., "e a puta dos teus mortos", insulto que não encontra correspondente exato entre nós. — *N.R.*)

nacionalidade ou sua raça, fosse por ter sido denunciado ou acusado de ter sido denunciado, roubado ou acusado de ter roubado, ou então por motivos mais obscuros, como esses que surgem todo dia numa sociedade de crianças. Quando um dos alunos considerava, ou sobretudo quando consideravam por ele (e ele se dava conta disso), que fora ofendido de tal maneira que era preciso lavar a ofensa, a fórmula ritualística era: "Às quatro horas no campo verde." Pronunciada a frase, a excitação diminuía, e os comentários cessavam. Cada um dos adversários se retirava, seguido dos amigos. Nas aulas que se seguiam, a notícia corria de carteira em carteira com o nome dos campeões, que eram olhados de soslaio e, consequentemente, aparentavam a calma e a resolução características da virilidade. Por dentro era outra coisa, e até os mais corajosos distraíam-se do estudo por causa da angústia de ver se aproximar o momento de enfrentar a violência. Mas não se podia permitir que os colegas do campo adversário zombassem e acusassem o campeão, segundo a expressão consagrada, de estar com "o cu apertado".

Jacques, tendo cumprido seu dever de homem, ao provocar Munoz, apertava-o em todo caso prodigiosamente, como toda vez que se metia em situação de enfrentar a violência e exercê-la. Mas sua resolução estava tomada, e por sua cabeça não passava um segundo sequer a hipótese de recuar. Era a ordem natural das coisas, e ele também sabia que aquela leve repugnância que lhe apertava o coração antes da ação desapareceria no momento do combate, levada por sua própria violência, que, aliás, o desservia taticamente tanto quanto lhe servia... e que lhe valera em.[1]

Na noite do combate com Munoz, tudo transcorreu de acordo com os rituais. Os combatentes, acompanhados dos apoiadores transformados em auxiliares que já carregavam a pasta escolar do campeão, foram os primeiros a chegar ao campo verde, seguidos por todos aqueles que se sentiam atraídos pela briga e, no campo de batalha, acabavam cercando os adversários, que se livravam da pelerine e do paletó entregando-os aos auxiliares. Dessa vez a impetuosidade foi útil a Jacques, que avançou primeiro, sem muita convicção, obrigou Munoz a recuar, e este, recuando a esmo e esquivando-se desajeitadamente dos ganchos do adversário, atingiu Jacques na face com um soco que doeu e o encheu de uma raiva que os gritos, as risadas e os estímulos da assistência tornaram mais cega. Ele partiu para cima de Munoz, cobriu-o com uma chuva de murros, deixando-o desnorteado, e conseguiu acertar um gancho enfurecido no olho direito do infeliz, que, desequilibrado, caiu miseramente de bunda, chorando com um olho enquanto o outro inchava na hora. O olho pisado, golpe supremo e muito apreciado por consagrar durante vários dias e de maneira visível o triunfo do vencedor, levou todos os presentes a soltar urros de sioux. Munoz não se levantou logo, e Pierre, o amigo íntimo, interveio imediatamente com autoridade para declarar Jacques vencedor, ajudá-lo a vestir o paletó, cobri-lo com

---

[1] Aqui o trecho é interrompido.

sua pelerine e conduzi-lo, cercado de um cortejo de admiradores, enquanto Munoz se levantava, ainda chorando, e se vestia no meio de um pequeno círculo consternado. Atordoado com a rapidez de uma vitória que não esperava ser tão completa, Jacques mal ouvia ao seu redor os cumprimentos e relatos já embelezados do combate. Queria se sentir satisfeito, em algum lugar da sua vaidade era como se sentia, no entanto, ao deixar o campo verde, voltando-se para Munoz, sentiu uma tristeza sombria de repente apertar-lhe o coração, ao ver o rosto arrasado daquele que ele havia esmurrado. E soube naquele momento que guerra não é coisa boa, pois vencer um homem é tão amargo quanto ser vencido por ele.

Para aperfeiçoar sua educação, fizeram-no tomar consciência, sem demora, de que a Rocha Tarpeia fica perto do Capitólio. No dia seguinte, com efeito, compelido pelos cutucões admirativos dos colegas, ele se sentiu na obrigação de assumir ares presunçosos e de se pavonear. Como Munoz não respondesse à chamada no início da aula e os vizinhos de Jacques comentassem a ausência com risinhos irônicos e piscadelas para o vencedor, Jacques cedeu à tentação de mostrar aos colegas o olho meio fechado, estufando a bochecha, e sem se dar conta de que o Sr. Bernard olhava para ele, foi adiante com uma mímica grotesca que desapareceu num piscar de olhos quando a voz do professor ressoou na sala, de repente silenciosa:

— Meu pobre queridinho do professor — disse com impassível sarcasmo —, você tem direito à bengala doce, como todo mundo.

O grande vitorioso teve de se levantar, buscar o instrumento de suplício e imergir no fresco perfume de água-de-colônia que cercava o Sr. Bernard, para assumir enfim a postura ignominiosa do suplício.

O caso Munoz não acabaria com essa aula de filosofia prática. A ausência do garoto durou dois dias, e Jacques estava vagamente preocupado, apesar dos ares presunçosos, quando, no terceiro dia, um aluno mais velho entrou na sala e avisou ao Sr. Bernard que o diretor queria falar com o aluno Cormery. A convocação à sala do diretor só ocorria em casos graves, e o professor, elevando as grossas sobrancelhas, limitou-se a dizer:

— Rápido, mosquito. Espero que não tenha feito nenhuma besteira.

Com as pernas bambas, Jacques seguia o aluno mais velho pela galeria que ficava acima do pátio cimentado e plantado com pimenteiras-bastardas, cuja sombra delicada não protegia do calor tórrido, até a sala do diretor, que ficava na outra extremidade da galeria. A primeira coisa que ele viu ao entrar foi, diante da escrivaninha do diretor, Munoz entre uma senhora e um senhor carrancudo. Apesar do olho tumefato e completamente fechado que desfigurava o colega, ele teve uma sensação de alívio ao vê-lo vivo. Mas não teve tempo de saborear o alívio.

— Foi você que bateu no seu colega? — perguntou o diretor, homenzinho careca de rosto rosado e voz enérgica.

— Sim — respondeu Jacques com uma voz apagada.

— É como eu dizia, senhor — disse a mulher. — André não é nenhum desordeiro.

— Nós lutamos — disse Jacques.

— Não quero saber — cortou o diretor. — Você sabe perfeitamente que eu proíbo qualquer tipo de luta, mesmo fora da escola. Você machucou o seu colega e poderia tê-lo machucado com mais gravidade ainda. Como primeira advertência, vai ficar de castigo num canto durante uma semana na hora do recreio. Se fizer de novo, será expulso. Vou comunicar a punição aos seus pais. Pode voltar para a sala.

Atônito, Jacques não se mexia.

— Vá — disse o diretor.

— E aí, Fantômas?[i] — perguntou o Sr. Bernard quando Jacques voltou à sala.

Jacques estava chorando.

— Conte, estou ouvindo.

Com a voz entrecortada, o menino anunciou primeiro a punição, depois que os pais de Munoz tinham se queixado e em seguida revelou a luta.

— Mas por que lutaram?

— Ele me chamou de "queridinho".

— Outra vez?

— Não, aqui na sala.

— Ah, então foi ele! E você achou que eu não tinha te defendido o suficiente...

Jacques olhava para o Sr. Bernard com toda sinceridade.

— Sim! Defendeu, sim! O senhor...

---

[i] Figura popular de bandido da literatura policial e do cinema franceses, criado em 1911 pelos escritores Marcel Allain e Pierre Souvestre. (*N. T.*)

E começou a soluçar.

— Vá se sentar — disse o Sr. Bernard.

— Não é justo — disse o menino entre lágrimas.

— É, sim — disse-lhe baixinho.¹

No dia seguinte, na hora do intervalo, Jacques foi para o castigo no fundo do recreio, de costas para o pátio, para os gritos de alegria dos colegas. Apoiava-se ora numa perna, ora em outra,ᵃ morrendo de vontade de correr também. De vez em quando, dava uma olhada para trás e via o Sr. Bernard passeando com os colegas num canto do pátio sem olhar para ele. Mas no segundo dia não viu quando ele chegou por trás e lhe deu um tapinha na nuca:

— Não faça esta cara, baixinho. Munoz também está de castigo. Veja, te autorizo a olhar.

Do outro lado do pátio, de fato lá estava Munoz sozinho e tristonho.

— Teus amigos se recusam a brincar com ele durante a semana inteira em que você estiver de castigo. — O Sr. Bernard ria. — Como vê, os dois estão sendo punidos. É o normal. — E inclinou-se para o menino, dizendo-lhe, com um sorriso afetuoso que inundou o coração do condenado com uma onda de ternura: — Caramba, mosquito, quem te vê não pode acreditar no gancho que você é capaz de dar!

Aquele homem, que hoje conversava com seu canário e o chamava de "menino", embora ele tivesse quarenta anos,

---

[1] Aqui o trecho é interrompido.
[a] Professor, ele me deu uma rasteira.

Jacques nunca deixara de amar, mesmo quando os anos, a distância e, por fim, a Segunda Guerra Mundial os tinham separado, primeiro em parte, depois completamente, deixando-o sem notícias dele, e, ao contrário, feliz como uma criança quando, em 1945, um veterano da reserva, com capote de soldado, fora tocar sua campainha, em Paris, e era o Sr. Bernard, que tinha se alistado de novo, "não para a guerra", dizia, "mas contra Hitler, e você também lutou, menino, ah, eu sabia que era de boa raça, e também não esqueceu tua mãe, espero, muito bom, tua mãe é o que há de melhor no mundo, e agora vou voltar para Argel, vá me visitar", e havia quinze anos Jacques ia visitá-lo todo ano, cada ano como hoje, quando abraçava ao se despedir o velho comovido que lhe estendia a mão na soleira da porta, e era ele que tinha jogado Jacques no mundo, assumindo sozinho a responsabilidade de desarraigá-lo para que tomasse o rumo de descobertas ainda maiores.[a]

O ano escolar chegava ao fim, e o Sr. Bernard fizera um comunicado a Jacques, Pierre, Fleury — uma espécie de fenômeno que se saía bem em todas as matérias, "ele tem uma cabeça politécnica", dizia o professor —, e Santiago, belo rapaz, menos inteligente mas que se saía bem por ser muito aplicado:

— É o seguinte — foi dizendo o Sr. Bernard quando a sala se esvaziou. — Vocês são meus melhores alunos. Decidi inscrevê-los na bolsa dos liceus e colégios. Se passarem, terão uma bolsa e poderão fazer todos os estudos

---

[a] A bolsa de estudos.

no liceu até o *baccalauréat*.[i] A escola primária é a melhor que existe. Mas não os levará a nada. O liceu vai lhes abrir todas as portas. Prefiro que sejam garotos pobres como vocês que entrem por essas portas. Mas para isso preciso da autorização dos seus pais. Corram.

Eles foram saindo, estupefatos, e, sem sequer trocarem ideias, separaram-se. Jacques encontrou a avó sozinha em casa, catando lentilhas sobre o oleado da mesa, na sala de jantar. Hesitou e acabou decidindo esperar a chegada da mãe. Ela chegou, visivelmente cansada, amarrou um avental na cintura e foi ajudar a avó a catar lentilhas. Jacques ofereceu-se para ajudar e foi-lhe entregue o prato de pesada porcelana branca no qual era mais fácil separar as lentilhas aproveitáveis das pedrinhas. De nariz no prato, ele deu a notícia.

— Mas que história é essa? — perguntou a avó. — Com que idade se faz esse exame?

— Daqui a seis anos — disse Jacques.

A avó empurrou seu prato.

— Está ouvindo? — disse a Catherine Cormery.

Mas ela não tinha ouvido. Jacques, lentamente, repetiu a notícia.

— Ah! É porque você é inteligente.

— Inteligente ou não, ele devia se tornar aprendiz no ano que vem. Você sabe muito bem que não temos dinheiro. Ele pode nos trazer o pagamento da semana de trabalho.

---

[i] Exame que marca o fim do segundo ciclo do segundo grau e possibilita acesso aos cursos superiores. (*N. R.*)

— É verdade — disse Catherine.

A claridade e o calor começavam a abrandar-se lá fora. Naquela hora em que as oficinas funcionavam a pleno vapor, o bairro ficava vazio e silencioso. Jacques olhava para a rua. Não sabia o que queria, apenas que precisava obedecer ao Sr. Bernard. Mas, com nove anos, contudo, não podia nem sabia desobedecer à avó. Mas estava claro que ela hesitava.

— E o que você faria depois?
— Não sei. Talvez professor, como o Sr. Bernard.
— Sim, daqui a seis anos!

E catava lentilhas mais devagar.

— Ah! — disse então. — Não, somos pobres demais. Diga ao Sr. Bernard que não podemos.

No dia seguinte, os outros três comunicaram a Jacques que suas famílias tinham concordado.

— E você?
— Não sei — disse ele, e sentir-se de repente mais pobre ainda que os amigos apertava-lhe o coração.

Depois da aula, os quatro ficaram. Pierre, Fleury e Santiago deram suas respostas.

— E você, mosquito?
— Não sei.

O Sr. Bernard olhava para ele.

— Tudo bem — disse então aos outros. — Mas terão de estudar comigo à noite, depois das aulas. Vou cuidar disso, podem ir.

Quando saíram, o Sr. Bernard sentou-se em sua poltrona e chamou Jacques para perto.

— Então?

— Minha avó diz que nós somos pobres demais e eu terei de trabalhar no ano que vem.

— E sua mãe?

— É a minha avó que manda.

— Eu sei — disse o Sr. Bernard.

Ele estava pensando, depois deu um abraço em Jacques.

— Ouça: temos de entendê-la. A vida é difícil para ela. As duas sozinhas criaram vocês dois, seu irmão e você, e fizeram de vocês os bons meninos que são. E ela tem medo, é inevitável. Será preciso te ajudar mais um pouco, apesar da bolsa, e de qualquer maneira você não vai levar dinheiro para casa durante seis anos. Consegue entendê-la?

Jacques fez que sim com a cabeça sem olhar para o professor.

— Bom. Mas talvez a gente possa explicar isso a ela. Pegue sua pasta, vou com você!

— Lá em casa? — disse Jacques.

— Claro, terei prazer em rever sua mãe.

Pouco depois, o Sr. Bernard, diante dos olhos perplexos de Jacques, batia à porta da sua casa. A avó veio abrir, enxugando as mãos no avental, cujo laço apertado demais ressaltava sua barriga de velha. Ao ver o professor, fez um gesto na direção dos cabelos, para ajeitá-los.

— Então, vovó — disse o Sr. Bernard —, em pleno trabalho, como sempre? A senhora é valorosa!

A avó convidava o visitante a entrar no quarto, que tinha de ser atravessado para se chegar à sala de jantar, acomodava-o perto da mesa e pegava copos e anisete.

— Não se incomode, vim apenas trocar dois dedos de prosa com as senhoras.

Para começar, perguntou pelos filhos, depois sobre a vida na fazenda, o marido, falou dos próprios filhos. Nesse momento, Catherine Cormery entrou, alvoroçou-se, chamou o Sr. Bernard de "senhor mestre" e voltou ao quarto para se pentear e vestir um avental limpo, vindo sentar-se na beirada de uma cadeira meio distante da mesa.

— Você — disse o Sr. Bernard a Jacques —, vá ver se eu estou lá na esquina. Sabe como é — continuou, dirigindo-se à avó —, vou falar bem dele e ele é capaz de acreditar que é verdade...

Jacques saiu, desceu as escadas e postou-se junto à porta de entrada. Ainda estava lá uma hora depois, e a rua já se animava, o céu através dos fícus ia ficando esverdeado, quando o Sr. Bernard desembocou da escada, surgindo atrás dele. Afagou-lhe a cabeça.

— Muito bem — foi dizendo —, está acertado. Sua avó é uma grande mulher. Já a sua mãe... Ah! — disse —, nunca a esqueça.

— Senhor — chamou de repente a avó, surgindo do corredor. — Segurava o avental numa das mãos e enxugava os olhos. — Eu esqueci... o senhor disse que vai dar aulas extras a Jacques.

— Naturalmente — disse o Sr. Bernard. — E ele não vai se divertir, pode acreditar!

— Mas nós não temos como lhe pagar.

O Sr. Bernard olhava para ela atentamente. Segurava Jacques pelos ombros.

— Não se preocupe — e sacudia Jacques —, ele já me pagou.

Ele já se fora, e a avó pegava Jacques pela mão para voltar ao apartamento, e pela primeira vez lhe apertava a mão, muito forte, com uma espécie de ternura desesperada.

— Meu menino — disse —, meu menino.

Durante um mês, diariamente depois da aula, o Sr. Bernard permanecia duas horas com os quatro meninos para fazê-los estudar. Jacques voltava à noite cansado e ao mesmo tempo entusiasmado, e ainda retomava os deveres. A avó o observava com um misto de tristeza e orgulho.

— Ele tem boa cabeça — dizia Ernest, convicto, batendo no próprio crânio com o punho.

— Tem — concordava a avó. — Mas o que será de nós?

Certa noite, ela teve um sobressalto:

— E a primeira comunhão dele?

Na verdade, a religião não tinha espaço na família.[1] Ninguém ia à missa, ninguém invocava ou ensinava os mandamentos divinos nem fazia alusão aos castigos e recompensas do além. Quando se dizia na presença da avó que alguém tinha morrido, ela dizia: "Bom, vai parar de peidar." Se fosse alguém por quem se esperava que ela pelo menos tivesse algum afeto: "Coitado, ainda era novo", dizia, mesmo que o defunto já estivesse havia muito em idade de morrer. Não era inconsciência por parte dela. Pois tinha visto muita gente morrer ao seu redor. Os dois filhos, o marido, o genro e todos os sobrinhos na guerra. Mas, jus-

---

[1] À margem: três linhas ilegíveis.

tamente, a morte lhe era tão familiar quanto o trabalho ou a pobreza, ela não pensava na morte, mas a vivia de alguma maneira, e, além do mais, a necessidade do presente era forte demais para ela, mais do que para os argelinos em geral, que as preocupações e o destino coletivo isentavam da religiosidade fúnebre que floresce no apogeu das civilizações.[a] Para eles, era uma provação que precisava ser enfrentada, como haviam feito os que tinham vindo antes, dos quais nunca falavam, e na qual tentariam demonstrar a coragem que consideravam a principal virtude do ser humano, mas que, enquanto não acontecia, era preciso tentar esquecer e afastar. (Donde o aspecto patusco que todos os enterros ganhavam. O primo Maurice?) Acrescentando-se a essa disposição geral a dureza das lutas e do trabalho cotidiano, para não falar, no que diz respeito à família de Jacques, do terrível desgaste da pobreza, fica difícil encontrar um lugar para a religião. Para o tio Ernest, que vivia no nível da sensação, religião era o que ele via, ou seja, o padre e a pompa. Valendo-se do seu talento cômico, ele não perdia uma oportunidade de arremedar o cerimonial da missa, enfeitando-o com onomatopeias [encadeadas] que imitavam o latim e, para concluir, representando ao mesmo tempo os fiéis que abaixavam a cabeça ao som do sino e o padre que, aproveitando-se dessa atitude, bebia sub-repticiamente o vinho da missa. Já Catherine Cormery era a única cuja doçura podia evocar a ideia de fé, mas justamente a doçura era toda a sua fé. Ela não negava nem aprovava, rindo um

---

[a] *A morte na Argélia.*

pouco das gracinhas do irmão, mas dizia "senhor cura" ao encontrar um padre. Nunca falava em Deus. Palavra que, na verdade, Jacques nunca ouvira ser pronunciada em toda a infância, e ele próprio não se preocupava com isso. A vida, misteriosa e resplandecente, bastava para preenchê-lo.

Apesar de tudo isso, quando se falava na família de um enterro civil, não era raro que, paradoxalmente, a avó ou mesmo o tio começassem a deplorar a ausência de padre: "como um cão", diziam. É que para eles, como para a maioria dos argelinos, a religião fazia parte da vida social, e só dela. Era-se católico como se é francês, o que obriga a certo número de rituais. Na verdade, esses rituais eram exatamente quatro: batismo, primeira comunhão, sacramento do casamento (se houvesse casamento) e últimos sacramentos. Entre essas cerimônias, necessariamente muito espaçadas, cuidava-se de outras coisas, e antes de mais nada de sobreviver.

Estava claro, portanto, que Jacques devia fazer sua primeira comunhão, como fizera Henri, que guardava a pior das lembranças, não da cerimônia em si, mas de suas consequências sociais, principalmente das visitas que em seguida fora obrigado a fazer durante vários dias, de laço no braço, aos amigos e parentes que deviam lhe dar um presentinho em dinheiro, recebido com embaraço pelo menino e cujo montante era em seguida tomado pela avó, que devolvia a Henri uma ínfima parte, guardando o resto porque a comunhão "custava". Mas a cerimônia ocorria por volta do décimo segundo ano da criança, que durante dois anos tinha de frequentar as aulas de catecismo. Jacques só teria de fazer sua primeira comunhão, portanto, no segundo ou terceiro ano de liceu. Mas, justamente, a avó se sobressaltou quando pensou nisso. Fazia uma ideia obscura e meio assustadora do liceu, como um lugar onde era preciso estudar dez vezes mais do que na escola comunal, pois tais estudos levavam a situações melhores, e, na sua cabeça, nenhuma melhora material podia ser alcançada sem um acréscimo de trabalho. Por outro lado, ela desejava o sucesso de Jacques com todas as forças, em virtude dos sacrifícios que acabava de aceitar, e imaginava que o tempo do catecismo seria roubado ao do trabalho.

— Não — disse —, você não pode estar ao mesmo tempo no liceu e no catecismo.

— Bom, então não vou fazer a primeira comunhão — disse Jacques, pensando sobretudo em escapar da chatice das visitas e da humilhação insuportável de receber dinheiro.

A avó olhou para ele.

— Por quê? Podemos dar um jeito. Vista-se. Vamos falar com o pároco.

Ela se levantou e foi com ar decidido para o quarto. Ao voltar, tinha tirado a bata e a saia de trabalho, pusera seu único vestido de sair [   ][1] abotoado até o pescoço e amarrara na cabeça seu lenço de seda preta. As mechas de cabelos brancos orlavam o lenço, os olhos claros e a boca firme davam-lhe o ar da própria decisão.

---
[1] Uma palavra ilegível.

Na sacristia da igreja de São Carlos, construção horrorosa em estilo gótico moderno, ela estava sentada, segurando a mão de Jacques, de pé a seu lado, diante do pároco, sujeito gordo na casa dos sessenta, rosto redondo, um pouco flácido, com um narigão, boca de lábios grossos e sorriso bom debaixo da coroa de cabelos prateados, que mantinha as mãos unidas sobre a batina esticada pelos joelhos afastados.

— Quero que o menino faça a primeira comunhão — disse a avó.

— Muito bem, senhora, faremos dele um bom cristão. Que idade tem?

— Nove anos.

— Tem toda razão de fazê-lo seguir o catecismo já tão cedo. Em três anos, ele estará perfeitamente preparado para o grande dia.

— Não — atalhou a avó secamente. — Ele precisa fazê-la logo.

— Logo? Mas as comunhões serão feitas dentro de um mês, e ele só pode se apresentar diante do altar depois de pelo menos dois anos de catecismo.

A avó explicou a situação. Mas o pároco não estava de modo algum convencido da impossibilidade de seguir ao mesmo tempo os estudos secundários e a instrução religiosa. Com paciência e bondade, invocava a própria experiência, dava exemplos... A avó levantou-se.

— Nesse caso, ele não vai fazer primeira comunhão. Venha, Jacques — e foi levando o menino em direção à saída. Mas o padre correu atrás deles.

— Espere, senhora, espere.

E, devagar, conduziu-a de volta ao seu lugar, tentou argumentar. Mas a avó sacudia a cabeça como uma velha mula teimosa.

— Ou é logo, ou então vai ficar sem.

No fim das contas, o padre cedeu. Combinou-se que, depois de receber uma instrução religiosa intensiva, Jacques comungaria um mês depois. E o padre, sacudindo a cabeça, acompanhou-os até a porta, onde acariciou o rosto do menino.

— Ouça muito bem o que vão lhe dizer — disse.

E olhava para ele com uma espécie de tristeza.

Jacques acumulou, portanto, as aulas extras com o Sr. Germain e as aulas de catecismo da quinta-feira e do sábado à noite. Os exames da bolsa e a primeira comunhão aproximavam-se simultaneamente, e seus dias ficavam sobrecarregados, sem mais tempo para brincadeiras, mesmo e sobretudo no domingo, quando, embora pudesse deixar de lado os cadernos, a avó o incumbia de realizar trabalhos domésticos e fazer compras, invocando os futuros sacrifícios que a família teria de fazer para sua educação e a longa série de anos em que ele nada mais faria pela casa.

— Mas talvez eu não consiga — disse Jacques. — O exame é difícil.

E, de certa maneira, ocorria-lhe até desejar isso, achando grande demais para seu jovem orgulho o peso desses sacrifícios de que lhe falavam constantemente. A avó olhava para ele perplexa. Não tinha pensado nessa possibilidade. Depois dava de ombros e, sem se preocupar com a contradição:

— Pois faça isso — disse — e vai ficar de bunda quente.

As aulas de catecismo eram dadas pelo segundo pároco da paróquia, alto, quase interminável em sua longa batina preta, seco, nariz de águia e faces encovadas, tão duro quanto o velho cura era maleável e bom. Seu método de ensino era a recitação, e apesar de primitivo, talvez fosse o único realmente adequado ao povinho bronco e cabeçudo que ele tinha por missão formar espiritualmente. Era preciso aprender as perguntas e as respostas: "O que é Deus...?"[a] Essas palavras não significavam rigorosamente nada para os jovens catecúmenos, e Jacques, que tinha excelente memória, as recitava imperturbável sem nunca as entender. Quando outra criança recitava, ele devaneava, alheava-se ou fazia caretas para os colegas. Foi uma dessas caretas que o pároco surpreendeu certo dia e, achando que lhe era dirigida, julgou de bom alvitre fazer valer o respeito ao caráter sagrado de que estava investido, chamou Jacques para a frente de toda a assembleia das crianças e, com sua longa mão ossuda, sem mais explicações, deu-lhe uma tremenda bofetada. Jacques quase caiu, ante a força do golpe.

— Agora volte para o seu lugar — disse o padre.

O menino olhou para ele, sem uma lágrima (e a vida inteira foram sempre a bondade e o amor que o fizeram chorar, jamais o mal ou a perseguição, que fortaleciam

---

[a] Ver um catecismo

seu coração e sua determinação em sentido contrário), e voltou ao seu banco. O lado esquerdo do seu rosto ardia, ele estava com gosto de sangue na boca. Com a ponta da língua, descobriu que a parte interna da bochecha se rasgara com a bofetada e estava sangrando. Engoliu o sangue.

Durante todo o resto das aulas de catecismo, ele se alheou, olhando para o padre com calma, sem condenação nem amizade, quando ele lhe dirigia a palavra, recitando sem nenhum erro as perguntas e respostas referentes à pessoa divina e ao sacrifício de Cristo e, a mil léguas do lugar onde recitava, sonhando com aquele duplo exame que afinal se resumia a um só. Afundado nos estudos e no mesmo sonho que prosseguia, comovido apenas, mas de maneira obscura, pelas missas da noite que se multiplicavam na pavorosa igreja fria, mas onde o órgão lhe permitia ouvir uma música que escutava pela primeira vez, tendo até então ouvido apenas cançõezinhas tolas, e sonhando então com mais densidade, mais profundidade, um sonho povoado de cintilações douradas na penumbra dos objetos e trajes sacerdotais, finalmente ao encontro do mistério, mas um mistério sem nome em que as pessoas divinas designadas e rigorosamente definidas pelo catecismo não tinham nada que fazer nem a ver, simplesmente prolongavam o mundo nu em que ele vivia; o mistério caloroso, interior e impreciso de que se sentia envolvido então apenas ampliava o mistério cotidiano do discreto sorriso ou do silêncio de sua mãe, quando ele entrava na sala de jantar, ao anoitecer, e ela, sozinha em casa, não acendera a lamparina de querosene, deixando a noite aos poucos invadir o ambiente, ela mesma como forma mais escura e densa a contemplar pensativa, pela janela, os movimentos animados, mas silenciosos para ela, da rua, e então o filho se detinha na soleira da porta, com um aperto no coração, cheio de um amor desesperado pela mãe e por aquilo que, em sua mãe, não pertencia ou deixara de pertencer ao mundo e à vulgaridade dos dias. Depois veio a primeira comunhão, da qual Jacques guardou poucas lembranças, à parte a confissão da véspera, na qual confessou os únicos atos que lhe haviam dito ser condenáveis, ou seja, poucas coisas, e "não teve pensamentos culposos? — Sim, padre", disse o menino sem pensar, embora não entendesse como um pensamento poderia ser culposo, e até o dia seguinte ficou com medo de deixar escapar sem perceber um pensamento culposo ou, o que lhe parecia mais claro, uma daquelas expressões grosseiras que não faltavam em seu vocabulário de escolar e, bem ou mal, conseguiu segurar pelo menos as palavras até a manhã da cerimônia, quando, usando um terno azul-marinho com laço no braço, carregando um pequeno missal e um rosário de continhas brancas, tudo presenteado pelos parentes menos pobres (a tia Marguerite etc.), brandindo um círio na nave central, no meio de uma fila de outras crianças que carregavam círios sob o olhar extasiado dos pais, de pé entre os bancos, e o estrondo da música que então troou deixou-o petrificado, enchendo-o de medo e de uma extraordinária exaltação em que pela primeira vez ele sentiu sua força, sua capacidade infinita de triunfo e de vida, exaltação que tomou conta dele durante toda a cerimônia, distraindo-o de tudo o que acontecia, inclusive do momento da comunhão, e mesmo durante a volta e a refeição em que os parentes convidados se sentaram ao redor de uma mesa mais [opulenta] que de hábito, o que aos poucos foi entusiasmando os convivas habituados a comer e beber pouco, até que aos poucos o ambiente foi sendo tomado por uma enorme alegria, que destruiu a exaltação de Jacques e até o desconcertou a tal ponto que, na hora da sobremesa, no auge de excitação geral, ele se desfez em lágrimas.

— O que foi que te deu? — quis saber a avó.
— Não sei, não sei.
E a avó, exasperada, deu-lhe uma bofetada.
— Assim você vai saber por que está chorando — disse.
Mas na verdade ele sabia, olhando para a mãe, que, do outro lado da mesa, dirigia-lhe um sorrisinho triste.
— Correu tudo bem — disse o Sr. Bernard. — Pois então, agora, ao trabalho.

Mais alguns dias de estudo duro e as últimas aulas ocorreram na casa do próprio Sr. Bernard (descrever o apartamento?), e certa manhã, na parada do bonde, perto da casa de Jacques, os quatro alunos, munidos de uma prancheta mata-borrão, uma régua e um estojo, rodeavam o Sr. Germain, enquanto Jacques via na varanda de casa a mãe e a avó debruçadas, acenando animadamente.

O liceu onde eram prestados os exames ficava exatamente do outro lado, na outra extremidade do arco formado pela cidade ao redor do golfo, num bairro outrora opulento e sem graça, que, graças à imigração espanhola, tornara-se um dos mais populares e cheios de vida de Argel. O liceu era uma enorme construção quadrada que dominava a rua. Entrava-se por duas escadas laterais e uma frontal, larga e monumental, flanqueada dos dois lados por jardins acanhados com bananeiras e[1] protegidos por grades contra o vandalismo dos alunos. A escada central levava a uma galeria para a qual convergiam as duas escadas laterais e onde se abria a porta monumental utilizada nas grandes ocasiões, ao lado da qual uma porta muito menor, que dava para o cubículo envidraçado do porteiro, era normalmente usada.

Nessa galeria, em meio aos alunos já ali presentes, que, na maioria, tentavam esconder o medo por trás de uma atitude despreocupada, à parte alguns cuja ansiedade transparecia na palidez e no silêncio, o Sr. Bernard e seus alunos esperavam, diante da porta fechada nas primeiras horas ainda frescas da manhã e diante da rua ainda úmida, que dentro em pouco o sol cobriria de poeira. Estavam adiantados bem meia hora, mantinham-se calados, unidos ao redor do mestre, que não encontrava o que lhes dizer e de repente se afastou, dizendo que voltaria. E de fato o viram voltar momentos depois, sempre elegante com chapéu de aba voltada para cima e polainas, que resolvera usar naquele dia, segurando em cada mão dois embrulhos de papel de seda simplesmente retorcidos na ponta para serem segurados, e, quando se aproximou, eles viram que o papel estava engordurado.

---

[1] Nenhuma palavra aparece em seguida no manuscrito.

— Croissants — disse o Sr. Bernard. — Comam um agora e guardem o outro para as dez horas.

Eles agradeceram e comeram, mas a massa mastigada e indigesta mal descia pela garganta.

— Não se afobem — repetia o professor. — Leiam calmamente o enunciado do problema e o tema da redação. Leiam várias vezes. Terão tempo.

Sim, eles leriam várias vezes, obedeceriam, a ele que sabia tudo e junto de quem a vida não tinha obstáculos, bastava deixar-se guiar por ele. Nesse momento, começou um alvoroço perto da portinha. Os cerca de sessenta alunos já reunidos encaminharam-se naquela direção. Um bedel abrira a porta e lia uma lista. O nome de Jacques foi um dos primeiros a ser chamado. Ele estava segurando a mão do professor, hesitou.

— Vá, meu filho — disse o Sr. Bernard.

Trêmulo, Jacques caminhou em direção à porta e, quando ia passar por ela, voltou-se para o professor. Lá estava ele, alto, sólido, sorria tranquilamente para Jacques e sacudia a cabeça afirmativamente.[a]

Ao meio-dia, o Sr. Bernard os esperava à saída. Eles lhe mostraram seus rascunhos. Só Santiago tinha errado o problema.

— Sua redação está muito boa — disse rapidamente a Jacques.

À uma hora, acompanhou-os de volta. Às quatro, ainda estava lá, examinando seus trabalhos.

---

[a] verificar programa bolsa.

— Ânimo, temos de esperar — disse.

Dois dias depois, os cinco estavam outra vez em frente à portinha às dez da manhã. A porta se abriu, e o bedel leu de novo uma lista muito menor, que dessa vez era a dos escolhidos. Em meio ao alvoroço, Jacques não ouviu seu nome. Mas recebeu um alegre tabefe na nuca e ouviu o Sr. Bernard dizer:

— Muito bem, mosquito! Foi aprovado.

Só o gentil Santiago não tinha passado, e todos olhavam para ele com uma espécie de tristeza distraída.

— Não faz mal — dizia ele —, não faz mal.

E Jacques já não sabia onde estava, nem o que estava acontecendo, os quatro voltavam de bonde, "vou falar com os pais de vocês", dizia o Sr. Bernard, "primeiro passamos pela casa de Cormery porque fica mais perto", e na pobre sala de jantar agora cheia de mulheres, onde se encontravam a avó, a mãe, que tinha tirado um dia de folga para a ocasião (?), e as vizinhas Masson, ele se mantinha bem junto ao mestre, respirando pela última vez o perfume de água-de-colônia, colado à tepidez acolhedora daquele corpo sólido, e a avó brilhava na presença das vizinhas. "Obrigada, Sr. Bernard, obrigada", dizia, enquanto o professor afagava a cabeça do menino. "Agora não precisa mais de mim", dizia, "terá professores mais preparados. Mas sabe onde me encontrar, venha falar comigo se precisar de ajuda". Ele se ia, e Jacques ficava sozinho, perdido no meio daquelas mulheres, depois corria até a janela, olhando para o mestre que acenava uma última vez e agora o deixava sozinho, e, em vez da alegria do sucesso, uma imensa dor de criança lhe confrangia o coração, como se ele soubesse desde logo que, com aquele acontecimento, acabava de ser arrancado ao mundo inocente e caloroso dos pobres, mundo fechado em si mesmo, como uma ilha na sociedade, mas no qual a miséria funcionava como família e solidariedade, para ser lançado num mundo desconhecido, que já não era seu, onde não podia acreditar que os professores fossem mais preparados que aquele cujo coração sabia tudo, e agora teria de aprender, entender sem ajuda, tornar-se homem enfim, sem o socorro do único homem que o socorrera, crescer e criar-se sozinho finalmente, pagando o mais alto custo.

7

Mondovi: A colonização e o pai

[a]Agora, estava grande... Na estrada de Bône a Mondovi, o veículo em que estava J. Cormery cruzava com jipes ouriçados de fuzis, circulando lentamente...

— Senhor Veillard?

— Sim.

À porta de sua fazendola, o homem que olhava para Jacques Cormery era baixo, mas parrudo, com ombros bem torneados. Com a mão esquerda mantinha a porta aberta, e com a direita agarrava firmemente o batente, de modo que, ao mesmo tempo que abria caminho para sua casa, impedia o caminho. Devia ter uns quarenta anos, a julgar pelos raros cabelos grisalhos que lhe conferiam uma expressão romana. Mas a pele curtida do rosto regular de olhos claros, o corpo um pouco cheio, mas sem gordura nem barriga, nas calças cáqui, as sandálias e a camisa azul com bolsos faziam-no parecer muito mais jovem. Ele ouvia, imóvel, as explicações de Jacques. Depois:

---

[a] Veículo a cavalo trem barco avião.

— Entre — disse, e deu passagem.

Enquanto avançava pelo corredorzinho de paredes caiadas, mobiliado apenas com uma arca marrom e um bengaleiro de madeira recurvada, Jacques ouviu o fazendeiro rir atrás dele.

— Em suma, uma peregrinação! Pois bem, francamente, foi na hora certa.

— Por quê? — perguntou Jacques.

— Entre na sala de jantar — respondeu o fazendeiro. — É o lugar mais fresco da casa.

Metade da sala de jantar era uma varanda cujos toldos de palha flexível estavam baixados, menos um. Com exceção da mesa e do guarda-louça de madeira clara e estilo moderno, o aposento era mobiliado com cadeiras de ratã e espreguiçadeiras. Ao se voltar, Jacques deu-se conta de que estava sozinho. Adiantou-se na direção da varanda e, pelo espaço entre os toldos, viu um pátio com pimenteiras-bastardas, entre as quais brilhavam dois tratores vermelho-vivo. Mais adiante, sob o sol ainda suportável das onze horas, começavam as fileiras de parreiras. No momento seguinte, o fazendeiro entrou com uma bandeja na qual dispusera uma garrafa de anisete, copos e uma garrafa de água gelada.

O fazendeiro erguia seu copo cheio do líquido leitoso.

— Se tivesse demorado, corria o risco de não encontrar mais nada aqui. Ou pelo menos nenhum francês para lhe dar informações.

— Foi o velho médico que me disse que a sua fazenda foi onde eu nasci.

— Sim, ela fazia parte da propriedade de Saint-Apôtre, mas foi comprada pelos meus pais depois da guerra.

Jacques olhava ao redor.

— Você certamente não nasceu aqui. Meus pais reconstruíram tudo.

— Eles conheceram o meu pai antes da guerra?

— Não creio. Moravam bem perto da fronteira da Tunísia, e depois quiseram ficar mais perto da civilização. Para eles, Solferino era a civilização.

— Não tinham ouvido falar do antigo administrador?

— Não. Você é da terra, sabe como é. Aqui, não se preserva nada. Tudo é demolido e reconstruído. As pessoas pensam no futuro e esquecem o resto.

— Bom — disse Jacques —, vim incomodá-lo à toa.

— Não — respondeu o outro —, foi um prazer.

E sorriu para ele. Jacques terminou sua bebida.

— Seus pais ficaram perto da fronteira?

— Não, é a zona proibida. Perto da represa. E dá para ver que não conheceu meu pai.

Engoliu também o resto da bebida e, parecendo tomado por um acréscimo de animação, caiu na risada:

— É um velho colono. À antiga. Daqueles que são insultados em Paris, você sabe. E é verdade que sempre foi duro. Sessenta anos. Mas comprido e seco como um puritano com sua cara de [cavalo]. Tipo patriarca, sabe como é. Não dava mole para os trabalhadores árabes, e, para ser justo, nem para os próprios filhos. Por isso, no ano passado, quando foi preciso ir embora, foi uma verdadeira tourada. Ficou impossível continuar vivendo na região.

Tínhamos de dormir com o fuzil ao lado. Quando a fazenda Raskil foi atacada, lembra-se?

— Não — disse Jacques.

— Sim, o pai e os dois filhos degolados, a mãe e a filha estupradas durante muito tempo e depois mortas... Em suma... O chefe de polícia teve a péssima ideia de dizer aos agricultores reunidos que era necessário reconsiderar as questões [coloniais], a maneira de tratar os árabes e que agora uma página tinha sido virada. Precisou ouvir o velho dizer que ninguém no mundo faria a lei na casa dele. Mas a partir dali, não abriu mais a boca. À noite, às vezes se levantava e saía. Minha mãe o observava pela veneziana e o via caminhar por suas terras. Quando chegou a ordem de evacuação, ele não disse nada. A vindima estava concluída, e o vinho, nas cubas. Abriu as cubas, foi até uma fonte de água salobra que ele mesmo tinha desviado tempos antes, reconduziu-a ao leito antigo em suas terras e equipou seu trator com uma charrua de surriba. Durante três dias, no volante, cabeça descoberta, sem dizer nada, arrancou as videiras em toda a extensão da propriedade. Imagine só, o velho seco chacoalhando em cima do trator, forçando a alavanca de aceleração quando a relha não dava conta de uma cepa mais grossa, não parando nem para comer, minha mãe lhe levava pão, queijo e [sobressada], que ele comia calmamente, como sempre fazia as coisas, jogando fora a última côdea para voltar a acelerar, tudo isso do nascer ao pôr do sol e sem um olhar sequer para as montanhas no horizonte, nem para os árabes que logo tinham sido avisados e o observavam a distância, sem dizer nada tampouco. E quando um jovem capitão, alertado não se sabe por quem, chegou pedindo explicações, o outro disse:

— Rapaz, como o que fizemos aqui é crime, é preciso apagá-lo.

Quando tudo terminou, ele voltou para a fazenda, atravessou o pátio encharcado do vinho que vazara das cubas e começou a fazer as malas. Os operários árabes o esperavam no pátio. (Havia também uma patrulha enviada pelo capitão, não se sabia muito bem por quê, com um tenente gentil que aguardava ordens.)

— Patrão, o que vamos fazer?

— Se eu estivesse no lugar de vocês — respondeu o velho —, entraria para a guerrilha. Eles vão ganhar. Não existem mais homens na França.

O fazendeiro ria:

— Bem direto, hein!

— Eles estão com você?

— Não. Ele não quis mais saber da Argélia. Está em Marselha, num apartamento moderno. Mamãe me escreve que ele fica dando voltas dentro do quarto.

— E você?

— Oh, eu vou ficando, até o fim. Aconteça o que acontecer, ficarei aqui. Mandei minha família para Argel e aqui vou morrer. Em Paris eles não entendem isso. Além de nós, sabe quem são os únicos capazes de entender?

— Os árabes.

— Exatamente. Fomos feitos para nos entender. Estúpidos e grosseiros como nós, mas o mesmo sangue de homem. Ainda vamos nos matar um pouco, cortar os colhões uns dos outros e nos torturar um pouquinho. E depois começaremos a viver de novo entre homens. É a nossa terra que assim quer. Um anisete?

— Fraco — disse Jacques.

Um pouco mais tarde, os dois saíram. Jacques tinha perguntado se ainda havia alguém na região que pudesse ter conhecido seus pais. Não, disse Veillard; além do velho médico que o trouxera ao mundo e que tinha se aposentado em Solferino mesmo, não havia ninguém. A propriedade de Saint-Apôtre tinha mudado de mãos duas vezes, muitos trabalhadores árabes haviam morrido nas duas guerras, muitos outros tinham nascido.

— Aqui tudo muda — repetia Veillard. — As coisas andam rápido, muito rápido, e a gente esquece.

No entanto, podia ser que o velho Tamzal... Era o zelador de uma das fazendas de Saint-Apôtre. Em 1913, devia ter uns vinte anos. E de qualquer maneira, Jacques veria a região onde nascera.

Exceto no norte, a região era cercada ao longe por montanhas cujos contornos o calor do meio-dia tornava imprecisos, como enormes blocos de pedra e névoa luminosa, entre os quais a planície de Seybouse, pantanosa outrora, estendia até o mar, ao norte, debaixo do céu incandescente, seus campos retilíneos de videiras, com as folhas azuladas pela sulfatagem e os cachos já pretos, cortados de longe em longe por fileiras de ciprestes ou eucaliptais a cuja sombra se abrigavam casas. Seguiam uma estrada rural em que cada passo levantava poeira vermelha. Diante deles, até as montanhas, o espaço tremia, e o sol zunia. Ao chegarem a uma casinha por trás de um aglomerado de plátanos, estavam cobertos de suor. Um cão invisível os recebia com latidos furiosos.

A casinha, bem deteriorada, tinha uma porta de madeira de amoreira muito bem fechada. Veillard bateu. Os latidos redobraram. Pareciam vir de um pequeno pátio fechado, do outro lado da casa. Mas não havia movimento humano.

— Reina a confiança — disse o fazendeiro. — Eles estão aí. Mas esperam.

— Tamzal! — gritou ele — É Veillard.

— Seis meses atrás, vieram procurar o genro dele, queriam saber se estava abastecendo a guerrilha. Nunca mais se ouviu falar dele. Faz um mês, disseram a Tamzal que provavelmente ele tinha tentado fugir e foi morto.

— Ah — disse Jacques. — E ele abastecia a guerrilha?

— Talvez sim, talvez não. Como saber? É a guerra. Mas isso explica por que as portas demoram a se abrir na terra da hospitalidade.

Justamente, a porta se abria. Tamzal, baixo, cabelos [ ],[1] chapéu de palha de abas largas na cabeça, vestindo um macacão azul remendado, sorria para Veillard, olhava para Jacques.

— É um amigo. Ele nasceu aqui.

— Entre — disse Tamzal —, vai tomar um chá.

Tamzal não se lembrava de nada. Sim, talvez. Ouvira um de seus tios falar de um administrador que tinha ficado alguns meses, foi depois da guerra.

---

[1] Duas palavras ilegíveis.

— Antes — disse Jacques.

Ou antes, era possível, ele era muito jovem na época, e o que acontecera com seu pai? Tinha morrido na guerra.

— *Mektoub*[1] — disse Tamzal. — Mas guerra é ruim.

— Sempre houve guerra — disse Veillard. — Mas a gente se acostuma rápido com a paz. E ficamos achando que é normal. Não, normal é a guerra.[a]

— Os homens ficam enlouquecidos — disse Tamzal, indo pegar uma bandeja de chá das mãos de uma mulher que, no compartimento ao lado, virava a cabeça.

Tomaram o chá escaldante, agradeceram e retomaram o caminho abrasador que atravessava os vinhedos.

— Vou voltar a Solferino com meu táxi — disse Jacques. — O doutor me convidou para almoçar.

— Eu me convido também. Espere. Vou buscar algumas coisas de comer.

Mais tarde, no avião que o levava de volta a Argel, Jacques tentava pôr em ordem as informações obtidas. Na verdade, apenas um punhado, e nenhuma dizia respeito diretamente ao seu pai. Curiosamente, a noite parecia subir da terra com uma rapidez quase mensurável até finalmente engolir o avião, que seguia reto, sem um movimento, como um parafuso penetrando diretamente a densidade da noite. Mas a escuridão aumentava ainda mais o mal-estar de Jacques, que se sentia duplamente enclausurado, pelo avião e pelas trevas, e respirava mal.

---

[1] Em árabe: "Estava escrito" (no destino).
[a] desenvolver

Ele via de novo o registro civil e o nome das duas testemunhas, nomes bem franceses como ainda [se] encontram nos letreiros parisienses, e o velho médico, depois de contar a chegada do seu pai e o seu próprio nascimento, disse que tinham sido dois comerciantes de Solferino, os primeiros a aparecer, que tinham concordado em prestar serviços a seu pai, e tinham nomes de parisienses suburbanos, sim, o que não era motivo de espanto, já que Solferino fora fundada por revolucionários de 1848.

— Ah sim — dissera Veillard —, meus bisavós estavam entre eles. Por isso é que o velho tem a revolução no sangue.

E tinha esclarecido que os primeiros avós eram, ele carpinteiro do Faubourg Saint-Denis, ela lavadeira de roupas finas. Havia muito desemprego em Paris, muita agitação, e a Constituinte tinha aprovado cinquenta milhões para apressar a formação de uma colônia.[a] Prometia-se a todo mundo uma habitação de 2 a 10 hectares.

— Imagina só se não houve candidatos. Mais de mil. Todos sonhando com a Terra Prometida. Sobretudo os homens. Já as mulheres tinham medo do desconhecido. Mas eles! Não tinham feito a revolução para nada. Gente do tipo que acredita em Papai Noel. E para eles Papai Noel usava albornoz. Pois bem, conseguiram o seu Papai Noelzinho. Partiram em 1849, e a primeira casa foi construída em 1854. Nesse intervalo...

Jacques agora respirava melhor. A escuridão inicial se decantara, refluíra como uma maré, deixando atrás de si

---

[a] 48 [número circundado pelo autor, N. E.]

uma nuvem de estrelas, e o céu agora estava cheio delas. Só o barulho ensurdecedor dos motores debaixo dele ainda o atordoava. Ele tentava visualizar o velho vendedor de alfarrobas e forragem que, este sim, conhecera seu pai, lembrava-se dele vagamente e repetia o tempo todo: "Sem conversa, ele não era de conversa." Mas o barulho o aturdia, mergulhava-o numa espécie de torpor ruim no qual tentava em vão rever, imaginar seu pai desaparecendo na imensidão daquela região hostil, dissolvendo-se na história anônima daquela aldeia e daquela planície. Detalhes saídos da conversa que tivera na casa do médico voltavam-lhe com o mesmo movimento das barcaças que, segundo o médico, tinham levado os colonos parisienses a Solferino. No mesmo movimento, e na época não havia trens, não, não, havia sim, mas ia só até Lyon. Então, seis barcaças puxadas por cavalos de sirga com a *Marselhesa* e o *Canto da partida*, naturalmente, executados pela banda municipal, e bênção do clero às margens do Sena com uma bandeira na qual estava bordado o nome da aldeia ainda inexistente, mas que os passageiros iam criar por encanto. A barcaça já derivava, Paris deslizava, tornava-se fluida, ia desaparecer, que as bênçãos divinas recaiam sobre o vosso empreendimento, e mesmo os espíritos fortes, os durões das barricadas, calavam-se, com o coração apertado, suas mulheres amedrontadas agarradas à sua força, e no porão era preciso dormir em enxergas com o ruído sedutor e a água suja na altura da cabeça, mas antes as mulheres se despiam por trás de lençóis que iam alternadamente segurando. Onde estava seu pai em tudo aquilo? Em lugar nenhum, no entanto aquelas barcaças sirgadas cem anos antes nos canais do outono declinante, derivando durante um mês nos rios cobertos com as últimas folhas mortas, escoltadas por aveleiras e salgueiros nus debaixo do céu cinzento, recebidas nas cidades pelas fanfarras oficiais e partindo de novo com sua carga de novos ciganos em direção a um país desconhecido, ensinavam-lhe mais sobre o jovem morto de Saint-Brieuc do que as lembranças [senis] e desordenadas que fora buscar. Os motores agora mudavam de rotação. As massas escuras, pedaços de noite fragmentários e cortantes lá embaixo eram Cabília, a parte selvagem e sangrenta do país, tanto tempo selvagem e sangrento, em direção ao qual cem anos antes os operários de 1848 se amontoavam numa fragata a vapor de rodas, "*Le Labrador*", dizia o velho doutor, "era o seu nome, imaginem só, *Le Labrador* para ir na direção dos mosquitos e do sol", *Le Labrador*, em todo caso, azafamando-se com todas as pás, batendo a água gelada, que o mistral agitava em tempestade, com o convés varrido durante cinco dias e cinco noites por um vento polar, e os conquistadores no fundo dos seus porões, mortalmente doentes, vomitando uns sobre os outros e querendo morrer, até a entrada do porto de Bône, com toda a população no cais para receber com música os aventureiros esverdeados, vindos de longe, tendo deixado a capital da Europa com mulheres, filhos e móveis para vir dar, cambaleantes, depois de cinco semanas vagando, àquela terra de distâncias azuladas e cujo cheiro estranho, feito de adubo, condimentos e [   ][1] eles agora sentiam com apreensão.

---

[1] Uma palavra ilegível.

Jacques revirou-se na poltrona; estava meio adormecido. Via seu pai, que nunca tinha visto, de quem sequer sabia a altura, podia vê-lo no cais de Bône entre os emigrantes, enquanto as talhas baixavam os pobres móveis que tinham sobrevivido à viagem e irrompiam brigas por causa dos que tinham desaparecido. Lá estava ele, decidido, taciturno, dentes cerrados, e no fim das contas não era a mesma estrada que percorrera de Bône a Solferino, quase quarenta anos antes, a bordo da carroça, sob o mesmo céu de outono? Mas não existia estrada para os emigrantes, mulheres e crianças amontoadas nas carretas de munição do exército, os homens a pé, cortando caminho a olho pela planície pantanosa ou pela mata espinhosa sob o olhar hostil dos árabes agrupados de longe em longe e a distância, acompanhados quase continuamente pela matilha ululante dos cães cabilas, até chegarem no fim do dia à mesma região a que seu pai chegou quarenta anos antes, plana, cercada de montanhas distantes, sem uma habitação, sem um pedaço de terra cultivado, coberta apenas por um punhado de tendas militares cor de terra, nada além de um espaço nu e deserto, o que, para eles, era o fim do mundo, entre o céu deserto e a terra perigosa,* e as mulheres então choravam à noite, de cansaço, medo e decepção.

A mesma chegada à noite a um lugar miserável e hostil, os mesmos homens e depois, e depois... Ah! Jacques nada sabia do pai, mas quanto aos outros, era de fato a mesma

---

* desconhecida

coisa, tiveram de se virar diante dos soldados que riam e se instalar nas tendas. As casas ficariam para depois, seriam construídas e depois as terras seriam distribuídas, o trabalho, o bendito trabalho salvaria tudo. "Não de imediato, o trabalho...", dissera Veillard. A chuva, a chuva argelina, enorme, brutal, inesgotável, tinha caído durante oito dias, o Seybouse transbordara. O lodaçal chegava à entrada das tendas, eles não podiam sair, irmãos inimigos na imunda promiscuidade das enormes tendas que reverberavam interminavelmente debaixo do aguaceiro, e, para escapar do fedor, eles tinham cortado caniços ocos para urinar de dentro para fora, e, assim que a chuva parou, ao trabalho, efetivamente, sob a orientação do carpinteiro, para construir barracões leves.

— Ah! Que gente de valor — dizia Veillard, rindo. — Concluíram seus casebres na primavera e depois tiveram direito ao cólera. Segundo contam os velhos, o ancestral carpinteiro perdeu a filha e a mulher, que estavam cobertas de razão para hesitar diante da viagem.

— Pois é — confirmava o velho doutor, caminhando de um lado para outro, sempre ereto e orgulhoso nas suas polainas, sem conseguir ficar sentado —, morria uma dezena por dia. O calor chegou cedo, as pessoas cozinhavam nas barracas. E de higiene nem se fala! Em suma, morria uma dezena por dia.

Seus confrades, militares, estavam impotentes. Estranhos confrades, por sinal. Tinham esgotado todos os remédios. E aí tiveram uma ideia. Era preciso dançar para aquecer o sangue. E toda noite, depois do trabalho, os colonos dançavam entre um enterro e outro, ao som do violino. E não foi uma ideia tão má assim. Naquele calor, a boa gente transpirava tudo o que podia, e a epidemia cessou.

— É uma ideia a ser explorada.

Sim, era uma ideia. Na noite quente e úmida, entre os barracões onde os doentes dormiam, o violinista, sentado numa caixa, tinha ao lado uma lanterna em torno da qual zumbiam mosquitos e outros insetos, e os conquistadores, de vestido comprido e terno de lã dançavam, transpiravam muito sérios ao redor de uma grande fogueira de galhos, enquanto, nos quatro cantos do acampamento, os vigias montavam guarda para defender os sitiados dos leões de juba preta, dos ladrões de gado, dos bandos árabes e às vezes também dos ataques de outras colônias francesas carentes de distração ou de provisões. Depois, finalmente tinham sido distribuídas terras, lotes dispersos longe da aldeia de barracas. Depois fora construída a aldeia com muralhas de terra. Mas dois terços dos migrantes tinham morrido, lá como em toda a Argélia, sem terem posto as mãos na picareta e no arado. Os outros continuavam sendo parisienses no campo e lavravam a terra de claque na cabeça, espingarda no ombro, cachimbo nos dentes, sendo autorizado apenas cachimbo tampado, jamais cigarro, para evitar incêndios, quinina no bolso, quinina que era vendida nos cafés de Bône e na cantina de Mondovi como produto de consumo corrente, à saúde!, acompanhados das respectivas mulheres com vestidos de seda. Mas sempre espingardas e soldados ao redor, e até para lavar a roupa no Seybouse era necessária uma escolta para aquelas que em outros tempos, na lavanderia da rue des Archives, trabalhavam numa espécie de salão pacífico, e a própria aldeia muitas vezes era atacada durante a noite, como em 1851, durante uma das insurreições, em que centenas de cavaleiros de albornoz, que giravam em torno das muralhas, tinham acabado por fugir ao verem as tubulações de fogão apontadas pelos sitiados, para simular canhões, construindo e trabalhando em terra inimiga, que recusava a ocupação e vingava-se em tudo o que encontrasse, e por que Jacques pensava agora na mãe enquanto o avião subia e descia? Ao rever o tanque militar atolado na estrada de Bône, onde os colonos tinham deixado uma mulher grávida para ir buscar ajuda e onde voltariam a encontrá-la de barriga rasgada e seios cortados.

— Era a guerra — dizia Veillard.

— Sejamos justos — acrescentava o velho doutor —, a gente os tinha metido em grutas com toda a sua raça, tá, tá, e eles tinham cortado os colhões dos primeiros berberes, que por sua vez... e aí remontamos ao primeiro criminoso, sabemos quem foi, chamava-se Caim, e desde então é a guerra, os homens são medonhos, principalmente debaixo de um sol feroz.

E depois do almoço eles tinham atravessado a aldeia, igual a centenas de outras aldeias em todo o território do país, algumas centenas de casinhas no estilo burguês do fim do século XIX, divididas em várias ruas que se cruzavam em ângulos retos, com grandes construções como a cooperativa, a caixa agrícola e o salão de festas, e tudo aquilo convergia para o coreto de armação metálica que parecia um carrossel ou uma grande entrada do metrô, onde, durante anos, o orfeão municipal ou a fanfarra militar dera concertos nos dias de festa, enquanto os casais endomingados giravam ao redor, no calor e na poeira, descascando amendoins. Hoje também era domingo, mas os departamentos de psicologia do exército tinham instalado alto-falantes no coreto, a multidão era de maioria árabe, mas não dava voltas na praça, mantinha-se imóvel e ouvia a música árabe que se alternava com os discursos, e os franceses, perdidos na multidão, eram todos parecidos, tinham o mesmo ar sombrio e voltado para o futuro, como aqueles que em outra época tinham chegado ali pelo *Labrador*, ou os que haviam aterrissado em outro lugar nas mesmas condições, com as mesmas aflições, fugindo da miséria ou da perseguição, ao encontro da dor e da pedra. Assim como os espanhóis de Maó, de onde descendia a mãe de Jacques, ou aqueles alsacianos que em 1871 tinham recusado a dominação alemã e optado pela França, e a eles foram dadas as terras dos insurretos de 1871, mortos ou encarcerados, refratários ocupando o lugar ainda quente dos rebeldes, perseguidos-perseguidores de onde nascera seu pai, que, quarenta anos depois, chegara àquele lugar, com o mesmo ar sombrio e obstinado, inteiramente voltado para o futuro, como quem não gosta do próprio passado e o renega, emigrando também como todos aqueles que viviam e tinham vivido nessa terra sem deixar vestígios, a não ser nas lápides gastas e esverdeadas dos pequenos cemitérios de colonização parecidos com aquele que, afinal, depois da saída de Veillard, Jacques tinha visitado com o velho doutor. De um lado, construções novas e horrorosas da última moda funerária, enriquecida no mercado das pulgas com as pérolas em que se perde a devoção contemporânea. Do outro, nos velhos ciprestes, entre alamedas cobertas de agulhas de pinheiros e pinhas de ciprestes, ou então junto aos muros úmidos ao pé dos quais brotava a oxális com suas flores amarelas, velhas lápides quase confundidas com a terra já se haviam tornado ilegíveis.

Verdadeiras multidões tinham ido para ali mais de um século atrás, lavrando, abrindo sulcos cada vez mais profundos em certos lugares, e em outros cada vez mais vacilantes até que uma terra leve os recobrisse, e a região voltasse à vegetação selvagem, e eles tinham procriado e depois desaparecido. E o mesmo com seus filhos. E os filhos e os netos destes tinham vivido nessa terra como ele mesmo tinha vivido, sem passado, sem moral, sem lição, sem religião, mas felizes de ser assim e de ser assim na luz, angustiados diante da escuridão e da morte. Todas essas gerações, todos esses homens vindos de tantos países diferentes, debaixo desse céu admirável no qual já se elevava o prenúncio do crepúsculo, tinham desaparecido sem deixar vestígios, fechados em si mesmos. Um imenso esquecimento se estendera sobre eles, e na verdade era isso que essa terra proporcionava, isso que descia do céu com a noite acima dos três homens que retomavam o caminho da aldeia de coração angustiado pela aproximação da noite, dominados pela angústia[a] que se apodera de todos os seres

---

[a] ansiedade

humanos da África quando a noite rápida desce sobre o mar, sobre suas montanhas atormentadas e sobre as Terras Altas, a mesma angústia sagrada que faz surgirem templos e altares nos flancos da montanha de Delfos, onde a noite produz o mesmo efeito. Mas, na terra da África, os templos são destruídos, e resta apenas esse peso insuportável e doce no coração. Sim, como eles estavam mortos! Como ainda morriam! Calados e afastados de tudo, como morrera seu pai numa incompreensível tragédia longe de sua pátria de carne, depois de uma vida inteira involuntária, do orfanato ao hospital, passando pelo casamento inevitável, uma vida que se construíra em torno dele, apesar dele, até que a guerra o matasse e enterrasse, já agora para sempre desconhecido dos seus e do seu filho, entregue igualmente ao imenso esquecimento que era a pátria definitiva dos homens de sua raça, lugar de chegada de uma vida iniciada sem raízes, e tantas dissertações nas bibliotecas da época para usar as crianças abandonadas na colonização desse país, sim, todos ali crianças abandonadas e perdidas que construíam cidades fugazes para em seguida morrerem para sempre em si mesmos e nos outros. Como se a história dos homens, essa história que não deixara de caminhar numa das suas mais velhas terras, deixando nelas tão poucos vestígios, se evaporasse sob o sol incessante com a lembrança daqueles que realmente a haviam feito, reduzida a crises de violência e homicídio, erupções de ódio, torrentes de sangue logo engrossadas, logo ressecadas como os cursos de água temporários dessas terras. A própria noite agora se elevava do solo e começava a afogar tudo, mortos e vivos, sob o maravilhoso céu sempre presente. Não, ele jamais conheceria o pai, que continuaria dormindo lá, com o rosto para sempre perdido nas cinzas. Havia um mistério naquele homem, um mistério que ele pretendera decifrar. Mas no fim das contas havia apenas o mistério da pobreza, que faz seres sem nome e sem passado, que os faz entrar na imensa turba dos mortos sem nome que fizeram o mundo desfazendo-se para sempre. Pois era de fato isso que seu pai tinha em comum com os homens do *Labrador*. Os maoneses do Sahel, os alsacianos das Terras Altas argelinas, com a imensa ilha entre a areia e o mar, que agora começava a ser coberta por um enorme silêncio, isso quer dizer anonimato, no nível do sangue, da coragem, do trabalho, do instinto, ao mesmo tempo cruel e compassivo. E ele que quisera escapar da terra sem nome, da multidão e de uma família sem nome, mas em quem alguém não deixara de exigir, obstinadamente, a obscuridade e o anonimato, ele também fazia parte da tribo, caminhando cegamente na noite junto ao velho doutor que resfolegava à sua direita, ouvindo as lufadas de música que vinham da praça, revendo o rosto duro e impenetrável dos árabes em torno dos coretos, o riso e a expressão resoluta de Veillard, revendo também com uma ternura e uma mágoa que lhe machucavam o coração o rosto de agonizante da sua mãe no momento da explosão, caminhando na noite dos anos pela terra do esquecimento na qual cada um era o primeiro homem, na qual ele mesmo tivera de se criar sozinho, sem pai, nunca tendo conhecido os momentos em que o pai chama o filho, chegada a esperada idade de escuta, para lhe contar o segredo da família, ou uma antiga dor, ou a experiência da sua vida, aqueles momentos em que até o ridículo e odioso Polônio torna-se grande de repente, ao falar a Laertes, e ele tinha feito dezesseis anos e depois vinte anos e ninguém lhe falara, e ele tivera de aprender sozinho, crescer sozinho, em força, em potência, encontrar sozinho sua moral e sua verdade, a nascer enfim como homem para em seguida nascer de novo de um nascimento mais duro, que consiste em nascer para os outros, para as mulheres, como todos os homens nascidos nesse país, que, um a um, tentavam aprender a viver sem raízes e sem fé, e todos juntos hoje, quando corriam o risco do anonimato definitivo e da perda dos únicos vestígios sagrados de sua passagem por essa terra, as lápides ilegíveis agora cobertas pela noite no cemitério, tinham de aprender a nascer para os outros, para a imensa turba dos conquistadores agora desapossados que os haviam antecedido nessa terra e cuja fraternidade de raça e de destino eles precisavam agora reconhecer.

O avião agora descia em direção a Argel. Jacques pensava no pequeno cemitério de Saint-Brieuc, onde os túmulos dos soldados estavam mais bem conservados que os de Mondovi.* O Mediterrâneo separava em mim dois universos, um em que as lembranças e os nomes eram conservados em espaços medidos, outro em que o vento de areia apagava os rastros dos homens em grandes espaços. Ele tinha tentado escapar ao anonimato, à vida pobre, ignorante, obstinada, não fora capaz de viver no nível daquela paciência cega, sem frases, sem outro projeto

---

* Argel

senão o imediato. Tinha percorrido o mundo, construído, criado, inflamado os seres, seus dias tinham sido sempre cheios demais. No entanto, agora ele sabia, no fundo do coração, que Saint-Brieuc e o que este representava nunca fora nada para ele, e pensava nos túmulos gastos e esverdeados que acabava de deixar, aceitando com uma espécie de estranha alegria que a morte o levasse a sua verdadeira pátria e por sua vez cobrisse com seu imenso esquecimento a lembrança do homem monstruoso e [banal] que tinha crescido, construído sem ajuda e sem apoio, na pobreza, num litoral feliz e sob a luz das primeiras manhãs do mundo, para depois abordar, sozinho, sem memória nem fé, o mundo dos homens da sua época e sua medonha e exaltadora história.

Segunda Parte

O filho
ou o primeiro homem

1

Liceu

[a]No dia 1º de outubro daquele ano, quando Jacques Cormery,[b] malseguro nos enormes sapatos novos, enterrado numa camisa que ainda conservava o esmero da engomagem, armado de uma pasta com cheiro de verniz e couro, viu o motorneiro, junto ao qual Pierre e ele se mantinham na dianteira do bonde, mudar a alavanca para a primeira marcha, e o pesado veículo deixar a parada de Belcourt, voltou-se para tentar enxergar, a poucos metros dali, a mãe e a avó, ainda debruçadas na janela, para acompanhá-lo mais um pouco naquela primeira partida para o misterioso liceu, mas não conseguiu vê-las porque seu vizinho estava lendo as páginas internas de *La Dépêche algérienne*. Voltou-se então para a frente, olhando os trilhos de aço que a máquina ia engolindo com regularidade e, acima

---

[a] Começar com a ida para o liceu e a sequência, pela ordem, ou então com uma apresentação do adulto monstro e depois voltar ao período de partida para o liceu até a doença.
[b] descrição física do menino.

destes, os fios elétricos que vibravam na manhã fresca, dando as costas, com certa angústia no coração, para a casa, para o velho bairro do qual nunca saíra realmente senão em raras expedições (dizia-se "ir a Argel" quando se ia ao centro), avançando enfim a uma velocidade cada vez maior, e, apesar do ombro fraterno de Pierre quase colado nele, com um sentimento de solidão apreensiva em relação a um mundo desconhecido onde não sabia como teria de se comportar.

Na verdade, não havia quem pudesse orientá-los. Pierre e ele rapidamente se deram conta de que estavam sozinhos. O próprio Sr. Bernard, que, aliás, eles não ousavam incomodar, não podia dizer-lhes nada sobre aquele liceu que não conhecia. No caso deles, a ignorância era ainda mais total. Para a família de Jacques, latim, por exemplo, era uma palavra que não tinha rigorosamente sentido nenhum. A existência (fora dos tempos de bestialidade, que, pelo contrário, eram capazes de imaginar) de tempos em que ninguém falava francês e a sucessão de civilizações (e a própria palavra não significava nada para eles) com costumes e língua tão diferentes eram verdades que não tinham chegado até eles. Nem a imagem, nem a coisa escrita, nem a informação falada, nem a cultura superficial que surge da conversa banal os haviam atingido. Naquela casa, onde não havia jornais nem livros, até Jacques os trazer, rádio tampouco, onde só havia objetos de utilidade imediata, onde só se recebiam visitas da família, de onde só raramente se saía e sempre para encontrar membros da mesma família ignorante, o que Jacques trazia do liceu era inassimilável, e entre ele e a família o silêncio crescia. No próprio liceu, ele não podia falar da família, cuja singularidade sentia sem ser capaz de traduzi-la, isso se tivesse vencido o insuperável pudor que lhe fechava a boca a esse respeito.

E nem era a diferença de classes que os isolava. Naquele país de imigração, de enriquecimento rápido e de ruínas espetaculares, as fronteiras entre as classes eram menos nítidas que entre as raças. Se os meninos fossem árabes, seu sentimento teria sido mais doloroso e amargo. Por outro lado, se tinham colegas árabes na escola comunal, no liceu aluno árabe era exceção, e sempre se tratava de filhos de notáveis abastados. Não, o que os separava, e mais ainda Jacques que Pierre, pois essa singularidade era mais acentuada nele do que na família de Pierre, era a impossibilidade de vinculá-la a valores ou clichês tradicionais. Nos questionários do início do ano, ele certamente pudera responder que seu pai tinha morrido na guerra, o que era, em suma, uma situação social, e que era pupilo da nação,[i] o que todos entendiam. Mas, quanto ao resto, logo tinham começado as dificuldades. Nos formulários impressos que receberam, ele não sabia o que escrever no quesito "profissão dos pais". Inicialmente pôs "do lar", enquanto Pierre pusera "empregada dos Correios". Mas Pierre observou que "do lar" não era profissão, referindo-se a uma mulher que fica em casa e cuida do seu lar.

---

[i] Condição criada pelo Estado francês em 1917 para amparar crianças menores que tivessem um dos pais ferido ou morto numa guerra, em atentados ou na prestação de serviços públicos. (N. T.)

— Não — disse Jacques —, ela cuida do lar dos outros, principalmente do dono do armarinho em frente.

— Bom — disse Pierre, hesitando —, acho melhor pôr doméstica.

Essa ideia nunca ocorrera a Jacques pelo simples motivo de que a palavra, muito rara, nunca era pronunciada em casa — e também porque ninguém na casa tinha o sentimento de que ela trabalhava para os outros, mas trabalhava antes de mais nada para os filhos. Jacques começou a escrever a palavra, parou e de uma vez só teve de uma vez só[1] a vergonha e a vergonha de ter tido vergonha.

Uma criança não é nada por si mesma, são os pais que a representam. É por eles que ela se define, que é definida aos olhos do mundo. Por meio deles é que se sente realmente julgada, vale dizer, julgada sem apelação, e era esse julgamento do mundo que Jacques acabava de descobrir e, junto com ele, seu próprio julgamento sobre o mau coração que trazia em si. Ele não tinha como saber que é menor o mérito daquele que, ao se tornar adulto, não conhece esses maus sentimentos. Pois, bem ou mal, somos julgados pelo que somos e não tanto pela família que temos, pois acontece até que a família, por sua vez, seja julgada pelo modo como o menino se tornou homem. Mas Jacques precisaria ter um coração de excepcional pureza heroica para não sofrer com a descoberta que acabava de fazer, assim como teria sido necessária uma humildade impossível para não receber com raiva e vergonha aquele

---

[1] *Sic.*

sofrimento pelo que ela revelava da sua natureza. Ele não tinha nada disso, mas um orgulho duro e ruim que pelo menos o ajudou naquela situação, fazendo-o escrever com pena firme a palavra "doméstica" no formulário, por ele levado com o rosto fechado ao bedel, que nem sequer notou. Apesar de tudo isso, Jacques nem de longe desejava mudar de situação e de família, e a mãe, exatamente como era, continuava sendo o que ele mais amava no mundo, embora a amasse desesperadamente. Como explicar, aliás, que uma criança pobre às vezes sinta vergonha sem nunca invejar nada?

Em outras ocasiões, como lhe perguntassem qual era sua religião, ele respondeu "católica". Perguntaram então se queria se matricular no curso de instrução religiosa, e ele, lembrando-se dos temores da avó, respondeu que não.

— Em suma — disse o bedel, cultor da fina ironia —, você é um católico não praticante.

Jacques não podia explicar o que acontecia em sua casa, nem falar da maneira peculiar como os seus encaravam a religião. Respondeu com firmeza "sim", o que provocou risos e lhe deu fama de espírito rebelde exatamente no momento em que se sentia mais desorientado.

De outra feita, o professor de literatura, distribuindo entre os alunos um folheto relativo a uma questão de organização interna, pediu que o trouxessem assinado pelos pais. O folheto, enumerando tudo que os alunos estavam proibidos de levar para o liceu, desde armas até revistas, passando por baralhos, estava redigido de maneira tão rebuscada que Jacques teve de resumi-lo em termos simples para a mãe e a avó. A mãe era a única capaz de apor, ao pé do folheto, uma assinatura grosseira.[a] Como, depois da morte do marido, passara a ter o direito de receber[*] todo trimestre uma pensão de viúva de guerra, e como o governo, no caso o Tesouro Público — mas Catherine Cormery dizia simplesmente que ia ao tesouro, que para ela era apenas um nome próprio, sem sentido, e às crianças, ao contrário, dava ideia de um lugar mítico com recursos inesgotáveis, onde a mãe tinha autorização para de vez em quando retirar pequenas quantias —, toda vez exigia assinatura, depois das primeiras dificuldades um vizinho (?) ensinou-o a copiar o modelo de uma assinatura Viúva Camus,[1] o que ela fazia com maior ou menor sucesso, mas era aceita. Na manhã seguinte, contudo, Jacques viu que a mãe, que saíra muito antes dele para limpar uma loja que abria cedo, tinha esquecido de assinar o folheto. A avó não sabia assinar. Aliás, ela fazia contas com um sistema de círculos que, conforme fossem riscados uma ou duas vezes, representavam a unidade, a dezena ou a centena. Jacques teve de levar o folheto sem assinatura, disse que a mãe esquecera, quiseram saber se ninguém mais na sua casa poderia ter assinado, ele respondeu que não e descobriu, pelo ar de surpresa do professor, que aquele caso era menos comum do que supunha.

Ficava ainda mais desorientado com os jovens chegados da metrópole, que tinham ido morar em Argel por

---

[a] pagamento de atrasados.
[*] perceber
[1] *Sic.*

causa dos imprevistos da carreira paterna. Quem mais lhe deu o que pensar foi Georges Didier,[a] que se aproximou de Jacques graças ao gosto em comum pelas aulas de francês e pela leitura, até que se criasse uma espécie de amizade muito afetuosa que, por sinal, despertava ciúme em Pierre. Didier era filho de um oficial católico muito praticante. A mãe dele "fazia música", a irmã (que Jacques nunca chegou a ver, mas com quem tinha sonhos maravilhosos), bordados, e Didier, segundo dizia, destinava-se ao sacerdócio. Extremamente inteligente, mostrava-se intransigente nas questões de fé e moral, com certezas categóricas. Nunca se ouviam dele palavras grosseiras ou alusões, como faziam as outras crianças, com incansável complacência, às funções naturais ou reprodutivas, sobre as quais não tinham, aliás, a clareza que queriam dar a entender. A primeira coisa que tentou conseguir de Jacques, quando a amizade ganhou forma, foi que ele abrisse mão dos palavrões. Para Jacques, não era difícil abrir mão com ele. Mas, com os outros, voltava facilmente aos palavrões na conversa. (Já se delineava sua natureza multiforme, que haveria de lhe facilitar tantas coisas e capacitá-lo a falar todas as linguagens, adaptar-se a todos os meios e desempenhar todos os papéis, exceto...) Foi com Didier que Jacques entendeu o que era uma família francesa média. Seu amigo tinha na França uma casa familiar para onde voltava nas férias, sobre a qual falava ou escrevia constantemente a Jacques, casa com sótão cheio de baús velhos, nos quais eram guar-

---

[a] voltar a ele depois quando morrer

dadas as cartas da família, lembranças, fotos. Conhecia a história dos avós e bisavós, e também de um antepassado que fora marinheiro em Trafalgar, e essa longa história, viva na imaginação dele, também lhe fornecia exemplos e preceitos para o comportamento no cotidiano. "Meu avô dizia que... papai acha que...", e assim ele justificava seu rigor, sua pureza intransigente. Ao falar da França, dizia "nossa pátria" e aceitava de antemão os sacrifícios que essa pátria pudesse exigir ("teu pai morreu pela pátria", dizia ele a Jacques...), ao passo que essa noção de pátria não fazia sentido para Jacques, que sabia que era francês, que isto acarretava certo número de deveres, mas para quem a França era uma ausente à qual as pessoas recorriam e que às vezes recorria às pessoas, mas um pouco como fazia aquele Deus de que ele ouvira falar fora de casa e que, aparentemente, era o soberano distribuidor dos bens e dos males, sobre o qual os seres humanos não exerciam nenhuma influência mas, pelo contrário, exercia total poder sobre o destino dos homens. E esse mesmo sentimento era ainda mais forte nas mulheres que viviam com ele.

— Mamãe, o que é pátria?[a] — perguntara um dia.

Ela fizera cara de medo, como toda vez que não entendia.

— Não sei — disse. — Não.

— É a França.

— Ah, sim!

E parecera aliviada. Ao passo que Didier sabia o que era, para ele a família era algo que existia fortemente através

---

[a] descoberta da pátria em 1940.

das gerações, e o país onde nascera, através da história, só se referia a Joana d'Arc pelo primeiro nome, assim como o bem e o mal estavam nitidamente definidos para ele, como seu destino presente e futuro. Jacques, e Pierre também, embora em menor grau, sentia-se de outra espécie, sem passado nem casa familiar, sem sótão cheio de cartas e fotos, cidadãos teóricos de uma nação imprecisa onde a neve cobria os telhados, enquanto eles cresciam debaixo de um sol fixo e selvagem, munidos de uma moral elementar que lhes proscrevia, por exemplo, o roubo, recomendava-lhes defender a mãe e a mulher, mas silenciava sobre numerosas questões relativas às mulheres, à relação com os superiores... (etc.), crianças ignoradas por Deus e ignorantes de Deus, enfim, incapazes de imaginar a vida futura, a tal ponto a vida presente lhes parecia inesgotável a cada dia sob a proteção das divindades indiferentes do sol, do mar ou da miséria. E, na verdade, se Jacques se apegava tanto a Didier, era provavelmente por causa do coração daquele menino apaixonado pelo absoluto, íntegro em suas paixões leais (a primeira vez que Jacques ouviu a palavra lealdade (que já lera uma centena de vezes) foi da boca de Didier) e capaz de uma ternura encantadora, mas também por causa da sua estranheza, a seu ver, pois o encanto dele se tornava para Jacques propriamente exótico e o atraía com a mesma força que na vida adulta o faria sentir-se irresistivelmente atraído pelas mulheres estrangeiras. O filho da família, da tradição e da religião tinha para Jacques a sedução dos aventureiros bronzeados que voltam dos trópicos cercados de um segredo estranho e incompreensível.

Mas o pastor cabila que, em sua montanha pelada e corroída pelo sol, vê a passagem de cegonhas, sonhando com o Norte de onde elas chegam depois de longa viagem, pode até sonhar o dia inteiro, mas volta à noite ao planalto de lentiscos, à família de longas túnicas e à choça miserável onde lançou suas raízes. Assim Jacques podia se embriagar com as poções estranhas da tradição burguesa (?), mas continuava ligado na realidade àquele que mais se parecia com ele, que era Pierre. Toda manhã, às seis e quinze (exceto no domingo e na quinta-feira), Jacques descia de quatro em quatro degraus a escada de casa, correndo na umidade da estação quente ou na chuva violenta do inverno que fazia sua pelerine inchar como uma esponja, virava na fonte para a rua de Pierre e, sempre correndo, subia os dois andares para bater baixinho à porta. A mãe de Pierre, bela mulher de compleição generosa, abria a porta que dava diretamente na sala de jantar mobiliada com pobreza. No fundo da sala, de ambos os lados, abria-se uma porta de quarto. Um era o de Pierre, compartilhado com a mãe, o outro, dos dois tios, rudes ferroviários, taciturnos e sorridentes. Ao se entrar na sala de jantar, à direita, um cubículo sem ar nem luz servia de cozinha e banheiro. Pierre estava sempre atrasado. Sentado diante da mesa coberta com seu oleado, lampião aceso se fosse inverno, uma grande tigela de terracota vitrificada nas mãos, tentava engolir sem se queimar o café com leite fervente que a mãe acabava de servir.

— Assopra — dizia ela.

Ele soprava, sorvia ruidosamente e Jacques mudava a perna de apoio, olhando para ele.[a] Quando terminava, Pierre ainda tinha de passar pela cozinha iluminada a velas, onde, diante da pia de zinco, esperava-o um copo de água contendo uma escova de dentes com espessa porção de um dentifrício especial, pois ele sofria de piorreia. Vestia a pelerine, pegava a pasta e a boina e, todo equipado, escovava os dentes com vigor e pachorra, antes de cuspir ruidosamente na pia de zinco. O cheiro farmacêutico do dentifrício misturava-se com o do café com leite. Jacques, um pouco enojado e ao mesmo tempo impaciente, tratava de demonstrá-lo e não era raro que se seguisse um desses arrufos que são o cimento da amizade. Os dois desciam em silêncio para a rua e caminhavam até a parada do bonde sem sorrir. Outras vezes, pelo contrário, um corria atrás do outro rindo ou então se atirando uma das pastas como se fosse uma bola de rúgbi. No ponto, ficavam espreitando a chegada do bonde vermelho para saber com qual dos dois ou três motorneiros iam viajar.

Pois sempre ignoravam os dois carros de trás e subiam na máquina para ficar na frente, mas com dificuldade, pois o bonde estava cheio de trabalhadores que iam para o centro, e as pastas atrapalhavam o avanço. Na frente, toda vez que um passageiro descia, eles aproveitavam para se comprimir contra a parede de ferro e vidro e a caixa de câmbio, alta e estreita, em cujo topo uma alavanca com cabo girava horizontalmente ao longo de um círculo em

---

[a] boina de aluno de liceu.

que um grande entalhe de aço em relevo marcava o ponto morto, três outros, as velocidades progressivas e um quinto, a marcha a ré. Os motorneiros, únicas pessoas que podiam manejar a manivela, aos quais era proibido dirigir a palavra segundo uma plaqueta afixada acima deles, desfrutavam junto aos dois meninos do prestígio de semideuses. Usavam um uniforme quase militar e um boné com viseira de couro fervido, exceto os motorneiros árabes, que usavam fez. Os dois garotos os distinguiam pela aparência. Havia o "mocinho simpático", com cara de galã de cinema e ombros frágeis; o urso pardo, árabe alto e forte de traços grosseiros, olhar sempre fixado à frente; o amigo dos animais, um velho italiano de rosto descorado e olhos claros, completamente curvado por cima da manivela, que devia o apelido ao fato de quase ter parado o bonde certa vez para não atropelar um cão distraído e, de outra feita, um cão abusado que depositava seus excrementos entre os trilhos; e Zorro, um grandalhão palerma com cara e bigodinho de Douglas Fairbanks.[a] O amigo dos animais também era o amigo de coração dos meninos. Mas o alvo de sua mais entusiasmada admiração era o urso pardo, que, imperturbável, muito bem plantado nas bases sólidas das pernas, conduzia a ruidosa máquina a toda velocidade, com a mão esquerda, enorme, segurando com firmeza o cabo de madeira da alavanca e empurrando-a para a terceira marcha sempre que o trânsito o permitisse, com a mão direita vigilante na grande

---

[a] A corda e a sineta.

roda do freio, à direita da caixa de marchas, pronta para girar vigorosamente a roda várias vezes enquanto trazia a alavanca ao ponto morto, e a máquina patinava pesada nos trilhos. Era na maioria das vezes com o urso pardo que, nas curvas e nas agulhas, a grande haste fixada no alto da máquina por uma mola helicoidal soltava-se do fio elétrico, ao qual estava encaixada por uma pequena roda de aro côncavo, e levantava-se com grande estrépito de vibrações de fios e jatos de fagulhas. O cobrador então saltava do bonde, agarrava o fio comprido que se fixava na extremidade da haste e se enrolava automaticamente na caixa de ferro fundido de trás da máquina e, puxando com toda força para vencer a resistência da mola de aço, trazia a haste para trás e, deixando-a subir de novo devagar, tentava encaixar o fio de volta no aro côncavo da roda, em meio a uma chuva de fagulhas. Debruçados para fora da máquina ou, se fosse inverno, com o nariz esmagado contra os vidros, os garotos acompanhavam a manobra e, quando esta era coroada de sucesso, anunciavam o fato entre si, para que o motorneiro ficasse sabendo sem que eles cometessem a infração de lhe falar diretamente. Mas o urso pardo continuava impávido; obedecendo ao regulamento, esperava que o cobrador lhe desse sinal de partida puxando a cordinha pendurada na traseira da máquina que acionava a sineta instalada na frente. Punha então o bonde de novo em movimento, sem maiores precauções. Reunidos na dianteira, os garotos olhavam as vias metálicas correndo por baixo e por cima deles, na manhã chuvosa ou luminosa, felizes quando o bonde ultrapassava a toda velocidade uma charrete puxada por cavalos ou, ao contrário, competia em velocidade, durante algum tempo, com um automóvel ofegante. A cada parada, o bonde se esvaziava de uma parte da carga de operários árabes e franceses, enchia-se de uma clientela mais bem vestida à medida que se aproximava do centro, partia de novo ao som da sineta e assim percorria de ponta a ponta todo o arco em torno do qual se estendia a cidade, até desembocar de repente no porto e no imenso espaço do golfo que se prolongava até as altas montanhas azuladas no fundo do horizonte. Três paradas adiante, era o fim da linha, a Praça do Governo, onde os meninos desciam. A praça, cercada de árvores e casas de arcadas em três lados, dava para a mesquita branca e, mais adiante, para o espaço do porto. No meio se erguia a estátua equestre do duque de Orleãs, coberta de azinhavre sob o sol radiante, mas cujo bronze escurecido brilhava sob a chuva no mau tempo (e inevitavelmente se comentava que o escultor, tendo esquecido uma barbela, se suicidara), enquanto da cauda do cavalo a água escorria interminavelmente para o estreito jardinzinho protegido pelas grades que enquadravam o monumento. O restante da praça era calçado com pedrinhas lustrosas, sobre as quais os garotos, ao saltarem do bonde, punham-se a escorregar na direção da rua Bab--Azoun, que os levava em cinco minutos ao liceu.

A Bab-Azoun era uma rua apertada, estreitada ainda mais por arcadas que repousavam, dos dois lados, sobre enormes pilares quadrados, o que deixava espaço apenas para a linha do bonde, servida por outra companhia, que ligava aquele bairro aos outros mais elevados da cidade. Em dias de calor, o céu de azul intenso pousava sobre a rua como uma tampa abrasadora, e debaixo das arcadas a sombra era fresca. Nos dias de chuva, a rua inteira se transformava em enorme canal de pedra úmida e reluzente. Ao longo das arcadas, sucediam-se lojas de comerciantes, vendedores de tecidos por atacado com fachadas pintadas de cores escuras e onde as pilhas de tecidos claros reluziam suavemente na sombra, mercearias que recendiam a cravo-da-índia e café, tendinhas onde mercadores árabes vendiam doces lambuzados de azeite e mel, cafés escuros e fundos onde as cafeteiras crepitavam àquela hora (ao passo que à noite, iluminados por uma luz dura, enchiam-se de barulho e vozes, com toda uma população masculina pisoteando a serragem espalhada no piso e apinhando-se diante do balcão coberto de vidros cheios de um líquido opalescente e de pires com tremoços, anchovas, aipo fatiado, azeitonas, batatas fritas e amendoins) e por fim bazares para turistas onde eram vendidas horríveis quinquilharias orientais em balcões-vitrines cercados por suportes giratórios de cartões-postais e echarpes mourescas de cores berrantes.

Um dos bazares, no meio das arcadas, era gerido por um sujeito gordo, sempre sentado atrás das suas vitrines, na sombra ou debaixo da lâmpada elétrica, enorme, branquelo, olhos saltados, parecido com esses animais que encontramos ao levantar pedras ou troncos velhos, e, sobretudo, absolutamente calvo. Por causa dessa particularidade, os alunos do liceu o chamavam de "rinque de moscas" e "ciclovia de mosquitos", dizendo que tais insetos, ao percorrerem a superfície lisa do crânio dele, derrapavam na curva e perdiam o equilíbrio. Muitas vezes à noite, como uma revoada de estorninhos, eles passavam correndo pela frente da loja, gritando os apelidos do infeliz e imitando com "Zz-zz-zz" os supostos escorregões das moscas. O comerciante grandalhão os xingava; uma ou duas vezes, tivera a pretensão de correr atrás deles, mas precisara desistir. Subitamente, ficou quieto diante da saraivada de gritos e zombarias e por várias noites seguidas deixou que os meninos se tornassem mais ousados e acabassem indo urrar diante do seu nariz. E certa noite, de repente, uns rapazes árabes pagos pelo comerciante surgiram de trás dos pilares onde estavam escondidos e saíram correndo atrás dos meninos. Naquela noite, só a velocidade permitiu que Jacques e Pierre escapassem do corretivo. Jacques recebeu apenas um tapa atrás da cabeça e, ao se recuperar da surpresa, conseguiu ganhar distância do adversário. Mas dois ou três companheiros receberam uns bons cascudos. Os alunos então tramaram saquear a loja e destruir fisicamente o proprietário, mas o fato é que não levaram adiante seus sombrios projetos, deixaram de perseguir a vítima e adquiram o hábito de passar com cara de santo pela calçada em frente.

— A gente amarelou — dizia Jacques, desconsolado.

— No fim das contas — respondeu Pierre —, estávamos errados.

— Errados e com medo das porradas.

Mais tarde, ele se lembraria dessa história quando entendeu (realmente) que os homens fingem respeitar o direito, mas só se inclinam diante da força.[a]

Na metade de sua extensão, a rua Bab-Azoun se alargava, perdendo as arcadas de um dos lados, onde se encontrava a igreja de Sainte-Victoire. A igrejinha ocupava o lugar de uma antiga mesquita. Em sua fachada caiada fora escavada uma espécie de ofertório (?) sempre florido. Na calçada assim liberada funcionavam lojas de flores, já abertas quando os meninos passavam, oferecendo enormes buquês de íris, cravos, rosas ou anêmonas, de acordo com a estação, enfiados em latas altas de conserva, com a borda superior enferrujada pela água com que se borrifavam constantemente as flores. Havia também, na mesma calçada, uma lojinha de filhós árabes, que na verdade não passava de um cubículo onde mal caberiam três homens. Num dos lados do cubículo fora cavado um fogão com as bordas guarnecidas de cerâmica azul e branca, sobre o qual cantava uma enorme bacia de azeite fervente. Diante do fogo sentava-se, de pernas entrelaçadas, um estranho personagem de calças árabes, torso seminu nos dias e nas horas de calor, vestindo nos outros dias um paletó europeu fechado no alto da lapela com um alfinete de segurança, que, com a cabeça raspada, o rosto magro e a boca desdentada, parecia um Gandhi sem óculos, e, com uma escumadeira esmaltada de vermelho na mão, cuidava da fritura dos filhós redondos que douravam no

---

[a] ele como os outros.

óleo. Quando o filhó estava no ponto, ou seja, quando o contorno ficava dourado enquanto a massa extremamente fina do meio se tornava ao mesmo tempo translúcida e crocante (como uma batata frita transparente), ele passava a concha com cuidado por baixo do filhó e o retirava prontamente do óleo, deixava-o escorrer acima da bacia, sacudindo três ou quatro vezes a concha e em seguida o depositava à sua frente numa banca envidraçada, feita de prateleiras furadas sobre as quais já se alinhavam, de um lado, as bisnaguinhas de filhós de mel já prontas, e do outro, achatados e redondos, os filhós no azeite.[a] Pierre e Jacques adoravam aqueles doces, e quando um deles por acaso tinha um pouco de dinheiro, tiravam um tempinho para parar, receber um filhó no azeite numa folha de papel, que o azeite deixava imediatamente transparente, ou a bisnaguinha que o vendedor, antes de entregar, mergulhara num jarro que ficava perto dele, ao lado do fogo, cheio de um mel escuro constelado de migalhas de filhós. Os meninos recebiam aquelas maravilhas e as mordiam, sem parar de correr para o liceu, com o tronco e a cabeça inclinados para a frente, a fim de não sujar a roupa.

Era em frente à igreja de Sainte-Victoire que acontecia a partida das andorinhas, pouco depois do reinício das aulas. No alto da rua, mais larga nesse ponto, estendiam-se muitos fios elétricos e até cabos de alta tensão que antigamente serviam às manobras dos bondes e agora, desativados, ainda não haviam sido desmontados. Logo que

---

[a] Zlabias, Makroud.

começava a estação fria, de um frio por sinal relativo, pois nunca chegava a ficar gelado, sensíveis depois de meses de um calor acachapante, as andorinhas,[a] que voavam em geral acima das avenidas da orla marítima, sobre a praça em frente ao liceu ou no céu dos bairros pobres, às vezes mergulhando com pios estridentes na direção de um fruto dos fícus, de detritos boiando no mar ou de excrementos frescos, faziam de início aparições solitárias no corredor da rua Bab-Azoun, voando relativamente baixo na direção dos bondes, para então se elevarem de súbito e desaparecerem no céu acima das casas. Mas uma bela manhã, inesperadamente, lá estavam elas aos milhares nos fios da pracinha de Sainte-Victoire, no alto das casas, apertadas umas contra as outras, meneando a cabeça por cima da gargantinha em branco e preto, deslocando ligeiramente as patas e batendo a cauda para dar espaço a uma recém-chegada, cobrindo a calçada com seus pequenos dejetos cinzentos e emitindo todas juntas um só pipio surdo, pontuado por breves chilreios, num incessante conciliábulo que desde o amanhecer se espraiava acima da rua, aos poucos ganhava corpo até se tornar quase ensurdecedor quando caía a tarde, e as crianças corriam para o bonde da volta, e cessando afinal bruscamente em obediência a alguma ordem invisível, quando os milhares de cabecinhas e caudas em preto e branco se inclinavam sobre os pássaros adormecidos. Durante dois ou três dias, vindos de todos os cantos do Sahel, às vezes de mais longe, os pás-

---

[a] Ver os pardais da Argélia dados por Grenier.

saros iam chegando em pequenos bandos velozes, tentavam se encaixar entre as primeiras ocupantes e aos poucos se instalavam nas cornijas ao longo da rua, de cada lado da aglomeração principal, e, à medida que isso acontecia, aumentavam acima dos transeuntes o bater de asas e o pipio geral que acabava se tornando ensurdecedor. Depois, em certa manhã, não menos repentinamente, a rua estava vazia. De madrugada, logo antes do alvorecer, os pássaros tinham partido juntos para o sul. Para as crianças, era quando começava o inverno, muito antes da data oficial, pois para elas nunca houve verão sem os gritos estridentes das andorinhas no céu ainda quente do anoitecer.

A rua Bab-Azoun desembocava numa grande praça onde se erguiam frente a frente, à esquerda e à direita, o liceu e o quartel. O liceu dava as costas à cidade árabe, cujas ruas íngremes e úmidas começavam a subir a colina. O quartel dava as costas ao mar. Depois do liceu começava o Jardim Marengo; depois do quartel, o bairro pobre e meio espanhol de Bab el Oued. Minutos antes das sete e quinze, Pierre e Jacques, depois de subirem a escada correndo, entravam no meio de uma leva de crianças pela portinha do porteiro, ao lado da entrada principal. Iam dar na escadaria de honra, onde eram afixados, de ambos os lados, os quadros de honra, e eles continuavam subindo a toda velocidade para chegar ao patamar, onde começava à esquerda a escada para os andares, separada do pátio principal por uma galeria envidraçada. Ali, atrás de um dos pilares do patamar, eles viam o Rinoceronte, que controlava os retardatários. (O Rinoceronte era um inspetor-

-geral, corso, baixo e nervoso, assim apelidado por causa do bigode de arame.) Outra vida começava.

Dada sua "situação familiar", Pierre e Jacques tinham conseguido uma bolsa de semi-internato. Assim, passavam o dia inteiro no liceu e almoçavam no refeitório. As aulas começavam às 8 horas ou às 9 horas, conforme o dia, mas o café da manhã era servido aos internos às 7:15, e os semi-internos tinham direito a ele. As famílias dos dois meninos jamais imaginaram que se pudesse abrir mão de um direito qualquer, já que tinham tão poucos; Jacques e Pierre eram, portanto, dos raros semi-internos que chegavam às 7:15 ao grande refeitório branco e circular, onde os internos, ainda mal despertos, já se sentavam diante das longas mesas cobertas de zinco, diante de tigelonas e enormes cestas onde se amontoavam grossas fatias de pão seco, enquanto os garçons, em sua maioria árabes, metidos em aventais inteiriços de tecido grosseiro, passavam entre as fileiras com grandes cafeteiras que um dia haviam sido brilhantes, dotadas de grandes bicos recurvados, para despejar nas tigelas um líquido fervente que continha mais chicória que café. Tendo exercido seu direito, os meninos podiam, um quarto de hora depois, ir à sala de estudos, onde, sob a orientação de um monitor, ele próprio interno, os alunos repassavam as lições antes do início da aula.

A grande diferença em relação à escola comunal era a multiplicidade de professores. O Sr. Bernard sabia tudo e ensinava tudo que sabia da mesma maneira. No liceu, os professores mudavam com as matérias, e os métodos mudavam com os homens.[a] Tornava-se possível comparar, ou seja, era preciso escolher entre aqueles dos quais se gostava e aqueles dos quais não se gostava. Desse ponto de vista, um professor do ensino fundamental mais se aparenta a um pai, ocupa quase todo o seu lugar, é inevitável como ele e faz parte da necessidade. Portanto, não se apresenta realmente a questão de gostar dele ou não. Na maioria das vezes, gosta-se dele porque se depende absolutamente dele. Mas se, por acaso, a criança não gosta, ou gosta pouco, a dependência e a necessidade permanecem, e não deixam de se assemelhar ao amor. No liceu, pelo contrário, os professores eram como aqueles tios entre os quais temos o direito de escolher. Em particular, era possível não gostar deles, e era o que acontecia com certo professor de física, extremamente elegante na maneira de se vestir, autoritário e grosseiro na linguagem, que nem Jacques nem Pierre jamais conseguiram "engolir", embora ao longo dos anos voltassem a ter aulas com ele duas ou três vezes. O que mais chances tinha de ser amado era o professor de literatura, com quem os meninos tinham aulas mais frequentemente do que com os outros, e de fato Jacques e Pierre apegavam-se a ele[b] em quase todos os cursos, mas sem poderem contar com seu apoio, pois ele nada sabia sobre os dois e, terminada a aula, partia para uma vida desconhecida, e eles também partiam para

---

[a] O Sr. Bernard era amado e admirado. Na melhor das hipóteses, o professor de liceu era apenas admirado e ninguém ousava amá-lo.
[b] dizer quais? e desenvolver?

aquele bairro distante onde não havia a menor chance de um professor de liceu morar, de tal maneira que nunca encontravam ninguém, nem professores nem alunos, na sua linha de bonde — só os bondes vermelhos, que circulavam pelos bairros baixos (CFRA), pois os bairros altos, considerados elegantes, eram servidos por outra linha de bondes verdes, os TA.[i] E, por sinal, os TA chegavam até o liceu, ao passo que os CFRA só iam até a Praça do Governo, e se [ ][1] ao liceu por baixo. Desse modo, no fim do dia, os dois meninos sentiam a diferença na própria porta do liceu, ou, pouco mais adiante, na Praça do Governo, quando, separando-se do grupo alegre dos colegas, se dirigiam para os vagões vermelhos com destino aos bairros mais pobres. E era de fato diferença o que sentiam, e não inferioridade. Eles eram de outro lugar, apenas isso.

Durante as aulas do dia, pelo contrário, a diferença era abolida. Os aventais podiam ser mais elegantes ou menos, mas eram parecidos. As únicas rivalidades eram as da inteligência durante as aulas e da agilidade física nos esportes. Nesses dois tipos de competição, os dois meninos não ficavam para trás. A formação sólida que tinham recebido na escola comunal lhes conferira uma superioridade que já no primeiro ano os posicionou no pelotão de frente. A ortografia imperturbável, os cálculos sólidos, a memória bem treinada e, sobretudo, o respeito [ ][2]

---

[i] CFRA = Chemins de fer sur route de l'Algérie; TA = Tramway Alger. (N. R.)
[1] Uma palavra ilegível.
[2] Uma palavra ilegível.

que lhes fora inculcado por todo tipo de conhecimento representavam trunfos decisivos, pelo menos no início dos seus estudos. Se Jacques não fosse tão agitado, o que costumava comprometer sua presença no quadro de honra, se Pierre gostasse mais de latim, o triunfo de ambos teria sido total. De qualquer maneira, estimulados pelos professores, eles eram respeitados. Em matéria de esportes, tratava-se sobretudo de futebol, e Jacques descobriu logo nos primeiros recreios o que haveria de se tornar uma paixão de tantos anos. As partidas eram jogadas no recreio que se seguia ao almoço no refeitório e no outro recreio, de uma hora, que separava a última aula de quatro horas para internos, semi-internos e externos sob supervisão. Nesse momento, um recreio de uma hora permitia que os meninos fizessem seu lanche e relaxassem antes do estudo de duas horas, quando podiam fazer o trabalho do dia seguinte.[a] Mas Jacques nem pensava em lanchar. Junto com os demais fanáticos por futebol, corria para o pátio cimentado, cercado nos quatro lados por arcadas de pilares grossos (sob as quais os sabichões e os comportados passeavam conversando) e ladeado por quatro ou cinco bancos verdes, com enormes fícus protegidos por grades de ferro. Os dois times dividiam o pátio, os goleiros se postavam nas extremidades entre os pilares, e uma enorme bola de espuma de borracha era posta no centro. Nada de árbitro, e com o primeiro pontapé começavam os gritos e as correrias. Era nesse terreno que Jacques,

---

[a] o pátio menos cheio por terem ido embora os externos.

que já falava de igual para igual com os melhores da turma, ganhava o respeito e a afeição também dos piores, que muitas vezes, na falta de uma cabeça sólida, haviam recebido do céu pernas vigorosas e fôlego inesgotável. Era quando se separava pela primeira vez de Pierre, que não jogava, embora tivesse uma habilidade natural: ele ia ficando mais frágil, crescendo mais rápido que Jacques, tornando-se também mais louro, como se para ele a transferência não tivesse sido tão boa.[a] Jacques, por sua vez, demorava a crescer, o que lhe valia os graciosos apelidos de "Rasteirinho" e "Cu de Sapo", mas pouco se importava, e, correndo feito louco com a bola no pé para desviar de uma árvore e em seguida de um adversário, sentia-se o rei do pátio e da vida. Quando o tambor tocava, marcando o fim do recreio e o início dos estudos, ele literalmente caía do céu, estacava no chão de cimento, ofegante e suado, furioso com a brevidade das horas, mas retomando aos poucos consciência do momento e precipitando-se de novo para as filas com os colegas, enxugando o suor do rosto com as mangas e apavorando-se de repente, ao se lembrar do desgaste dos pregos na sola dos sapatos, que ele ficava examinando, angustiado, no início da sessão de estudos, tentando avaliar a diferença em relação à véspera e o brilho das pontas e ficando mais tranquilo justamente pela dificuldade que encontrava para dimensionar o grau de desgaste. Mas, quando algum estrago irreparável, sola aberta, gáspea cortada ou salto torcido, não deixava a me-

---

[a] desenvolver.

nor dúvida quanto à recepção que teria ao voltar, ele engolia em seco com um frio na barriga durante as duas horas de estudo, tentando redimir-se do pecado estudando com mais afinco, e então, apesar desse empenho, o medo das pancadas provocava nele uma distração fatal. Aliás, esse último período de estudo era o que parecia mais longo. De início, durava duas horas. Depois passou a ocorrer à noite ou no fim da tarde. As janelas altas davam para o Jardim Marengo. Em torno de Jacques e Pierre, sentados lado a lado, os alunos estavam mais silenciosos que de hábito, cansados dos estudos e do esporte, absortos nas últimas tarefas. Especialmente no fim do ano, a noite caía sobre as grandes árvores, os canteiros e os grupos de bananeiras do jardim. O céu dilatava-se à medida que se tornava cada vez mais verde, enquanto os ruídos da cidade ficavam mais distantes e surdos. Quando fazia muito calor e uma das janelas ficava entreaberta, ouviam-se os pios das últimas andorinhas acima do jardinzinho, e o cheiro das silindras e das grandes magnólias afogava os perfumes mais ácidos e acres da tinta e da régua. Jacques sonhava, com o coração estranhamente apertado, até ser chamado à ordem pelo jovem monitor, que por sua vez também preparava seu trabalho para a faculdade. Era preciso esperar o último tambor.

[a]Às sete horas, era a debandada para fora do liceu, a correria em grupos ruidosos ao longo da rua Bab-Azoun, com todas as lojas iluminadas, as calçadas cheias de gente

---

[a] o ataque do pederasta.

debaixo das arcadas, de modo que às vezes era preciso correr pelo meio da rua, entre os trilhos, até que um bonde fosse avistado e se fizesse necessário correr de volta para debaixo das arcadas, até que finalmente se abrisse diante deles a Praça do Governo toda iluminada ao redor por quiosques e bancas dos comerciantes árabes, com seus lampiões de carbureto, cujo cheiro os meninos aspiravam deliciados. Os bondes vermelhos esperavam já lotados, ao passo que de manhã havia menos gente, e às vezes era preciso ficar no estribo dos vagões, o que era ao mesmo tempo proibido e tolerado, até que descessem passageiros numa parada, e os meninos penetrassem na massa humana, separados, ou de qualquer maneira sem poderem conversar e obrigados a ir abrindo caminho devagar com os cotovelos e o corpo para chegarem a um dos parapeitos, de onde se podia ver o porto escuro, onde os grandes paquetes salpicados de luzes pareciam, na noite do mar e do céu, carcaças de prédios incendiados nos quais a combustão tivesse deixado suas brasas. Os grandes bondes iluminados passavam então com estrépito acima do mar, em seguida mergulhavam um pouco em direção ao interior e iam desfilando entre casas cada vez mais pobres até o bairro de Belcourt, onde era preciso separar-se e subir as escadas nunca iluminadas em direção à luz redonda do lampião à querosene, que iluminava o oleado e as cadeiras em torno da mesa, deixando na sombra o resto do aposento, onde Catherine Cormery se atarefava diante do guarda-louça para pôr a mesa, enquanto a avó esquentava na cozinha o guisado do almoço, e o irmão mais velho lia num canto da mesa um romance de aventuras. Às vezes era preciso ir ao armazém do mozabita comprar o sal ou o quarto de manteiga que faltava na última hora, ou ir buscar o tio Ernest que estava no café do Gaby deitando falação. Às 8 horas jantava-se, em silêncio, ou então o tio contava alguma aventura confusa que o fazia rir às gargalhadas, mas de qualquer maneira nunca se falava do liceu, a não ser quando a avó perguntava se Jacques tivera boas notas, ele dizia que sim e ninguém falava mais do assunto, e sua mãe não lhe perguntava nada, sacudindo a cabeça e olhando para ele com seus olhos doces quando ele confirmava ter tirado boas notas, mas sempre calada e um pouco distante, "fique aí", dizia ela à mãe, "vou buscar o queijo", e depois mais nada até o fim, quando ela se levantava para tirar a mesa.

— Ajude sua mãe — dizia a avó quando ele pegava um volume de *Les Pardaillan* para ler com avidez.

Ele ajudava e voltava para debaixo da luz, colocando o livro grosso que falava de duelos e coragem sobre o oleado, liso e nu, enquanto a mãe, puxando uma cadeira para longe da luz do lampião, sentava-se junto à janela no inverno, ou na sacada no verão, e observava o trânsito de bondes, automóveis e transeuntes, que aos poucos ia rareando.[a] Era também a avó quem dizia a Jacques que devia ir para a cama, pois se levantava na manhã seguinte às cinco e meia, e ele a beijava primeiro, depois ao tio e por fim à mãe, que lhe dava um beijo afetuoso e distraído, voltando a sua pose imóvel na penumbra, olhar perdido na rua e

---

[a] Lucien — 14 EPS — 16 *Assurances*.

na corrente da vida que escoava incansável embaixo, na margem àquela em que ela se mantinha, incansável, enquanto seu filho, incansável, com um aperto na garganta, a observava na sombra, olhando as costas magras e curvadas, tomado de uma angústia obscura diante de uma infelicidade que não era capaz de compreender.

O galinheiro e a degola da galinha

Essa angústia ante o desconhecido e a morte que reaparecia sempre que ele voltava do liceu para casa, que já tomava conta do seu coração no fim do dia com a mesma velocidade da escuridão que rapidamente devorava a luz e a terra, só cessava quando a avó acendia o lampião à querosene, depositando o vidro no oleado da mesa, com os [pés] meio levantados na ponta dos pés, as coxas apoiadas na borda da mesa, o corpo inclinado para a frente, a cabeça virada para ver melhor o queimador sob o quebra-luz, uma mão segurando a chave de cobre que regulava o pavio na parte de baixo do lampião, a outra esfregando no pavio um fósforo aceso até o pavio deixar de vacilar e oferecer uma bela chama clara, e a avó voltava a colocar o vidro, que rangia um pouco contra os dentes da manga de cobre onde era encaixado, e então, de novo ereta diante da mesa, com um só braço levantado, regulava mais uma vez o pavio até que a luz amarela, quente, se homogeneizasse sobre a mesa numa roda larga e perfeita, iluminando com uma luz mais suave, como que refletida pelo oleado, o rosto da mulher e o do menino, que do outro lado da mesa assistia à cerimônia, e seu coração sossegava lentamente à medida que a luz aumentava.

Era a mesma angústia que às vezes ele tentava vencer por orgulho ou vaidade, quando a avó em certas ocasiões ordenava que fosse buscar uma galinha no quintal. Era sempre ao anoitecer, na véspera de uma festa importante, Páscoa ou Natal, ou então da passagem de parentes mais abastados que eles quisessem tanto homenagear quanto enganar, por pudor, sobre a situação real da família. Nos primeiros anos do liceu, a avó pediu ao tio Joséphin que trouxesse galinhas árabes de suas excursões comerciais dos domingos, mobilizara o tio Ernest para construir no fundo do quintal, no chão viscoso de umidade, um galinheiro grosseiro, onde ela criava cinco ou seis aves que lhe davam ovos e, eventualmente, o próprio sangue. Da primeira vez que a avó decidiu proceder a uma execução, a família estava à mesa, e ela pediu ao menino mais velho que fosse buscar a vítima. Mas Louis[1] se recusara, declarando sem rodeios que tinha medo. A avó havia zombado e criticado aqueles filhos de ricos que não eram como os de seu tempo, nos confins do interior, que não tinham medo de nada.

— Mas Jacques é mais corajoso, eu sei. Vá lá, você.

Na verdade, Jacques não se sentia nem um pouco mais corajoso. Mas, se estavam dizendo, ele não tinha como recuar, e foi ao quintal naquela primeira noite. Era preciso descer a escada tateando no escuro, virar à esquerda no

---

[1] O irmão de Jacques é chamado ora de Henri, ora de Louis.

corredor sempre escuro, encontrar a porta do quintal e abri-la. A noite estava menos escura que o corredor. Dava para ver os quatro degraus escorregadios e esverdeados que desciam até o quintal. À direita, as venezianas da casinha que abrigava a família do cabeleireiro e a família árabe deixavam passar uma luz mirrada. Em frente, ele distinguiu as manchas esbranquiçadas[a] dos animais adormecidos no chão ou em seus poleiros cagados. Chegando ao galinheiro, ele estava tocando o galinheiro oscilante, agachado e com os dedos acima da cabeça, enfiados nas grossas malhas do alambrado, e já começava a elevar-se um cacarejo abafado, junto com o cheiro morno e nauseante dos excrementos. Ele abria a portinhola do chão, que servia de claraboia, inclinava-se para introduzir a mão e o braço, topava, enojado, com o chão ou com algum pau sujo e retirava imediatamente a mão, com um aperto de medo no coração, assim que começava o alvoroço de asas e patas dos animais, que esvoaçavam ou corriam em todas as direções. Mas era preciso decidir, pois ele tinha sido apontado como o mais corajoso. Só que aquela agitação dos animais no escuro, naquele recesso de sombra e sujeira, enchia-o de uma angústia que lhe apertava as tripas. Ele esperava, olhava, acima, a noite límpida, o céu cheio de estrelas nítidas e tranquilas, depois se atirava à frente, agarrava a primeira pata ao alcance, trazia o animal cheio de gritos e pavor até a portinhola, pegava a segunda pata com a outra mão e puxava a galinha com violência para

---

[a] deformadas.

fora do galinheiro, arrancando já uma parte das penas contra os batentes da porta, enquanto o galinheiro inteiro se enchia de cacarejos agudos e alarmados, e o velho árabe saía, vigilante, de um retângulo de luz repentinamente recortado.

— Sou eu, senhor Tahar — dizia o menino com uma voz mortiça. — Vim pegar uma galinha para a vovó.

— Ah, é você. Bem, pensei que fossem ladrões — e voltava a entrar, mergulhando o pátio na escuridão de novo.

Jacques saía correndo, enquanto a galinha se debatia loucamente, chocando-se contra as paredes do corredor ou o corrimão da escada, doente de nojo e medo ao sentir na palma da mão a pele grossa, fria e escamosa das patas, correndo ainda mais depressa no patamar e no corredor da casa, surgindo enfim na sala de jantar como um vencedor. A figura do vencedor se recortava na entrada, desgrenhado, joelhos esverdeados pelo musgo do quintal, segurando a galinha o mais longe possível do corpo, rosto pálido de medo.

— Está vendo? — dizia a avó ao mais velho. — Ele é mais novo, mas te deixa envergonhado.

Jacques aguardava, para se encher de justificado orgulho, até a avó pegar com mão firme as patas da galinha, que de repente se acalmava, como se entendesse que agora estava em mãos inexoráveis. O irmão comia a sobremesa sem olhar para ele, a não ser para lhe dirigir uma careta de desprezo, que aumentava ainda mais a satisfação de Jacques. Satisfação que, por sinal, durava pouco. A avó, feliz por ter um neto viril, convidava-o, a título de recompensa, a assistir na cozinha à degola do frango. Já tinha amarrado à cintura um grande avental azul e, segurando as patas da galinha com uma das mãos, colocava no chão um grande prato fundo de faiança branca, ao lado do facão de cozinha que o tio Ernest afiava periodicamente numa pedra comprida e preta, de sorte que a lâmina, estreitada e adelgaçada pelo desgaste, já não passava de um fio brilhante.

— Fique aí.

Jacques postava-se no lugar indicado, no fundo da cozinha, enquanto a avó se posicionava na entrada, impedindo a saída tanto da galinha quanto do menino. Com as costas junto à pia, o ombro [esquerdo] contra a parede, ele olhava horrorizado os gestos precisos da sacrificadora. A avó empurrava o prato para bem debaixo da luz do lampiãozinho à querosene posto sobre uma mesa de madeira, à esquerda da entrada. Estendia o animal no chão e, apoiando o joelho esquerdo no piso, imobilizava as patas da galinha, calcava-a com as mãos para impedi-la de se debater, agarrava-lhe em seguida a cabeça com a mão esquerda, puxando-a para trás, em cima do prato. Com a faca cortante como navalha, degolava-a então lentamente, no ponto em que, no homem, se encontra o pomo de Adão, abrindo a ferida com uma torção da cabeça, ao mesmo tempo que a faca entrava mais profundamente nas cartilagens com um ruído pavoroso, e agora o animal, percorrido por terríveis sobressaltos, imóvel enquanto o sangue escorria vermelho no prato branco, Jacques olhando, com as pernas trêmulas, como se se sentisse esvaziado do próprio sangue.

— Pegue o prato — dizia a avó depois de um tempo interminável.

O animal já não sangrava. Com todo o cuidado, Jacques depositava na mesa o prato com o sangue já escurecido. A avó jogava ao lado do prato a galinha com a plumagem suja, olhos vidrados, sobre os quais já desciam as pálpebras redondas e enrugadas. Jacques olhava para o corpo imóvel, para as patas com os dedos agora reunidos e pendendo sem força, a crista suja e flácida, a morte, enfim, e depois ia embora para a sala de jantar.[a]

— Não aguento ver isso — dissera-lhe o irmão na primeira noite, com raiva reprimida. — É nojento.

— Que nada — respondia Jacques com voz incerta.

Louis olhava para ele com ar hostil e inquisidor. E Jacques se recompôs. Fechou-se na angústia, naquele medo pânico que tomara conta dele diante da noite e da morte terrível, encontrando no orgulho, e somente no orgulho, uma vontade de coragem que acabou por lhe servir de coragem.

— Você tem medo, só isso — acabou por dizer.

— Isso mesmo — disse a avó, que estava voltando —, é Jacques que vai ao galinheiro nas próximas vezes.

— Bom, bom — dizia o tio Ernest, feliz da vida —, ele tem coragem.

Paralisado, Jacques olhava para a mãe que, um pouco à parte, estava cerzindo meias enfiadas num grande ovo de madeira. A mãe olhou para ele.

---

[a] No dia seguinte, o cheiro do frango cru sendo chamuscado.

— Sim, muito bem, você é corajoso — disse.

E voltou-se para a rua, e Jacques, olhando-a atentamente, sentia de novo a infelicidade instalar-se em seu coração angustiado.

— Vá se deitar — dizia a avó.

Sem acender o lampiãozinho à querosene, Jacques se despia no quarto, no clarão que vinha da sala de jantar. Deitava-se na beirada da cama de casal para não encostar no irmão nem incomodá-lo. Caía no sono logo depois, extenuado de cansaço e sensações, despertado às vezes pelo irmão, que passava por cima dele para dormir no lado da parede, pois se levantava depois de Jacques, ou pela mãe, que às vezes tropeçava no armário na escuridão em que se despia, subia de um jeito leve na cama e tinha sono tão leve que podia parecer que estava acordada, e era o que Jacques às vezes pensava, com vontade de chamá-la, mas achando que de qualquer maneira ela não o ouviria, e obrigando-se a ficar acordado junto com ela, do mesmo jeito leve, imóvel, sem fazer o menor ruído, até que o sono o vencesse, que já vencera sua mãe depois de uma dura jornada lavando roupa ou fazendo faxina.

Quintas-feiras e férias

Só na quinta-feira e no domingo Jacques e Pierre recuperavam seu universo (à exceção de certas quintas-feiras em que Jacques era punido com exercícios extras, ou seja, ficava retido no liceu e era obrigado (como indicado num bilhete da supervisão geral que ele dava para a mãe assinar depois de resumir o conteúdo com a palavra castigo) a passar duas horas, das 8 às 10 h (e às vezes quatro, nos casos graves), fazendo, numa sala específica, junto a outros réus, sob a vigilância de um monitor em geral furioso por ter sido convocado naquele dia, um exercício particularmente inútil.[a] Pierre, em oito anos de liceu, nunca ficou retido. Mas Jacques, muito inquieto e também vaidoso, portanto bancava o idiota pelo prazer de aparecer, colecionava esse tipo de retenção. Não adiantava explicar à avó que os castigos eram por questões de comportamento, ela não era capaz de distinguir entre burrice e mau comportamento. Para ela, um bom aluno era, necessariamente, correto e comportado; da mesma forma, a virtude

---

[a] No liceu, não se chamava *donnade*, mas *castagne*.

levava diretamente à ciência. Desse modo, os castigos das quintas-feiras eram agravados, pelo menos nos primeiros anos, pelos corretivos das quartas).

Nas quintas-feiras sem castigo e nos domingos, a manhã era dedicada às compras e às ocupações da casa. E à tarde Pierre e Jean[1] podiam sair juntos. No verão, havia a praia de Sablettes ou o campo de manobras, grande terreno baldio no qual havia um campo de futebol traçado grosseiramente e várias pistas para quem quisesse jogar bocha. Era possível jogar futebol, quase sempre com uma bola de pano e times de meninos árabes e franceses que se formavam espontaneamente. Mas no resto do ano os dois garotos iam à Casa dos Inválidos de Kouba,[a] onde a mãe de Pierre, que tinha saído do correio, era chefe da rouparia. Kouba era o nome de uma colina a leste de Argel, no ponto final de uma linha de bonde.[b] Na verdade, era onde a cidade acabava, e a suave campina do Sahel começava com seus outeiros harmoniosos, águas relativamente abundantes, pradarias quase exuberantes e campos de terra vermelha e convidativa, cortados de longe em longe por sebes de altos ciprestes ou juncos. Videiras, árvores frutíferas e milho cresciam em abundância e sem muito trabalho. Para quem vinha da cidade e seus bairros baixos, úmidos e quentes, o ar era penetrante e considerado benéfico. Para os habitantes de Argel, que, tendo um pou-

---

[1] Trata-se de Jacques.
[a] É esse o nome?
[b] o incêndio.

co de bens ou alguns rendimentos, fugiam no verão para a França mais temperada, bastava que o ar que se respirava em determinado lugar fosse ligeiramente fresco para ser batizado de "ar da França". Por isso, em Kouba respirava-se o ar da França. A Casa dos Inválidos, que havia sido fundada pouco depois da guerra para os mutilados aposentados, ficava a cinco minutos do ponto final do bonde. Era um antigo convento, vasto, com uma arquitetura complicada e distribuída em várias alas, com espessas paredes caiadas, galerias cobertas e salões abobadados e frescos, onde haviam sido instalados os refeitórios e os serviços. A rouparia, dirigida pela Sra. Marlon, mãe de Pierre, ficava num desses salões. Era lá que ela recebia os meninos quando chegavam, no cheiro dos ferros quentes e da roupa úmida, na companhia das duas empregadas sob suas ordens, uma árabe, a outra francesa. Ela dava um pedaço de pão e chocolate a cada um, e depois, arregaçando as mangas que cobriam seus belos braços viçosos e fortes:

— Ponham isto no bolso para durar quatro horas e vão para o jardim, estou ocupada.

Os meninos começavam vagando pelas galerias e pelos pátios internos, e quase sempre comiam o lanche imediatamente para se livrar do pão incômodo e do chocolate que derretia entre os dedos. Ficavam conhecendo inválidos, sem um braço ou uma perna, ou então acomodados em carrinhos com rodas de bicicleta. Não havia ninguém com o rosto desfigurado ou cego, apenas mutilados, vestidos com asseio e muitas vezes ostentando uma condecoração, com a manga da camisa ou do paletó ou a perna da calça levantada com cuidado e presa com alfinete de segurança em torno do coto invisível, e não era horrível, eles eram muitos. Passada a surpresa do primeiro dia, os garotos os encaravam como encaravam tudo que descobriam e logo incorporavam à ordem do mundo. A Sra. Marlon explicara que aqueles homens tinham perdido um braço ou uma perna na guerra, e a guerra, justamente, fazia parte do universo deles, só ouviam falar dela, que tinha influenciado tantas coisas ao redor, que eles entendiam sem dificuldade que fosse possível perder nela braço ou perna, e até que ela pudesse ser definida, justamente, como uma época da vida em que se perdem braços e pernas. Por isso aquele universo de estropiados nada tinha de triste para os garotos. Alguns eram taciturnos e sombrios, é verdade, mas a maioria era de jovens, sorridentes, que até gracejavam da própria deficiência.

— Eu só tenho uma perna — dizia um deles, louro, de rosto quadrado e forte, cheio de saúde, que era visto com frequência rondando pela rouparia —, mas ainda posso te dar um pontapé no traseiro — dizia aos meninos.

E, apoiado na bengala com a mão direita e no parapeito da galeria com a esquerda, aprumava-se e lançava seu único pé na direção deles. Os garotos achavam graça e depois punham sebo nas canelas. Parecia-lhes normal serem os únicos que podiam correr ou usar os dois braços. Só uma vez ocorreu a Jacques, que torcera o pé jogando futebol e passara alguns dias mancando, que os inválidos da quinta-feira enfrentariam pelo resto da vida a mesma incapacidade em que ele agora se encontrava de correr e pegar o bonde andando, e de chutar uma bola. Num só instante sentiu-se atingido pelo que havia de milagroso na mecânica humana e, ao mesmo tempo, por uma angústia cega ante a ideia de que também poderia ser mutilado, depois esqueceu.

Eles* percorriam os refeitórios de venezianas semicerradas, onde as grandes mesas inteiramente recobertas de zinco reluziam um pouco na penumbra, e depois as cozinhas com seus recipientes enormes, caldeirões e caçarolas, que exalavam um cheiro persistente de gordura queimada. Na última ala, viam os dormitórios de duas e três camas forradas de colchas cinzentas, com armários de madeira branca. Depois desciam para o jardim por uma escada externa.

A Casa dos Inválidos era cercada por um grande parque quase abandonado por inteiro. Alguns inválidos tinham assumido a tarefa de cuidar, ao redor da casa, de alguns roseirais e de canteiros de flores, além de uma pequena horta cercada de grandes sebes de caniços secos. Mas adiante, o parque, outrora magnífico, estava totalmente largado. Imensos eucaliptos, palmeiras-reais, coqueiros, seringueiras[a] de tronco enorme, cujos galhos baixos se enraizavam mais além, formando um labirinto vegetal cheio de sombra e segredo, ciprestes grossos e sólidos, laranjeiras vigorosas, grupos de loureiros-rosa e loureiros-régios de tamanho incomum, dominavam aleias

---

* os meninos
[a] as outras árvores grandes.

desfeitas, nas quais a argila tinha comido o cascalho, mordido por uma barafunda aromática de silindras, jasmins, clematites, passifloras, madressilvas em arbustos por sua vez invadidos na base por um vigoroso tapete de trevos, oxales e capim selvagem. Percorrer aquela selva perfumada, rastejar, agachar-se, com o nariz na altura da relva, desbravar com faca os trechos emaranhados e sair com as pernas lanhadas e o rosto todo molhado era uma verdadeira embriaguez.

Mas boa parte da tarde também era ocupada pela fabricação de terríveis venenos. Os garotos tinham amontoado, debaixo de um velho banco de pedra encostado num trecho de muro recoberto de trepadeiras selvagens, todo um equipamento de tubos de aspirina, frascos de medicamentos ou velhos tinteiros, cacos de louça e xícaras quebradas que constituíam o seu laboratório. Era ali, perdidos na parte mais densa do parque, ao abrigo dos olhares, que eles preparavam suas poções misteriosas. A base de tudo era o loureiro-rosa, simplesmente porque muitas vezes tinham ouvido dizer que sua sombra era maléfica, e o incauto que dormisse debaixo dele nunca mais acordaria. As folhas e a flor, quando chegava a estação, eram então demoradamente trituradas entre duas pedras até formar uma papa ruim (malsã) que, só pelo aspecto, prometia morte terrível. Essa papa era deixada ao ar livre, onde imediatamente adquiria opalescências alarmantes. Enquanto isso, um dos dois corria para encher de água uma velha garrafa. As pinhas dos ciprestes, por sua vez, eram trituradas. Eles estavam convencidos do malefício que faziam pelo motivo incerto de que o cipreste é a árvore dos cemitérios. Mas os frutos eram colhidos na árvore, e não no chão, onde a desidratação lhes conferia um importuno aspecto saudavelmente seco e duro.[a] As duas papas eram então misturadas numa velha tigela e dissolvidas em água, e em seguida filtradas num lenço sujo. O suco assim obtido, de um verde preocupante, era manuseado pelos meninos com todas as precauções necessárias no caso de um veneno fulminante. Era cuidadosamente transfundido para tubos de aspirina ou frascos farmacêuticos, que eles arrolhavam, evitando tocar o líquido. O que restava era então misturado a papas diferentes, de todas as bagas que conseguiam colher, para produzir séries de venenos cada vez mais fortes, cuidadosamente numerados e enfileirados debaixo do banco de pedra até a semana seguinte, para que a fermentação tornasse os elixires definitivamente funestos. Concluído o tenebroso trabalho, J. e P. contemplavam encantados a coleção de frascos assustadores e sentiam deliciados o cheiro amargo e ácido que se elevava da pedra manchada de papa verde. Os venenos, por sinal, não se destinavam a ninguém. Os químicos calculavam a quantidade de pessoas que podiam matar e levavam o otimismo ao ponto de imaginar que tinham fabricado uma quantidade suficiente para despovoar a cidade. Mas nunca lhes passou pela cabeça que aquelas drogas mágicas pudessem livrá-los de um colega ou de um professor detestado. Isso porque, na verdade, não detestavam nin-

---

[a] restabelecer a ordem cronológica.

guém, o que muito prejuízo lhes causaria na idade adulta e na sociedade onde teriam de viver.

Mas os grandes dias eram os dias de vento. Um dos lados da casa, que dava para o parque, terminava no que outrora tinha sido um terraço cuja balaustrada de pedra jazia no capim, ao pé da vasta base de cimento coberta de ladrilhos vermelhos. Do terraço aberto nos três lados avistava-se o parque e, além dele, uma ravina que separava a colina de Kouba de um dos platôs do Sahel. A orientação do terraço era tal que, nos dias em que soprava o vento leste, sempre violento em Argel, ele era atingido em cheio de uma ponta à outra. Nesses dias, os meninos corriam para as primeiras palmeiras, ao pé das quais havia sempre longas palmas ressecadas. Eles raspavam sua base para tirar os espinhos e também para poder segurá-las com as duas mãos. Depois, arrastando as palmas, corriam para o terraço; o vento soprava com fúria, silvando nos grandes eucaliptos, cujos galhos mais altos se agitavam enlouquecidos, despenteando as palmeiras, amarrotando com um barulho de papel as largas folhas lustrosas das seringueiras. Eles tinham de subir ao terraço, içar as palmas e dar as costas ao vento. Os dois pegavam firmemente nas mãos as palmas secas e farfalhantes, protegendo-as em parte com o próprio corpo, e viravam-se bruscamente. No mesmo instante, a palma colava-se no corpo, e eles respiravam seu cheiro de poeira e palha. A brincadeira consistia então em avançar contra o vento erguendo a palma cada vez mais. O vencedor era aquele que chegasse primeiro à extremidade do terraço sem que o vento lhe arrancasse a palma das mãos, conseguisse ficar de pé com a palma sustentada no alto, com o corpo todo apoiado numa perna postada adiante, lutando vitoriosamente e durante o maior tempo possível contra a força furiosa do vento. Ali, de pé acima do parque e do planalto coalhado de árvores, sob o céu percorrido a toda velocidade por enormes nuvens, Jacques sentia o vento que chegava dos confins do país descer ao longo da palma e de seus braços para enchê-lo de uma força e de um júbilo que o faziam soltar longos gritos incessantes, até que, com os braços e os ombros exaustos do esforço, acabava soltando a palma, que era imediatamente levada pela tempestade junto com seus gritos. E à noite, deitado, morto de cansaço, no silêncio do quarto onde sua mãe dormia com leveza, ele ainda ouvia rugir por dentro o tumulto e a fúria do vento que haveria de amar pelo resto da vida.

A quinta-feira[a] também era o dia em que Jacques e Pierre iam à biblioteca municipal. Desde pequeno Jacques tinha devorado os livros que lhe caíam nas mãos, e os engolia com a mesma avidez com que vivia, brincava ou sonhava. Mas a leitura lhe permitia fugir para um universo inocente em que a riqueza e a pobreza eram igualmente interessantes porque perfeitamente irreais. *L'Intrépide*, as polpudas coleções de publicações ilustradas que ele e os colegas passavam uns aos outros até que a capa encadernada ficasse cinzenta e áspera, e as páginas internas, rasgadas e com orelhas, tinham-no trans-

---

[a] separá-los do seu meio.

portado inicialmente a um universo cômico ou heroico que saciava nele duas sedes essenciais, a sede de alegria e a de coragem. O gosto pelo heroísmo e pela audácia certamente era bem forte nos dois garotos, a julgar pelo inacreditável consumo de romances de capa e espada e a facilidade com que misturavam os personagens de *Pardaillan* a sua vida cotidiana. Seu grande autor era de fato Michel Zévaco, e o Renascimento, sobretudo italiano, colorido por adagas e venenos, em meio a palácios romanos e florentinos e ao fausto régio ou pontifical, era o reino preferido daqueles dois aristocratas que de vez em quando, na rua amarela e empoeirada onde morava Pierre, eram vistos a lançar-se cartéis de desafio, desembainhando longas réguas envernizadas de [ ],[1] travando entre as latas de lixo fogosos duelos, dos quais saíam com os dedos marcados por muito tempo.[a] Naquela época, não tinham muito como encontrar outros livros, pois pouca gente lia no bairro, e eles só podiam comprar, muito de vez em quando, os livros populares esquecidos na loja do vendedor de livros.

Mais ou menos na época em que entravam para o liceu, contudo, foi instalada no bairro uma biblioteca municipal, a meio caminho entre a rua onde Jacques morava e as zonas mais altas onde começavam bairros mais elegantes com mansões cercadas de pequenos jardins, cheios de plantas perfumadas que cresciam vigorosamente nas la-

---

[1] Uma palavra ilegível.
[a] Eles lutavam, na verdade, para ver quem seria d'Artagnan ou Passepoil. Ninguém queria ser Aramis, Athos e Porthos.

deiras úmidas e quentes de Argel. Tais mansões cercavam o grande parque do Pensionato Sainte-Odile, internato religioso exclusivo para meninas. Foi naquele bairro, tão próximo e tão distante do bairro deles, que Jacques e Pierre tiveram suas emoções mais profundas (das quais ainda não é o momento de falar, das quais se haverá de falar etc.). A fronteira entre os dois universos (um poeirento e sem árvores, onde todo o espaço era reservado aos habitantes e às pedras que os abrigavam, o outro no qual as flores e as árvores proporcionavam o verdadeiro luxo deste mundo) era representada por uma avenida muito larga, com soberbos plátanos plantados nas duas calçadas. E, com efeito, um dos seus lados era percorrido por mansões, e o outro, por pequenos imóveis baratos. A biblioteca municipal foi instalada desse lado.

Abria as portas três vezes por semana, inclusive às quintas-feiras, ao anoitecer, depois das horas de trabalho, e na quinta-feira durante toda a manhã. Uma professora jovem, físico ingrato, que dedicava gratuitamente algumas horas do seu tempo à biblioteca, ficava sentada atrás de uma ampla mesa de madeira branca, cuidando dos livros que seriam emprestados. Era um aposento quadrado, com as paredes completamente cobertas de estantes de madeira branca e livros encadernados de pano preto. Havia também uma mesinha cercada de cadeiras para quem quisesse consultar rapidamente um dicionário, pois era uma biblioteca exclusiva para empréstimos, e um fichário alfabético que Jacques e Pierre nunca consultavam, pois seu método consistia em passear diante das prateleiras, escolher um livro pelo título ou, mais raramente, pelo autor, anotar o número e inseri-lo na ficha azul mediante a qual se solicitava empréstimo da obra. Para ter direito ao empréstimo, bastava levar um recibo de aluguel e pagar uma taxa mínima. Recebia-se então um folheto no qual os livros emprestados eram anotados, ao mesmo tempo que no registro mantido pela jovem professora.

A biblioteca continha sobretudo romances, mas muitos eram proibidos aos menores de quinze anos e ficavam em prateleiras à parte. E o método puramente intuitivo dos garotos não consistia realmente numa verdadeira escolha entre os restantes. No entanto, o acaso não é das piores coisas em cultura, e os dois gulosos devoravam o melhor e, ao mesmo tempo, o pior, sem se preocuparem em reter nada e de fato praticamente nada retendo, senão uma estranha e poderosa emoção que, no correr das semanas, dos meses e dos anos, fazia nascer e crescer neles todo um universo de imagens e lembranças irredutíveis à realidade em que viviam no dia a dia, mas certamente não menos presentes para aqueles garotos ardentes que viviam seus sonhos com a mesma violência com que viviam a vida.[a,b]

O conteúdo dos livros no fundo pouco importava. O que importava era o que eles sentiam logo ao entrar na biblioteca, onde não viam as paredes de livros pretos, mas um espaço e horizontes múltiplos que, já na soleira da porta, os transportava para longe da vida acanhada do bairro. Vinha então o momento em que cada um, de posse

---

[a] Páginas do dicionário Quillet, o cheiro das estampas.
[b] Moça, Jack London é bom?

dos dois livros a que tinha direito, apertando-os com o cotovelo contra as costelas, esgueirava-se pela avenida, escura àquela hora, esmagando com os pés os frutos dos grandes plátanos e calculando as delícias que extrairia de seus livros, comparando-as já às a da semana anterior, até que, chegando à rua principal, começava a abri-los debaixo da luz vacilante do primeiro poste de iluminação para pescar alguma frase (p. ex., "era dono de um vigor incomum") que reforçasse sua alegre e ávida expectativa. Despediam-se rapidamente e corriam à sala de jantar para abrir o livro sobre o oleado, sob a luz do lampião à querosene. Um cheiro forte de cola emanava da encadernação grosseira, que arranhava os dedos.

A maneira como o livro era impresso já dava ao leitor uma ideia do prazer que dele poderia extrair. P. e J. não gostavam das composições gráficas abertas e com margens largas, com que se deleitavam autores e leitores refinados, e sim de páginas preenchidas com tipos pequenos que corressem ao longo de linhas estreitamente justificadas, cheias até a borda de palavras e frases, como esses enormes pratos rústicos em que se pode comer muito e durante muito tempo sem esvaziá-los e que são os únicos capazes de aplacar um apetite imenso. Não ligavam para refinamentos, não conheciam nada e queriam saber tudo. Pouco importava se o livro fosse mal escrito e de composição gráfica grosseira, desde que escrito com clareza e cheio de vida violenta; esses livros, e só eles, forneciam pasto para seus sonhos, e sobre eles podiam dormir sono pesado.

Além disso, cada livro tinha um cheiro próprio, em função do papel em que fora impresso, cheiro fino, secreto, em cada caso, mas tão especial que J. seria capaz de distinguir de olhos fechados um livro da coleção Nelson das edições habitualmente publicadas então pela Fasquelle. E cada um desses cheiros, antes mesmo de iniciada a leitura, transportava Jacques para um outro universo cheio de promessas já [cumpridas], que já começava por escurecer o ambiente onde ele se encontrava, por eliminar o próprio bairro e seus ruídos, a cidade e o mundo inteiro, que desapareceria completamente tão logo iniciada a leitura com uma avidez absurda, exaltada, que acabava lançando o menino em uma embriaguez total, da qual nem mesmo ordens insistentes eram capazes de tirá-lo.[a]

— Jacques, apronte a mesa, pela terceira vez.

Ele acabava aprontando a mesa, com o olhar vazio e descolorido, meio aturdido, como que intoxicado de leitura, e retomava o livro como se não o tivesse deixado.

— Jacques, coma.

E ele acabava comendo um alimento que, apesar da consistência, lhe parecia menos real e menos sólido do que o que encontrava nos livros, depois tirava a mesa e voltava ao livro. Às vezes a mãe se aproximava antes de ir sentar-se no seu canto.

— É a biblioteca — dizia.

Pronunciava mal essa palavra que, ouvida do filho, não lhe dizia nada, mas reconhecia a capa dos livros.[b]

---

[a] desenvolver.
[b] Mandaram fazer para ele (o tio Ernest) uma escrivaninha de madeira branca.

— Sim — dizia Jacques sem levantar a cabeça.

Catherine Cormery debruçava-se por cima do seu ombro. Olhava os dois retângulos sob a luz, as séries regulares de linhas; também sentia o cheiro e às vezes passava na página os dedos embotados e enrugados pela água de lavar roupa, como se quisesse entender melhor o que era um livro, aproximar-se um pouco mais daqueles sinais misteriosos, incompreensíveis para ela, mas nos quais o filho encontrava com tanta frequência e durante horas uma vida que lhe era desconhecida e de onde ele voltava com aquele olhar que lhe dirigia como se ela fosse uma estranha. A mão deformada acariciava suavemente a cabeça do menino, que não reagia, ela suspirava e ia sentar-se, longe dele.

— Jacques, vá dormir.

A avó repetia a ordem.

— Amanhã vai se atrasar.

Jacques levantava-se, arrumava a pasta para as aulas do dia seguinte sem soltar o livro preso na axila e caía em sono pesado como um bêbado, depois de enfiar o livro debaixo do travesseiro.

Durante anos, assim, a vida de Jacques dividiu-se desigualmente entre duas vidas que ele não conseguia interligar. Durante doze horas, ao som do tambor, numa sociedade de meninos e professores, entre jogos e estudo. Durante duas ou três horas de vida diurna na casa do bairro velho, junto à mãe, em cuja companhia só estava realmente no sono dos pobres. Embora sua vida mais antiga fosse na realidade aquele bairro, sua vida presente e mais ainda o seu futuro estavam no liceu. De tal maneira que, de certa forma, o bairro no fim das contas se confundia com a noite, o sono e o sonho. E por acaso aquele bairro de fato existia, e não seria o deserto em que se transformou certa noite para o menino, quando ele perdeu a consciência? Queda no cimento... De qualquer maneira, a ninguém do liceu ele podia falar da mãe e da família. A ninguém da família podia falar do liceu. Nenhum colega, nenhum professor, em todos os anos que o separavam do bacharelado, jamais pôs os pés em sua casa. E, por sua vez, a mãe e a avó nunca iam ao liceu, exceto uma vez por ano, na cerimônia de premiação, no início de julho. É verdade que nesse dia elas entravam pela porta principal, no meio de uma multidão de pais e alunos endomingados. A avó usava o vestido e a mantilha preta das grandes ocasiões, Catherine Cormery punha um chapéu enfeitado de tule marrom e uvas pretas de cera e um vestido marrom de verão, com os únicos sapatos de salto não muito alto que tinha. Jacques usava uma camisa branca de colarinho alto e mangas curtas, calças curtas no início e depois compridas, mas sempre caprichosamente passadas na véspera pela mãe, e, caminhando entre as duas, conduzia-as ao bonde vermelho, por volta de uma hora da tarde, acomodava-as num dos bancos da máquina e esperava de pé na dianteira, olhando através dos vidros a mãe sorrir para ele de vez em quando e verificar, durante todo o trajeto, se o chapéu estava bem assentado, se as meias não estavam caindo ou a posição da medalhinha de ouro com a Virgem Maria, que ela usava no pescoço, presa a uma corrente fina. Na Praça do Governo começava o trajeto cotidiano, que com as duas mulheres o menino fazia uma única vez no ano, ao longo da rua Bab-Azoun. Jacques sentia na mãe o cheiro da loção [lampero] que ela usava generosamente na ocasião, a avó caminhava ereta e orgulhosa, repreendendo a filha quando ela se queixava dos pés ("Assim aprende a usar sapatos apertados demais na sua idade"), enquanto Jacques não se cansava de lhes mostrar as lojas e os comerciantes que tinham passado a ocupar lugar tão importante na sua vida. No liceu, a porta principal estava aberta, vasos de plantas ornamentavam de alto a baixo os dois lados da escada monumental que os primeiros pais e alunos começavam a subir, estando os Cormery naturalmente muito adiantados, como sempre estão os pobres que têm poucas obrigações sociais e prazeres e temem não ser pontuais.[a] Chegava-se então ao pátio dos privilegiados, tomado por fileiras de cadeiras alugadas a uma empresa de bailes e concertos, enquanto ao fundo, sob o grande relógio, um estrado ia de um lado a outro do pátio, coberto de poltronas e cadeiras e também profusamente ornamentado com plantas verdes. O pátio aos poucos se enchia de vestidos claros, pois as mulheres eram maioria. Os que chegavam primeiro escolhiam os lugares abrigados do sol, debaixo das árvores. Os outros se abanavam com leques árabes de palha fina trançada, enfeitados na orla com pompons de lã vermelha. Por cima do público, o azul

---

[a] e os que foram mal aquinhoados não podem deixar de se considerar responsáveis, no íntimo, e sentem que não devem agravar essa culpa geral com pequenas faltas...

do céu se coagulava, tornando-se cada vez mais duro na combustão do calor.

Às duas horas, uma orquestra militar, invisível na galeria superior, atacava *A Marselhesa*, todos os presentes se levantavam, e os professores, usando borlas e longas túnicas com estamenhas de cores variáveis conforme a especialidade de cada um, entravam, tendo à frente o diretor e a personalidade oficial (em geral um alto funcionário do governo geral) convocado naquele ano. Uma nova marcha marcial acompanhava a acomodação dos professores e, imediatamente depois, a personalidade oficial tomava a palavra para apresentar seus pontos de vista sobre a França em geral e a instrução em particular. Catherine Cormery escutava sem ouvir, mas sem jamais manifestar impaciência nem cansaço. A avó ouvia, mas sem entender muito bem. "Ele fala bem", dizia à filha, que concordava com ar compenetrado. Isso estimulava a avó a olhar para o vizinho ou a vizinha à esquerda e lhes sorrir, confirmando com um movimento da cabeça a avaliação que acabava de externar. No primeiro ano, Jacques notou que a avó era a única que usava a mantilha preta das velhas espanholas e ficou embaraçado. Dessa falsa vergonha, na verdade, ele nunca se livraria; decidiu simplesmente que não podia fazer nada quando tentou timidamente sugerir um chapéu à avó, e ela respondeu que não tinha dinheiro para jogar fora e que a mantilha lhe esquentava as orelhas. Mas, quando a avó se dirigia aos vizinhos durante a cerimônia de premiação, ele se sentia tomado por um rubor vil. Depois da personalidade oficial, levantava-se o professor mais jovem, em geral chegado naquele ano da metrópole, tradicionalmente incumbido de proferir o discurso solene. O discurso podia durar de meia hora a uma hora, e o jovem universitário nunca perdia a oportunidade de recheá-lo de alusões culturais e de sutileza humanista que o tornavam propriamente ininteligível ao público argelino. Com a ajuda do calor, a atenção sucumbia, e os leques se agitavam mais depressa. Até a avó deixava transparecer o cansaço, olhando para outro lado. Só mesmo Catherine Cormery, atenta, recebia sem pestanejar a chuva de erudição e sapiência que lhe caía* em cima ininterruptamente. Quanto a Jacques, movia os pés, procurava Pierre e os outros colegas com o olhar, alertava-os com sinais discretos e começava com eles uma longa conversa de caretas. Intensos aplausos finalmente agradeciam ao orador o favor de ter terminado, e tinha início a chamada dos premiados. Começava-se pelas turmas mais adiantadas, e, nos primeiros anos, a tarde inteira passava para as duas mulheres na espera, em suas cadeiras, de que se chegasse à turma de Jacques. Só os prêmios de excelência eram saudados por uma fanfarra da música invisível. Os premiados, cada vez mais jovens, levantavam-se, margeavam o pátio, subiam ao estrado, recebiam o aperto de mão salpicado de boas palavras do funcionário e, depois, do diretor, que lhes entregava um pacote de livros (por sua vez recebido de um bedel que subira antes do premiado ao estrado, onde haviam sido colocadas caixas rolantes cheias de livros). Em

---

* deslizava

seguida, o premiado descia acompanhado de música em meio a aplausos, com os livros debaixo do braço, feliz da vida e procurando com o olhar os pais envaidecidos que enxugavam as lágrimas. O céu ficava um pouco menos azul, perdia um pouco do calor por uma fenda invisível em algum lugar acima do mar. Os premiados subiam e desciam, as fanfarras se sucediam, o pátio se esvaziava aos poucos, enquanto o céu começava a se esverdear, e então se chegava à turma de Jacques. Assim que o nome da sua turma era pronunciado, ele deixava de lado as brincadeiras e assumia ar sério. Quando seu nome era chamado, levantava-se, com a cabeça zumbindo. Logo atrás, entreouvia a mãe, que não ouvira bem, perguntar à avó:

— Ele disse Cormery?
— Disse — respondia a avó, corada de emoção.

O caminho de cimento que ele percorria, o estrado, o colete do funcionário oficial, com a corrente do relógio, o bom sorriso do diretor, às vezes o olhar amistoso de um professor perdido na multidão do estrado, depois a volta musicada em direção às duas mulheres já de pé na passagem, a mãe olhando para ele com uma espécie de alegria espantada, e ele lhe entregava o grosso volume com a relação dos premiados, a avó buscando com o olhar o testemunho dos vizinhos, tudo acontecia depressa demais depois da interminável tarde, e agora Jacques tinha pressa de voltar para casa e olhar os livros que ganhara.[a]

---

[a] *Os trabalhadores do mar.*

Em geral eles voltavam com Pierre e a mãe dele,[a] e a avó ia comparando em silêncio a altura das duas pilhas de livros. Em casa, Jacques primeiro pegava o volume com os nomes dos premiados e, a pedido da avó, fazia orelhas nas páginas onde constasse o seu nome, para que ela pudesse mostrá-las aos vizinhos e à família. Em seguida, fazia o inventário dos seus tesouros. E nem havia concluído quando via a mãe voltando já com roupas de casa, de chinelos, abotoando a bata de linho e puxando a cadeira para a janela. Ela sorria para ele:

— Você foi estudioso — dizia, e sacudia a cabeça olhando para ele.

Ele também olhava para ela, esperava, não sabia bem o quê, e ela se voltava para a rua, na atitude que lhe era conhecida, agora longe do liceu, que não voltaria a ver antes de um ano, enquanto a sombra invadia a sala e as primeiras luzes se acendiam acima da rua,* onde agora só circulavam transeuntes sem rosto.

Mas, embora a mãe deixasse para sempre aquele liceu que mal pudera entrever, Jacques reencontrava sem transição a família e o bairro de onde não saía mais.

As férias também o traziam de volta à família, pelo menos nos primeiros anos. Ninguém na casa deles tinha folga, os homens trabalhavam sem descanso o ano inteiro. Só um acidente de trabalho, quando eram empregados

---

[a] Ela não vira o liceu nem nada da sua vida cotidiana. Assistira a uma representação organizada para os pais. O liceu não era aquilo, era...
* das calçadas.

por empresas com seguro contra esse tipo de risco, possibilitava o ócio, e suas férias estavam ligadas ao hospital ou ao médico. O tio Ernest, por exemplo, numa época em que se sentia esgotado, resolveu "entrar no seguro", como dizia, arrancando voluntariamente com a garlopa um grande bife da palma da mão. Já as mulheres, como Catherine Cormery, trabalhavam sem descanso, pelo simples motivo de que o repouso significava para todo mundo refeições mais leves. O desemprego, sem nenhum tipo de seguro, era o mal mais temido. Isso explicava que, fosse na família de Pierre ou na de Jacques, aqueles operários, que eram sempre os mais tolerantes dos homens na vida cotidiana, fossem sempre xenófobos nas questões de trabalho, acusando sucessivamente italianos, espanhóis, judeus, árabes e por fim o planeta inteiro de lhes roubar o trabalho — atitude por certo desconcertante para os intelectuais que teorizam o proletariado, no entanto perfeitamente humana e desculpável. Não era a dominação do mundo ou dos privilégios de dinheiro e lazer que esses surpreendentes nacionalistas disputavam com as outras nacionalidades, mas o privilégio da servidão. Naquele bairro, o trabalho não era uma virtude, mas uma necessidade que, para permitir viver, levava à morte.

De qualquer maneira, por mais duro fosse o verão da Argélia, enquanto navios sobrecarregados levavam funcionários públicos e gente abastada para o refazimento no bom "ar da França" (e de volta eles traziam fabulosas e incríveis descrições de prados férteis onde a água corria em pleno mês de agosto), os bairros pobres não mudavam rigorosamente nada em sua vida, e, em vez de ficarem meio esvaziados, como os bairros do centro, pareciam assistir a um aumento de sua população, pois as crianças se despejavam nas ruas em grande número.[a]

Para Pierre e Jacques, que vagavam pelas ruas secas, calçando alpargatas furadas e vestindo calças ordinárias e camiseta de algodão de decote redondo, as férias eram, antes de mais nada, calor. As últimas chuvas datavam de abril ou maio, no máximo. Ao longo de semanas e meses, o sol, cada vez mais fixo, cada vez mais quente, tinha secado, depois ressecado, depois torrado as paredes, pulverizado os revestimentos, as pedras e as telhas, formando uma fina poeira que, levada pelo vento, recobria as ruas, as vitrines das lojas e as folhas de todas as árvores. O bairro inteiro se transformava então, em julho, numa espécie de labirinto cinzento e amarelo,[b] deserto durante o dia, com as venezianas de todas as casas meticulosamente fechadas, e sobre o qual o sol reinava com ferocidade, deixando cães e gatos prostrados no limiar das casas, obrigando os seres vivos a rentear os muros para ficar fora do seu alcance. Em agosto, o sol desaparecia por trás da estopa pesada de um céu cinzento de calor, pesado, úmido, de onde descia uma luz difusa, esbranquiçada e fatigante para os olhos, que apagava nas ruas os últimos vestígios de cor. Nas oficinas de tanoaria, os martelos ressoavam mais molemente, e os operários de vez em quando paravam para botar a cabeça e o tronco

---

[a] mais acima brinquedos o carrossel os presentes úteis.
[b] ocre.

cobertos de suor debaixo do jato de água fresca da bomba.ª Nos apartamentos, as garrafas de água e as de vinho, mais raras, eram embaladas em panos molhados. A avó de Jacques circulava descalça pelos aposentos penumbrosos, vestindo apenas uma bata, abanando mecanicamente seu leque de palha, trabalhando de manhã, arrastando Jacques para a cama na hora da sesta e depois esperando a primeira fresca do anoitecer para voltar ao trabalho. Durante semanas, o verão e seus súditos arrastavam-se assim debaixo do céu pesado, mormacento e tórrido, até que fosse esquecida até mesmo a lembrança do frescor e das águas* do inverno, como se o mundo jamais tivesse conhecido o vento nem a neve nem águas límpidas, e desde a criação até aquele dia de setembro só tivesse havido aquele enorme mineral seco, cortado por galerias tórridas, onde se movimentavam lentamente, meio alucinados, olhar fixo, seres cobertos de poeira e suor. Então, de repente, o céu contraído em si mesmo até a extrema tensão abria-se em dois. A primeira chuva de setembro, violenta, generosa, inundava a cidade. Todas as ruas do bairro ficavam reluzentes, assim como as folhas luzidias dos fícus, os fios elétricos e os trilhos do bonde. Por cima das colinas que dominavam a cidade, um cheiro de terra molhada vinha dos campos mais distantes, trazendo aos prisioneiros do verão uma mensagem de espaço e liberdade. As crianças se atiravam à rua, corriam na chuva com suas roupas leves e patinhavam esfuziantes nos caudalosos

---

ª Sablettes? e outras atividades do verão.
* chuvas.

regatos borbulhantes da rua, formando rodas nas enormes poças, segurando-se pelos ombros, com os rostos tomados de gritos e risos, voltadas para a chuva incessante, e pisoteavam em cadência a nova vindima para dela fazer brotar uma água suja mais inebriante que o vinho.

Ah, sim, o calor era terrível, e muitas vezes enlouquecia quase todos, mais irritados a cada dia que passava e sem forças nem energia para reagir, gritar, xingar ou bater, e a irritação se acumulava como o próprio calor, até que, no bairro pardacento e triste, daqui e dali, ela explodia — como no dia em que, na rua de Lyon, quase na fronteira do bairro árabe que costumavam chamar de Marabout, em torno do cemitério recortado na argila vermelha da colina, Jacques viu sair da barbearia empoeirada de um mouro um árabe vestido de azul, com a cabeça raspada, que deu alguns passos na calçada diante do menino, numa atitude estranha, o corpo inclinado para a frente, a cabeça muito mais para trás do que pareceria possível, e de fato não era possível. O barbeiro, enlouquecendo ao barbeá-lo, tinha cortado, com um só golpe de sua longa navalha, a garganta à sua disposição, e o outro nada sentira sob o suave gume, a não ser o sangue que o asfixiava, e tinha saído, correndo como um pato mal degolado, enquanto o barbeiro, dominado de imediato pelos fregueses, urrava terrivelmente — como o próprio calor durante aqueles dias intermináveis.

A água, vinda das cataratas do céu, lavava então brutalmente da poeira do verão árvores, telhados, paredes e ruas. Lamacenta, enchia depressa os riachos, gorgolejava feroz nas bocas de lobo, arrebentava os próprios esgotos e cobria calçadas, jorrava diante de automóveis e bondes como duas asas amarelas amplamente abertas. O próprio mar ficava lamacento na praia e no porto. O primeiro sol então punha a fumegar casas e ruas, a cidade inteira. O calor podia voltar, mas já não reinava, o céu estava mais aberto, a respiração mais larga, e, por trás da espessura dos sóis, uma palpitação de ar, uma promessa de água anunciavam o outono e a volta às aulas.[a] "O verão é longo demais", dizia a avó, que recebia com o mesmo suspiro de alívio a chuva de outono e a partida de Jacques, cujo sapateio de tédio ao longo dos dias tórridos, nos aposentos de venezianas fechadas, aumentava ainda mais sua irritação.

Por sinal, ela não entendia por que determinado período do ano era especialmente escolhido para não se fazer nada. "Eu nunca tive férias", dizia, e era verdade, ela não tinha conhecido escola nem lazer, trabalhara ainda criança, trabalhara sem descanso. Admitia que, em troca de um benefício maior, o neto não trouxesse dinheiro para casa durante alguns anos. Mas desde o primeiro dia tinha começado a ruminar aqueles três meses perdidos, e, depois de três anos de liceu, considerou que estava na hora de encontrar para Jacques um emprego de férias.

— Neste verão você vai trabalhar — anunciou-lhe no fim do ano escolar —, e trazer um pouco de dinheiro para casa. Não pode ficar assim sem fazer nada.[b]

---

[a] no liceu — cartão de assinatura — *renovar todo mês* — o prazer de responder: "Assinante" e a verificação vitoriosa.
[b] intervenção da mãe — Ele vai ficar cansado.

O fato é que Jacques considerava que tinha muito que fazer entre banhos de mar, passeios a Kouba, esporte, perambulação pelas ruas de Belcourt e leituras de gibis, romances populares, almanaque Vermot e do inesgotável catálogo da Fábrica de Armas de Saint-Étienne.[a] Sem contar as compras para a casa e as pequenas tarefas ordenadas pela avó. Mas para ela justamente tudo isso era não fazer nada, pois o menino não trazia dinheiro e também não estudava como durante o ano escolar, e essa situação gratuita para ela tinha o brilho das chamas do inferno. O mais simples, portanto, era conseguir um emprego para ele.

Na verdade, não era tão simples. Com certeza seria possível encontrar ofertas de emprego para ajudante de comércio ou mensageiro nos pequenos anúncios classificados da imprensa. E a Sra. Bertaut, leiteira cuja loja tinha cheiro de manteiga (algo insólito para narinas e palatos acostumados com o azeite) e ficava ao lado da barbearia, lia para a avó. Mas os empregadores sempre exigiam que os candidatos tivessem pelo menos quinze anos, e seria preciso muito descaramento para mentir sobre a idade de Jacques, que não era muito alto para os seus treze anos. Por outro lado, os anunciantes sonhavam com empregados que fizessem carreira em seus estabelecimentos. Os primeiros aos quais a avó (empetecada como sempre nas grandes ocasiões, inclusive com a famosa mantilha) apresentou Jacques acharam-no jovem demais ou simplesmente se recusaram a contratar um empregado por dois meses.

---

[a] As leituras antes? os bairros altos?

— Basta dizer que você vai ficar — disse a avó.
— Mas não é verdade.
— Não faz mal. Eles vão acreditar.

Não era o que Jacques estava querendo dizer, e na verdade ele não estava preocupado em saber se acreditariam ou não. Mas tinha a impressão de que esse tipo de mentira lhe ficaria entalado na garganta. Claro que muitas vezes havia mentido em casa, para evitar algum castigo, ficar com uma moeda de 2 francos e, com muito mais frequência, pelo prazer de falar ou se vangloriar. Mas, se a mentira lhe parecia venial com a família, com estranhos parecia mortal. Obscuramente, ele sentia que não se mente sobre o essencial com aqueles que se ama, pelo simples motivo de que não seria mais possível viver com eles nem os amar. Os patrões só podiam saber a seu respeito aquilo que lhes fosse dito, portanto não o conheceriam, a mentira seria total.

— Vamos lá — disse-lhe a avó, amarrando a mantilha, no dia em que a Sra. Bertaut avisou que uma grande loja de ferragens de Agha precisava de um ajudante de arquivo.

A loja de ferragens ficava numa das ladeiras que sobem em direção aos bairros do centro; o sol de meados de julho a torrava e ressaltava os cheiros de urina e asfalto que vinham do calçamento. No andar térreo ficava uma loja estreita, mas muito funda, dividida em duas, no sentido do comprimento, por um balcão coberto de amostras de peças de ferro e trincos, e a maior parte de suas paredes estava coberta por gavetas com etiquetas misteriosas. À direita da entrada, o balcão era encimado por uma grade de ferro forjado na qual havia sido adaptado um guichê para a caixa. A mulher sonhadora e passada que ficava atrás da grade convidou a avó a subir ao escritório, no primeiro andar. Uma escada de madeira no fundo da loja levava ao grande escritório, disposto e orientado como a loja, onde cinco ou seis empregados, homens e mulheres, estavam sentados ao redor de uma grande mesa central. Uma porta de um dos lados dava para a sala da direção.

O patrão estava em mangas de camisa e de colarinho aberto no seu escritório tórrido.[a] Uma janelinha às suas costas dava para um pátio aonde o sol não chegava, embora fossem duas horas da tarde. Ele era baixo e gordo, estava com os polegares enganchados em largos suspensórios azuis-celestes e tinha fôlego curto. Não dava para ver bem o rosto do qual saiu a voz baixa e ofegante que convidava a avó a sentar-se. Jacques sentia o cheiro de ferro que reinava em todo aquele imóvel. A imobilidade do patrão lhe parecia fruto de desconfiança, e suas pernas tremeram quando pensou nas mentiras que teria de contar diante daquele homem poderoso e temível. Já a avó não tremia. Jacques ia fazer quinze anos, precisava arrumar um emprego e começar sem demora. Segundo o patrão, ele não parecia ter quinze anos, mas se fosse inteligente... e a propósito, tinha o certificado de conclusão do ensino fundamental? Não, tinha uma bolsa. Que bolsa? Para o liceu. Quer dizer que estava no liceu? Em que ano? Quarto. E ia largar o liceu? O patrão estava mais imóvel ainda, agora dava para ver

---

[a] um botão de colarinho, colarinho removível.

melhor seu rosto, e seus olhos redondos e leitosos iam da avó ao menino. Sob aquele olhar, Jacques tremia.

— Sim — disse a avó. — Somos muito pobres.

O patrão descontraiu-se imperceptivelmente.

— É pena — disse —, pois ele é inteligente. Mas também é possível conseguir boas posições no comércio.

É verdade que a boa posição começava modestamente. Jacques ganharia 150 francos por mês por oito horas de trabalho diário. Poderia começar amanhã.

— Está vendo? — disse a avó. — Ele acreditou em nós.

— Mas quando eu largar o serviço, como vamos explicar?

— Deixe comigo.

— Está bem — disse o menino, resignado.

Ele olhava para o céu de verão lá em cima e pensava no cheiro de ferro, no escritório mergulhado em sombras, na necessidade de se levantar cedo amanhã e que as férias mal tinham começado e já haviam acabado.

Dois anos seguidos, Jacques trabalhou no verão. Primeiro na loja de ferragens, depois numa agência de corretagem naval. A aproximação do dia 15 de setembro era sempre temida, pois nessa data é que ele se despedia da função.[1]

E de fato elas tinham acabado, embora o verão fosse o mesmo de antes, com seu calor, seu tédio. Mas perdera o que até então o transfigurava, seu céu, seus espaços, seu clamor. Jacques já não passava os dias no bairro par-

---

[1] Trecho circundado pelo autor.

dacento da miséria, mas no bairro central, onde o rico cimento tomava o lugar do reboco do pobre, conferindo às casas uma cor cinzenta mais distinta e mais triste. Às oito horas, quando Jacques entrava na loja que cheirava a ferro e sombra, uma luz se apagava nele, o céu tinha desaparecido. Ele cumprimentava a caixa e subia para o grande escritório mal iluminado do primeiro andar. Não havia lugar para ele junto à mesa central. O velho contador, de bigodes amarelecidos pelos cigarros enrolados à mão, que ele sugava o dia inteiro, seu assistente, sujeito dos uns trinta anos meio calvo com tronco e rosto taurinos, dois empregados mais jovens, um dos quais magro, moreno, musculoso, com um belo perfil regular, que chegava sempre com a camisa molhada e grudada, exalando um bom cheiro de mar porque ia tomar banho no quebra-mar toda manhã antes de se enterrar no escritório o dia inteiro, e o outro gordo e risonho, incapaz de refrear sua vitalidade jovial, além da Sra. Raslin, secretária da direção, um pouco equina, mas agradável de se ver com seus vestidos de linho ou cotim sempre cor-de-rosa, mas que lançava um olhar severo sobre o mundo inteiro, bastavam para atulhar a mesa com pastas, livros de contabilidade e máquina de escrever. Jacques ficava, assim, numa cadeira colocada à direita da porta do diretor, esperando que lhe dessem alguma tarefa, e quase sempre se tratava de organizar faturas ou a correspondência comercial no arquivo ao lado da janela, do qual no início ele gostava de puxar as pastas com ferragem, manuseá-las e cheirá-las, até que o cheiro de papel e de cola, agradável no início, acabasse se transformando para ele no próprio cheiro do tédio, ou então lhe pediam que conferisse mais uma vez uma longa soma, o que ele fazia sobre os joelhos, sentado na sua cadeira, ou ainda o assistente de contabilidade o convidava a "cotejar" uma série de números com ele, e, sempre de pé, ele apontava com aplicação os números que o outro listava com voz monótona e abafada, para não incomodar os colegas. Pela janela, era possível ver a rua e os prédios em frente, mas nunca o céu. Vez por outra, mas não era frequente, Jacques era encarregado de ir comprar material de escritório na papelaria que ficava perto da loja ou despachar uma ordem de pagamento urgente no correio. A grande agência do correio ficava a duzentos metros, numa avenida larga, que subia do porto até o alto das colinas onde a cidade fora construída. Naquela avenida, Jacques retomava contato com o espaço e a luz. A própria agência do correio, instalada numa imensa rotunda, era iluminada por três grandes portas e uma ampla cúpula por onde a luz se derramava.[a] Mas quase sempre, infelizmente, ele era incumbido de despachar a correspondência no fim do dia, ao sair do escritório, o que era uma maçada a mais, pois tinha de correr, na hora em que o dia começava a empalidecer, até um correio invadido por uma multidão de fregueses, entrar na fila diante dos guichês, e a espera prolongava ainda mais o seu tempo de trabalho. Praticamente, o longo verão se perdia, para Jacques, em dias sombrios e sem brilho e em ocupações insignificantes.

---

[a] operações postais?

— Não se pode ficar parado sem fazer nada — dizia a avó.

Era justamente naquele escritório que Jacques tinha a impressão de não fazer nada. Não se recusava a trabalhar, embora para ele nada substituísse o mar ou as brincadeiras de Kouba. Mas para ele o verdadeiro trabalho era o da tanoaria, por exemplo, um longo esforço muscular, uma sucessão de gestos hábeis e precisos, mãos duras e leves, e no fim aparecia o resultado do esforço: um barril novo, bem-acabado, sem nenhuma fissura, que o operário podia contemplar.

Mas aquele trabalho de escritório vinha de lugar nenhum e não levava a nada. Vender e comprar, tudo girava em torno desses atos medíocres e insignificantes. Embora tivesse vivido até então na pobreza, naquele escritório Jacques descobria a vulgaridade e chorava a luz perdida. Os colegas não eram responsáveis por aquela sensação sufocante. Eram gentis com ele, não lhe ordenavam nada com rispidez e até a severa Sra. Raslin às vezes lhe sorria. Entre eles, falavam pouco, com aquela mistura de cordialidade jovial e indiferença característica dos argelinos. Quando o patrão chegava, quinze minutos depois deles, ou quando saía de sua sala para dar uma ordem ou verificar uma fatura (para questões mais sérias, ele chamava à sua sala o velho contador ou o empregado envolvido), os temperamentos se revelavam melhor, como se aqueles homens e aquela mulher só pudessem se definir nas relações com o poder, o velho contador descortês e independente, a Sra. Raslin perdida em seu sonho severo e o assistente do contador, ao contrário, de um perfeito servilismo. Mas no restante do dia eles voltavam às respectivas conchas, e Jacques esperava em sua cadeira a ordem que lhe daria a oportunidade de uma ridícula agitação que sua avó chamava de trabalho.[a]

Quando não aguentava mais, literalmente fervendo em sua cadeira, ele descia ao pátio atrás da loja e isolava-se nas privadas turcas, com suas paredes de cimento, mal iluminadas, onde reinava um cheiro acre de mijo. Naquele lugar escuro, fechava os olhos e, respirando o cheiro familiar, sonhava. Agitava-se nele alguma coisa obscura, cega, no nível do sangue e da espécie. Às vezes revia as pernas da Sra. Raslin no dia em que, tendo deixado cair diante dela uma caixa de tachinhas, ajoelhara-se para recolhê-las e, levantando a cabeça, vira os joelhos abertos debaixo da saia e as coxas entre anáguas de renda. Até então nunca tinha visto o que uma mulher usa debaixo da saia, e aquela visão repentina deixou-o com a boca seca e provocou nele um tremor quase enlouquecido. Revelava-se um mistério que, apesar de suas incessantes experiências, ele jamais esgotaria.

Duas vezes por dia, ao meio-dia e às seis horas, Jacques corria para a rua, descia a ladeira e saltava nos bondes lotados, com cachos de passageiros pendurados nos estribos, que levavam os trabalhadores [ao] seu bairro. Apinhados no calor pesado, eles se mantinham calados,

---

[a] As aulas durante o verão depois do exame do *baccalauréat* — a cara estúpida diante dele.

os adultos e o menino, voltados para a casa que os esperava, transpirando calmamente, resignados àquela vida dividida entre um trabalho sem alma, longas idas e vindas em bondes desconfortáveis e por fim um sono imediato. Em certas noites Jacques os observava com um aperto no coração. Até então, só conhecera as riquezas e as alegrias da pobreza. Mas o calor, o tédio, o cansaço lhe revelavam sua maldição, a maldição do trabalho burro ao extremo, cuja monotonia interminável consegue, ao mesmo tempo, tornar os dias longos demais e a vida curta demais.

Na agência de corretagem naval, o verão foi mais agradável porque os escritórios davam para o bulevar Front-de-Mer e sobretudo porque uma parte do trabalho transcorria no porto. Jacques tinha de subir a bordo de navios de todas as nacionalidades que faziam escala no porto de Argel e que o corretor, um belo velho rosado de cabelos encaracolados, representava junto às diferentes instâncias administrativas. Os papéis de bordo eram levados por Jacques ao escritório, onde eram traduzidos, e, passada uma semana, ele próprio era encarregado de traduzir as listas de provisões e certos conhecimentos de embarque, quando redigidos em inglês e dirigidos às autoridades alfandegárias ou às grandes importadoras que recebiam as mercadorias. Jacques tinha, portanto, de ir com frequência ao grande porto mercante de Agha buscar aqueles papéis. O calor devastava as ruas que desciam até o porto. Os pesados balaústres de ferro fundido que as percorriam ficavam escaldantes, sendo impossível pousar neles a mão. Nas vastas docas, o sol deixava tudo vazio, exceto ao redor dos navios que acabavam de atracar, com o flanco contra o cais, e junto aos quais se movimentavam os doqueiros, usando calças azuis arregaçadas nas panturrilhas, tronco nu e bronzeado e tendo na cabeça um saco que cobria os ombros até os quadris e sobre o qual eles carregavam sacos de cimento, de carvão e pacotes de arestas cortantes. Iam e vinham pela passarela que descia do convés ao cais, ou então entravam diretamente no ventre do cargueiro pela porta escancarada do porão, caminhando com rapidez pelo tabuão lançado entre o porão e o cais. Por trás do cheiro de sol e poeira que subia das docas e do cheiro dos conveses superaquecidos, cujo revestimento derretia e onde todas as ferragens ardiam, Jacques identificava o odor específico de cada cargueiro. Os da Noruega cheiravam a madeira, os que vinham de Dakar ou os brasileiros traziam um perfume de café e condimentos, os alemães cheiravam a óleo, os ingleses cheiravam a ferro. J. subia pela passarela, mostrava o cartão do corretor a um marinheiro, que não o entendia. Era então levado por coxias, onde até a sombra era quente, à cabine de um oficial ou às vezes do comandante.[a] De passagem, olhava com avidez as pequenas cabines estreitas e nuas onde se concentrava o essencial de uma vida humana, que ele começou então a preferir aos quartos mais luxuosos. Era recebido com gentileza porque ele próprio sorria gentilmente e gostava daqueles rostos de homens rudes, do olhar que certa vida solitária conferia a todos eles, e porque o demonstrava.

---

[a] Acidente do doqueiro? Ver jornal.

Às vezes um deles falava um pouco de francês e lhe fazia perguntas. Depois ele voltava, contente, para o cais em brasa, para os balaústres incandescentes e para o trabalho no escritório. Só que aquelas corridas no calor o deixavam cansado, ele tinha sono pesado, e o mês de setembro o encontrava mais magro e nervoso.

Era com alívio que via a aproximação dos dias de doze horas do liceu, ao mesmo tempo que aumentava nele o incômodo de ter de declarar no escritório que ia abandonar o emprego. O mais duro fora a loja de ferragens. Ele teria preferido a covardia de não aparecer no escritório e deixar que a avó fosse lá dar uma explicação qualquer. Mas a avó achava simples eliminar qualquer formalidade, bastava que ele recebesse o pagamento e não voltasse mais, sem dar explicações. Jacques, que consideraria perfeitamente natural mandar a avó enfrentar a fúria do patrão, e em certo sentido é verdade que ela era responsável pela situação e pela mentira que acarretava, ficava indignado, sem poder explicar por quê, diante daquela esquiva; além do mais, encontrou o argumento convincente:

— Mas o patrão vai mandar alguém aqui.

— É verdade — disse a avó. — Pois bem, basta você dizer que vai trabalhar com o seu tio.

Jacques já ia saindo muito atormentado quando a avó disse:

— E importante: primeiro pegue o pagamento. Depois fale com ele.

Ao anoitecer, o patrão chamava cada empregado à sua toca para entregar o salário.

— Tome, menino — disse a Jacques, entregando-lhe seu envelope.

Jacques já estendia a mão hesitante quando o outro sorriu.

— Está indo muito bem, ouviu? Pode dizer aos seus pais.

Jacques já começava a falar e explicava que não voltaria. O patrão olhava para ele estupefato, com o braço ainda esticado na sua direção.

— Por quê?

Ele tinha de mentir, mas a mentira não saía. Jacques ficou calado, com um ar tão aflito que o patrão entendeu.

— Vai voltar para o liceu?

— Sim — respondeu, Jacques, e no meio daquele medo e da aflição um súbito alívio lhe trouxe lágrimas aos olhos.

Furioso, o patrão levantou-se.

— Você já sabia quando começou aqui. E sua avó também sabia.

Jacques só foi capaz de confirmar com a cabeça. A gritaria agora enchia a sala; eles tinham sido desonestos, e ele, o patrão, detestava desonestidade. Por acaso sabia que ele tinha o direito de não lhe pagar o salário, e ele seria bem bobo, não, não ia pagar, que sua avó viesse, seria bem recebida, e, se lhe tivessem dito a verdade, ele talvez o contratasse, mas aquela mentira, ah! "ele não pode voltar para o liceu, somos muito pobres", e ele tinha se deixado tapear.

— É por isso — disse Jacques de repente, desnorteado.

— Por isso o quê?

— Porque nós somos pobres — e calou-se, e foi o outro que, depois de olhar para ele, acrescentou lentamente:

— ... que fizeram isso, que me contaram essa história?

Jacques, calado, olhava para os pés. Fez-se um silêncio interminável. Em seguida, o patrão pegou o envelope da mesa e o estendeu para ele:

— Tome seu dinheiro. Vá embora — disse brutalmente.

— Não — respondeu Jacques.

O patrão meteu-lhe o envelope no bolso:

— Vá embora.

Na rua, Jacques corria, agora chorando, com as mãos agarradas à gola da jaqueta para não tocar no dinheiro, que queimava no bolso.

Mentir para ter o direito de não tirar férias, trabalhar longe do céu do verão e do mar que tanto amava e voltar a mentir para ter direito de retomar os estudos no liceu, essa injustiça o angustiava, deixava-o mortificado. Pois o pior não eram as mentiras que no fim das contas ele nem era capaz de contar, sempre disposto à mentira pelo prazer e incapaz de se submeter à mentira por necessidade, mas sobretudo as alegrias perdidas, o repouso da estação e da luz que lhe eram arrebatadas, e o ano então não passava de uma sucessão de correrias desde o despertar e de dias tristonhos e apressados. O que havia de régio na sua vida de pobre, as riquezas insubstituíveis de que ele desfrutava tão generosa e gulosamente, precisavam ser perdidas para ganhar um pouco de dinheiro que não seria suficiente para comprar a milionésima parte desses tesouros. Mas ele sabia que era necessário, e até mesmo algo nele, no momento da maior revolta, sentia orgulho de tê-lo feito. Pois a única compensação para aqueles verões sacrificados à miséria da mentira lhe fora revelada no dia do primeiro pagamento, quando, ao entrar na sala de jantar onde a avó descascava batatas para em seguida jogá-las numa bacia de água, o tio Ernest catava pulgas no paciente Brilhante, sentado entre as pernas dele, e sua mãe acabava de chegar e desembrulhava num canto do guarda-louça um pequeno pacote de roupa suja que recebera para lavar, Jacques se adiantara e depositara na mesa, sem dizer nada, a nota de 100 francos e as moedas grandes que viera segurando na mão durante todo o trajeto. Sem dizer nada, a avó empurrou uma moeda de 20 francos para ele e pegou o resto. Tocou as costas de Catherine Cormery com uma das mãos para chamar sua atenção e lhe mostrou o dinheiro:

— É o teu filho.

— Sim — respondeu ela, e seus olhos tristes acariciaram o menino por um segundo.

O tio sacudia a cabeça, ainda retendo Brilhante, que julgava encerrado o suplício.

— Bom, bom — dizia. — Você, homem.

Sim, ele era um homem, pagava um pouco do que devia, e a ideia de ter diminuído um pouco a miséria da casa o enchia do orgulho quase perverso que se apodera dos homens quando começam a se sentir livres e sem nada que os submeta. E, de fato, na volta às aulas que se seguiu, quando entrou no pátio do penúltimo ano do liceu, ele já não era o menino desorientado que, quatro anos antes, saíra de Belcourt ao alvorecer, titubeante em seus sapatos crivados de tachas, com um aperto no coração ante a ideia do mundo desconhecido que o esperava, e o olhar que agora pousava sobre os colegas tinha perdido um pouco de inocência. Muitas coisas nesse momento começavam a arrancá-lo da criança que fora. E se um dia, ele, que até então aceitara pacientemente ser espancado pela avó como se aquilo fizesse parte das obrigações inevitáveis de uma vida de criança, arrancou-lhe o chicote das mãos, subitamente louco de violência e raiva e tão decidido a surrar aquela mulher de cabeça branca, olhos claros e frios que o deixavam fora de si, que a avó entendeu, recuou e foi se trancar no seu quarto, gemendo, sim, pela infelicidade de ter criado crianças desnaturadas, mas já convencida de que nunca mais bateria em Jacques, e de fato nunca mais voltou a bater, foi porque realmente a criança morrera naquele adolescente magro e musculoso, de cabelos desgrenhados e olhar irascível, que tinha trabalhado o verão inteiro para levar um salário para casa, acabava de ser escolhido goleiro titular do time do liceu e, três dias antes, sentira pela primeira vez, desfalecente, o gosto da boca de uma garota.

2

Obscuro para si mesmo

Ah! Sim, era assim, a vida daquele menino tinha sido assim, a vida tinha sido assim na ilha pobre do bairro, ligada pela necessidade nua e crua, numa família deficiente e ignorante, com seu jovem sangue bramindo, um apetite devorador de vida, inteligência bravia e ávida, e o tempo todo um delírio de alegria interrompido pelas freadas bruscas infligidas pelo mundo desconhecido, deixando-o desorientado, mas logo recomposto, tentando entender, saber, assimilar esse mundo que ele não conhecia, e de fato assimilando-o porque o abordava avidamente, sem tentar se esgueirar, com boa vontade mas sem baixeza, e sem nunca deixar de ter, no fim das contas, uma certeza tranquila, uma segurança sim, pois lhe assegurava que conseguiria tudo o que queria e que jamais lhe seria impossível nada daquilo que é deste mundo e apenas deste mundo, preparando-se (e também preparado pela nudez da sua infância) para se sentir em seu lugar em toda parte, pois não desejava nenhum lugar, mas apenas a alegria, os seres livres, a força e tudo que a vida tem de bom, de misterioso, e que não se compra nem jamais se comprará. Preparando-se mesmo, por força de tanta pobreza, para ser capaz um dia de receber dinheiro sem nunca o ter pedido e sem jamais se submeter a ele, tal como era agora, ele, Jacques, aos quarenta anos, reinando sobre tantas coisas, no entanto tão convencido de ser menos que o mais humilde, e de ser nada, em todo caso, junto a sua mãe. Sim, ele tinha vivido assim nas brincadeiras do mar, do vento, da rua, sob o peso do verão e das pesadas chuvas do breve inverno, sem pai, sem tradição transmitida, mas encontrando um pai durante um ano, e exatamente no momento em que fora necessário, e avançando entre os seres e as coisas dos [ ],[1] o conhecimento que se descortinava diante dele para inventar algo parecido com uma conduta (suficiente naquele momento para as circunstâncias que se lhe apresentavam, insuficientes mais tarde diante do câncer do mundo) e para criar sua própria tradição.

Mas, acaso era só isso, gestos, brincadeiras, audácia, impetuosidade, família, lampião à querosene e escada escura, palmeiras ao vento, nascimento e batismo no mar, e no fim aqueles verões obscuros de labuta? Havia tudo isso, ah, sim, era assim, mas havia também a parte obscura do ser, aquilo que durante todos aqueles anos se agitara surdamente nele, como as águas profundas que, debaixo da terra, do fundo dos labirintos rochosos, nunca viram a luz do dia, mas refletem uma luminosidade surda, vinda não se sabe de onde, talvez aspirada do centro incandescente

---
[1] Uma palavra ilegível.

da terra por capilares pedregosos em direção ao ar escuro dos antros enterrados, onde vegetais pegajosos e [comprimidos] ainda extraem alimento para viver onde toda e qualquer vida parecia impossível. E esse movimento cego nele, que nunca cessara, que ainda agora ele sentia, fogo preto enterrado nele como um desses fogos de turfa, apagados na superfície, mas em cujo interior permanece a combustão, deslocando as fissuras externas da turfa e os grosseiros turbilhões vegetais, de tal maneira que a superfície lamacenta tem os mesmos movimentos da turfa do pântano, e dessas ondulações espessas e insensíveis ainda nasciam nele, dia após dia, os mais violentos e mais terríveis dos seus desejos e das suas angústias desérticas, suas nostalgias mais fecundas, suas súbitas exigências de nudez e sobriedade, sua aspiração de também não ser nada, sim, esse movimento obscuro ao longo de todos aqueles anos condizia com aquele imenso país ao seu redor, cuja carga ele sentira ainda menino, com o imenso mar à sua frente, e, atrás, o interminável espaço de montanhas, planaltos e deserto chamados de interior, e entre os dois o perigo permanente de que ninguém falava por ele parecer natural, mas que Jacques percebia quando, na fazendola de Birmandreis, com seus aposentos abobadados e paredes caiadas, a tia passava pelos quartos na hora de se deitarem para ver se estavam bem fechados os enormes ferrolhos das portas grossas e compactas de madeira, país onde justamente ele se sentia lançado, como se fosse o primeiro habitante, o primeiro conquistador, desembarcando num lugar onde ainda prevalecia a lei da força, e a justiça era feita para castigar impiedosamente aquilo que os costumes não tinham sido capazes de prevenir, tendo ao seu redor aquele povo atraente e inquietante, próximo e afastado, com o qual se convivia ao longo dos dias, e às vezes surgia a amizade, o companheirismo, e, ao chegar a noite, retirava-se para suas casas desconhecidas, onde nunca se entrava, entrincheiradas também com suas mulheres que nunca eram vistas ou, quando vistas na rua, não se sabia quem eram, com os véus pelo meio do rosto e os belos olhos sensuais e doces acima da roupa branca, e eles eram tão numerosos nos bairros em que se concentravam, tão numerosos que, pela pura e simples quantidade, apesar de resignados e cansados, faziam pairar uma ameaça invisível que se farejava no ar das ruas certas noites em que estourava uma briga entre um francês e um árabe, da mesma maneira como teria estourado entre dois franceses e dois árabes, mas não era encarada da mesma maneira, e os árabes do bairro, vestindo seus desbotados macacões azuis de trabalho ou suas jelabas miseráveis, aproximavam-se lentamente, vindos de todos os lados, num movimento contínuo, até que a massa aglutinada aos poucos ejetasse de sua compacidade, sem violência, pelo simples movimento da reunião, os poucos franceses atraídos por testemunhas da briga, e o francês que brigava, recuando, se visse de repente diante do adversário e de uma multidão de rostos sombrios e fechados que extinguiriam nele a coragem, se, justamente, ele não tivesse sido criado no país e não soubesse que só a coragem possibilita viver ali, e então ele enfrentava a multidão ameaçadora e que no entanto não ameaçava nada, a não ser por sua presença e pelo movimento que não podia deixar de fazer, e na maior parte do tempo eram eles que sustentavam o árabe que lutava com fúria e ardor para fazê-lo ir embora antes da chegada da polícia, logo avisada e logo presente, e que sem discussão levaria os que lutavam, transeuntes, tratados com brutalidade sob as janelas de Jacques para irem à delegacia. "Coitados", dizia sua mãe, vendo os dois homens firmemente agarrados e empurrados pelos ombros, e, depois que se iam, para o menino a ameaça, a violência e o medo rondavam na rua, secando-lhe a garganta com uma angústia desconhecida. Aquela noite dentro dele, sim, aquelas raízes obscuras e emaranhadas que o prendiam àquela terra esplêndida e assustadora, a seus dias incandescentes e também a suas noites rápidas de apertar o coração, e que tinha sido como uma segunda vida, talvez mais verdadeira sob a aparência cotidiana da primeira vida e cuja história teria sido feita por uma sucessão de desejos obscuros e sensações poderosas e indescritíveis, o cheiro das escolas, dos estábulos do bairro, da barrela nas mãos de sua mãe, dos jasmins e das madressilvas nos bairros altos, das páginas do dicionário e dos livros devorados, e o cheiro azedo das privadas de sua casa e da loja de ferragens, o das grandes salas de aula frias, onde lhe acontecia entrar sozinho antes ou depois das aulas, o calor dos colegas favoritos, o cheiro de lã quente e fezes que Didier arrastava consigo, ou o da água-de-colônia que a mãe do grandalhão Marconi derramava abundantemente sobre ele, dando a Jacques vontade de se aproximar mais do amigo, na carteira da sala de aula, o perfume do batom que Pierre tinha roubado de uma das tias e eles ficavam cheirando em grupo, perturbados e inquietos como cães que entram numa casa por onde passou uma fêmea no cio, imaginando que a mulher era aquele bloco de perfume adocicado de tangerina e creme que, no mundo brutal, de gritos, transpiração e poeira que era o deles, trazia-lhes a revelação de um mundo refinado[a] e delicado e de indizível sedução, do qual nem mesmo os palavrões que proferiam juntos, em torno do batom, eram capazes de defendê-los, e o amor aos corpos desde a mais tenra infância, à beleza deles, que o fazia rir de felicidade nas praias, do calor deles, que o atraía sem trégua, sem uma ideia precisa, animalmente, não para possuí-los, o que ele não sabia fazer, mas simplesmente entrar na irradiação deles, apoiar-se com o ombro no ombro do colega, com um grande sentimento de entrega e confiança, e quase desfalecer quando a mão de uma mulher no apinhamento dos bondes tocava um pouco demoradamente a sua, o desejo, sim, de viver, de viver mais, de se misturar ao que a terra tinha de mais quente, o que sem saber ele esperava da mãe, que ele não obtinha ou talvez não ousasse obter e que encontrava junto ao cão Brilhante, quando se deitava junto dele ao sol, e ele aspirava seu cheiro forte de pelos, ou nos cheiros mais fortes e mais animais, nos quais, apesar de tudo, o calor terrível da vida estava guardada para ele, que não podia prescindir dele.

---

[a] acrescentar à lista

Naquela escuridão dentro dele começava a nascer o ardor voraz, a loucura de viver que sempre o habitara e ainda hoje mantinha intato o seu ser, tornando simplesmente mais amargo — no seio de sua família reencontrada e ante as imagens da sua infância — o sentimento repentinamente terrível de que o tempo da juventude foge, como aquela mulher que ele amara, ah, sim, amara com um enorme amor de todo o coração e do corpo também, sim, o desejo era soberano com ela, e o mundo, quando ele saía dela com um grande grito mudo no momento do gozo, recuperava sua ordem abrasadora, ele a amara por causa da beleza dela e daquela sua loucura de viver, generosa e desesperada, que a fazia negar, negar que o tempo pudesse passar, embora ela soubesse que estava passando naquele exato momento, não querendo que um dia se pudesse dizer que ela ainda era jovem, mas, pelo contrário, continuar jovem, sempre jovem, caindo no choro no dia em que ele disse rindo que a juventude passa e os dias declinam: "ah, não, ah, não", dizia ela soluçando, "eu amo tanto o amor", e, inteligente e superior sob tantos aspectos, talvez justamente porque fosse de fato inteligente e superior, ela não aceitava o mundo tal qual era. Como naqueles dias em que, tendo voltado para breve estada ao país estrangeiro onde nascera, e àquelas visitas fúnebres das tias sobre as quais lhe diziam: "é a última vez que vai vê-las", e de fato seus rostos, seus corpos, suas ruínas, e ela queria sair dali gritando, ou então nos jantares de família sobre uma toalha de mesa bordada por uma bisavó morta havia muito tempo e na qual ninguém pensava, exceto ela, que pensava em sua jovem bisavó, nos seus prazeres, no seu apetite de viver, como ela, maravilhosamente bela no esplendor da juventude, e todo mundo a cumprimentava naquela mesa em torno da qual se exibiam nas paredes retratos de mulheres jovens e belas que eram exatamente aquelas que a cumprimentavam e que estavam decrépitas e cansadas. E então, com o sangue fervendo, ela queria fugir, fugir para um país onde ninguém envelhecesse nem morresse, onde a beleza fosse imperecível, a vida fosse sempre selvagem e esplendorosa, e que não existia; e ela chorava nos braços dele ao voltar, e ele a amava desesperadamente.

E ele também, mais talvez que ela, por ter nascido numa terra sem antepassados e sem memória, onde o aniquilamento dos que o haviam antecedido fora ainda mais total e onde a velhice não encontrava nenhum dos socorros de melancolia que recebe nos países civilizados [ ],[1] ele, como uma lâmina solitária e sempre vibrante, destinada a ser quebrada de um só golpe e para sempre, pura paixão de viver defrontada com uma morte total, sentia hoje que a vida, a juventude, os seres lhe escapavam, sem poder em nada salvá-los, e entregue unicamente à esperança cega de que essa força obscura que durante tantos anos o havia elevado acima dos dias, nutrido desmedidamente, igual nas circunstâncias mais duras, também lhe proporcionaria, e com a mesma generosidade incansável com que lhe dera suas razões de viver, razões para envelhecer e morrer sem revolta.

---

[1] Uma palavra ilegível.

Anexos

Folha I

4) No navio. Sesta com menino + guerra de 14.

∽

5) Na casa da mãe — atentado.

∽

6) Viagem a Mondovi — sesta — a colonização.

∽

7) Na casa da mãe. Continuação da infância — ele reencontra a infância, e não o pai. Entende que é o primeiro homem. A senhora Leca.

∽

"Quando, depois de abraçá-lo com todas as forças duas ou três vezes, apertando-o contra si, e de soltá-lo, ela olhava para ele e o puxava de novo para mais um abraço como se, tendo medido a sua ternura para ver se estava completa (o que ela acabava de fazer), tivesse decidido que ainda faltava uma medida e.[1] E depois, imediatamente após, virando-se, ela parecia não pensar mais nele nem em nada aliás, e às vezes até olhava para ele com uma expressão estranha, como se agora ele estivesse de mais, perturbando o universo vazio, fechado, restrito em que ela se movia."

---

[1] A frase se interrompe aí.

Folha II

Um colono escrevia em 1869 a um advogado:
"Para resistir aos tratamentos de seus médicos, a Argélia precisa a alma pregada ao corpo."

∽

Aldeias cercadas de fossos ou muralhas (e de torreões nos 4 cantos).

∽

Dos 600 colonos enviados em 1831, 150 morrem nas barracas. A isto se deve o grande número de orfanatos na Argélia.

∽

Em Boufarik, eles lavram a terra de espingarda no ombro e quinina no bolso. "Ele tem cara de Boufarik." 19% dos mortos em 1839. A quinina é vendida nos cafés como produto de consumo.

∽

Bugeaud casa seus colonos soldados em Toulon depois de escrever ao prefeito de Toulon pedindo que escolhesse 20 noivas vigorosas. Foram os "casamentos ao som do tambor". Mas, examinando-se bem as coisas, as noivas são trocadas entre eles da melhor maneira possível. É o nascimento de *Fouka*.

~

O trabalho em comum no início. São colcozes militares.

~

Colonização "regional". Cheragas foi colonizada por 66 famílias de horticultores de *Grasse*.

~

As prefeituras da Argélia *não têm arquivos* quase nunca.

~

Os maoneses que desembarcam em pequenos grupos com o baú e os filhos. Sua palavra vale por um escrito. Nunca empregue um espanhol. Eles fizeram a riqueza do litoral argelino.

Birmandreis e a casa de Bernarda.

A história do [Dr. Tonnac], primeiro colono de Mitidja. Cf. de Bandicorn, *Histoire de la Colonisation de l'Algérie*, p. 21.

História de Pirette, id., p. 50 e 51.

Folha III

10 — Saint-Brieuc[1]

~

14 — Malan
20 — As brincadeiras da infância
30 — Argel. O pai e sua morte (+ atentado)
42 — A família
69 — O Sr. Germain e a Escola
91 — Mondovi — A colonização e o pai

~

II

101 — Liceu
140 — Obscuro para si mesmo
145 — O adolescente[2]

---

[1] Os números correspondem às páginas do manuscrito.
[2] O manuscrito é interrompido na página 144.

Folha IV

Importante também o tema da comédia. O que nos salva das nossas piores dores é esse sentimento de estar abandonado e sozinho, mas não suficientemente sozinho para que "os outros" não nos "considerem" em nossa infelicidade. É nesse sentido que nossos minutos de felicidade às vezes são aqueles em que o sentimento do nosso abandono nos infla e nos eleva para uma tristeza sem fim. Também nesse sentido é que a felicidade muitas vezes não passa do sentimento compadecido da nossa infelicidade.

Impressionante entre os pobres — Deus colocou a benevolência ao lado do desespero assim como o remédio ao lado da doença.[a]

~

Jovem, eu pedia dos outros mais do que podiam dar: amizade contínua, emoção permanente.

---
[a] morte da avó.

Agora sei pedir-lhes menos do que podem dar: companhia sem frases. E suas emoções, sua amizade, seus gestos nobres conservam, a meu ver, todo o seu valor de milagre: efeito integral da graça.

Marie Viton: avião

Folha V

Ele fora o rei da vida, coroado com dons esplêndidos, desejos, força, alegria, e era por tudo isso que vinha pedir perdão a ela, que fora a escrava submissa dos dias e da vida, que não sabia nada, nada desejara nem ousara desejar e no entanto guardara intacta uma verdade que ele perdera e que era a única justificativa para viver.

As quintas-feiras em Kouba
Treinamento, o esporte
Tio
Baccalauréat
doença
Ó mãe, ó afetuosa, filha querida, maior que meu tempo, maior que a história que te submetia a ela, mais verdadeira que tudo que amei neste mundo, ó mãe, perdoa teu filho por ter fugido da noite da tua verdade.
A avó, tirana, mas servia de pé à mesa.
O filho que obriga a respeitar a mãe e bate no tio.

O primeiro homem
(notas e planos)

"Nada vale contra a vida humilde, ignorante, obstinada..."

Claudel, *L'Échange*

Ou ainda

Conversa sobre o terrorismo:

Objetivamente ela é responsável (solidária)

Mude o advérbio ou te bato

O quê?

Não escolha no Ocidente o que ele tem de mais estúpido. Não diga mais objetivamente ou te bato.

Por quê?

Sua mãe se deitou diante do trem Argel-Oran? (o ônibus elétrico).

Não estou entendendo.

O trem explodiu, 4 crianças morreram. Sua mãe nem se mexeu. Se, objetivamente, ela não deixa de ser responsável,* então você concorda com o fuzilamento dos reféns.

Ela não sabia.

Aquela ali também não. Nunca mais diga objetivamente. Reconheça que há inocentes ou mato você também.

Você sabe que eu seria capaz.

Sim, eu te vi.

~

ªJean é o primeiro homem.

Usar então Pierre como referência e dar-lhe um passado, um país, uma família, uma moral (?) — Pierre — Didier?

---

* solidária
ª Cf. *Histoire de la Colonisation*

~

Amores adolescentes na praia — e a noite caindo sobre o mar — e as noites estreladas.

~

Encontro com o árabe em Saint-Étienne. E a fraternidade dos dois exilados na França.

~

Mobilização. Quando meu pai foi convocado a se alistar, nunca tinha visto a França. Ele a viu e foi morto.

(O que uma família humilde como a minha deu à França.)

~

Última conversa com Saddok, quando J. já é contra o terrorismo. Mas ele dá acolhida a S., pois o direito de asilo é sagrado. Na casa da mãe. A conversa deles transcorre na presença da mãe. No fim, "Olhe", diz J., mostrando a mãe. Saddok levanta-se, vai em direção à sua mãe, com a mão no coração, para beijá-la, inclinando-se à maneira árabe. Acontece que J. nunca o viu fazer esse gesto, pois ele era afrancesado. "Ela é minha mãe", disse ele. "A minha morreu. Eu a amo e respeito como se fosse minha mãe."

(Ela caiu *por causa* de um atentado. Está mal.)

~

Ou ainda:

Sim eu detesto você. A honra do mundo para mim está nos oprimidos, e não nos poderosos. E é só aí que está a desonra. Quando pelo menos uma vez na história um oprimido souber... então...

Até logo, disse Saddok.

Fique, eles vão apanhá-lo.

Melhor assim. A eles eu sou capaz de odiar, e comungo com eles no ódio. Já você é meu irmão, e estamos separados.

...

À noite J. está na sacada... Ouvem-se ao longe dois tiros e gente correndo...

— O que foi? — pergunta a mãe.

— Não é nada.

Preso em seguida por dar guarida.

Mandava-se assar no forno

A avó, sua autoridade, sua energia

Ele roubava a moeda

Os 2 francos no buraco

~

O senso de honra dos argelinos.

~

Aprender a justiça e a moral é avaliar o bem e o mal de uma paixão segundo seus efeitos. J. pode se entregar às mulheres — mas se elas tomarem todo o seu tempo...

~

"Estou cansado de viver, de agir, de sentir para mostrar que alguém está errado e dar razão a outro. Estou cansado de viver de acordo com a imagem que os outros me mostram de mim mesmo. Decido pela autonomia, exijo a independência na interdependência."

∽

Pierre seria o artista?

∽

O pai de Jean carroceiro?

∽

Depois doença Marie, P. tem uma crise tipo Clamence (não gosto de nada...), e é J. (ou Grenier) quem reage à queda.

∽

Opor à mãe o universo (o avião, os países mais distantes sendo interligados).

∽

Pierre advogado. E advogado de Yveton.[1]

∽

"Corajosos, orgulhosos e fortes como somos... se tivéssemos uma fé, um Deus, nada poderia nos deter. Mas não tínhamos nada, foi necessário aprender tudo, e viver exclusivamente para a honra, que tem suas falhas..."

---

[1] Militante comunista que pusera explosivos numa fábrica. Guilhotinado durante a guerra da Argélia.

~

Deveria ser *ao mesmo tempo* a história do fim de um mundo — impregnado da saudade daqueles anos de luz...

~

Philippe Coulombel e a grande fazenda em Tipasa. A amizade com Jean. Sua morte num avião acima da fazenda. Ele é encontrado com o cabo de vassoura nas costelas, o rosto esmagado no painel de instrumentos. Uma papa sanguinolenta salpicada de cacos de vidro.

~

Título: Os nômades. Começa com uma mudança e acaba na retirada das terras argelinas.

~

2 exaltações: a mulher pobre e o mundo do paganismo (inteligência e felicidade).

~

Todo mundo gosta de Pierre. Os êxitos e o orgulho de J. provocam inimizades.

~

Cena de linchamento: 4 árabes atirados da muralha de Kassour.

~

Sua mãe *é* o Cristo.

~

Fazer falarem de J., trazê-lo, apresentá-lo por meio dos outros e do retrato contraditório que pintam dele.

Culto, esportivo, estroina, solitário e o melhor dos amigos, mau, de uma lealdade infalível etc. etc.

"Ele não gosta de ninguém", "não há coração mais generoso", "frio e distante", "afetuoso e exaltado", todo mundo o considera enérgico, exceto ele, sempre deitado.

Fazer assim o personagem *crescer*.

Quando lhe fala: "Comecei a acreditar na minha inocência. Eu era um tsar. Reinava sobre tudo e sobre todos, à minha disposição (etc.). Depois descobri que não tinha coração capaz de amar realmente e achei que ia morrer de desprezo por mim mesmo. Depois reconheci que os outros também não amavam de fato e que era preciso apenas aceitar ser como praticamente todo mundo.

Depois decidi que não e que só a mim mesmo devia culpar por não ser grande o suficiente e acomodar-me em minha desesperança, à espera de que me fosse dada a oportunidade de vir a sê-lo.

Em outras palavras, aguardo o momento de ser um tsar e de não sentir prazer com isso."

~

E ainda:
Não se pode viver com a verdade — "sabendo" —, quem o faz se afasta dos outros homens, já não pode compartilhar da ilusão deles. Ele é um monstro — e é isso que eu sou.

∼

Maxime Rasteil: O calvário dos colonos de 1848. Mondovi —

Intercalar história de Mondovi?

Ex. 1) o túmulo o retorno e a [   ]¹ a Mondovi

1 bis) Mondovi em 1840 → 1913.

∼

Seu lado espanhol   sobriedade e sensualidade
                           energia e nada

∼

J.: "Ninguém é capaz de imaginar o mal que sofri... Os homens que realizaram grandes coisas são homenageados. Mas se deveria fazer ainda mais por aqueles que, apesar do que eram, souberam se eximir de cometer os piores crimes. Sim, que eu seja homenageado."

∼

Conversa com o tenente paraquedista:

— Você fala muito bem. Vamos ali do lado ver se você solta a língua também. Vamos.

— Bom, antes quero lhe dar um aviso, pois provavelmente você nunca encontrou homens de verdade. Ouça bem. Eu o responsabilizo pelo que vai acontecer ali do lado, como disse. Se eu não me dobrar, fica por isso mes-

---

¹ Palavra ilegível.

mo. Simplesmente, vou cuspir na sua cara em público quando tiver oportunidade. Mas se eu me dobrar e ainda assim sair dessa, seja dentro de um ano e ou de 20, vou matá-lo, matar você, pessoalmente.

— Cuide dele — disse o tenente —, ele é esperto.[a]

~

O amigo de J. se mata "para que a Europa seja possível". Para *fazer* a Europa, é necessária uma vítima voluntária.

~

J. tem quatro mulheres ao mesmo tempo, portanto leva vida *vazia*.

~

C. S.: quando a alma recebe um sofrimento grande demais, fica com um apetite de infelicidade que...

~

Cf. História do movimento *Combat*.

~

Gata morrendo no hospital enquanto o rádio do vizinho despeja besteiras.

— Doença do coração. Morto vivo. "Se eu me suicidasse, pelo menos teria a iniciativa."

---

[a] (ele o encontra desarmado [provoca] o duelo).

∼

"Só você vai ficar sabendo que me matei. Você conhece meus princípios. Eu detestava os suicidas. Por causa do que eles fazem *aos outros*. Quem faz questão, precisa maquiar a coisa. Por generosidade. Por que estou lhe dizendo isto? Porque você gosta da desgraça. É um presente que estou lhe dando. Faça bom proveito!"

∼

J.: Vida palpitante, renovada, multiplicidade de seres e experiências, poder de renovação e de [pulsão] (Lope) —

∼

Fim. Ela ergueu para ele as mãos de articulações nodosas e lhe acariciou o rosto. "Você, você é o maior." Havia tanto amor e adoração no seu olhar melancólico (nas sobrancelhas meio envelhecidas) que alguém dentro dele — aquele que sabia — se revoltou... No instante seguinte, tomava-a nos braços. Se ela, a mais clarividente, o amava, ele devia aceitá-lo, e para reconhecer esse amor devia se amar um pouco também...

∼

Tema de Musil: a busca da salvação do espírito no mundo moderno — D: [Convívio] e separação em *Os demônios*.

∼

Tortura. Carrasco por solidariedade. Nunca fui capaz de me aproximar de homem nenhum — agora estamos em pé de igualdade.

~

O estado cristão: a sensação pura.

~

O livro *deve ficar* inacabado. Ex.: "E no navio que o trazia de volta à França..."

~

Ciumento, ele finge não o ser e banca o homem sofisticado. E deixa de ser ciumento.

~

Aos 40 anos, ele reconhece que precisa de alguém que lhe mostre o caminho e o repreenda ou elogie: um pai. Autoridade, e não poder.

~

X vê um terrorista atirar em... Ouve-o correndo atrás de si numa rua escura, não se mexe, vira-se de repente e o derruba com uma rasteira, o revólver cai. Ele pega a arma e domina o outro, depois conclui que não pode entregá-lo, leva-o até uma rua afastada, manda-o sair correndo e atira.

~

A jovem atriz que está no acampamento: a folha de capim, o primeiro capim no meio da escória e aquele sentimento agudo de felicidade. Miserável e alegre. Mais tarde ela ama Jean — porque ele é *puro*. Eu? Mas eu [não mereço] que você me ame. Justamente. Aqueles que [despertam] amor, mesmo decaídos, são os reis e os justificadores do mundo.

∽

28 *nov.* 1885: nascimento de C. Lucien em Ouled-Fayet: filho de C. Baptiste (43 anos) e Cormery Marie (33 anos). Casado em 1909 (13 *nov.*) com a Srta. Sintès Catherine (nascida em 5 *nov.* 1882). Morto em Saint-Brieuc em 11 out. 1914.

∽

Aos 45 anos, comparando as datas, ele descobre que o irmão nasceu dois meses depois do casamento? Acontece que o tio que acaba de lhe descrever a cerimônia fala de um vestido comprido e justo...

∽

Quem faz o parto do seu segundo filho é um médico, na casa nova onde os móveis foram amontoados.

∽

Ela se vai em *14 de julho* com o menino inchado pelas picadas de mosquitos do Seybouze. Agosto, mobilização. O marido vai ao encontro da sua [divisão] em Argel diretamente. Dá uma escapulida certa noite para beijar os dois filhos. Não voltaria a ser visto até ser anunciada sua morte.

~

Um colono que, sendo expulso, destrói as videiras, dá vazão às águas salobras... "Se o que fizemos aqui for um crime, teremos de apagar..."

~

Mamãe (a propósito do N.): no dia em que você "se formou" — "quando você recebeu o bônus".

~

Criklinski e o amor ascético.

~

Ele se espanta com o fato de Marcelle, que acaba de se tornar sua amante, não se interessar pela desgraça do país. "Venha", diz ela. Ela abre uma porta: seu filho de 9 anos — nascido a fórceps com os nervos motores triturados — paralisado, incapaz de falar, a parte esquerda do rosto mais *alta* que a direita, precisando de ajuda para comer, tomar banho etc. Ele fecha a porta.

~

Ele sabe que tem câncer, mas não diz que sabe. Os outros acham que estão fazendo teatro.

~

1ª parte: Argel, Mondovi. E ele fica conhecendo um árabe que fala do seu pai. Suas relações com os operários árabes.

~

J. Douai: L'Écluse.

~

Morte de Béral na guerra.

~

O grito de F. aos prantos, quando fica sabendo do seu relacionamento com Y.: "Mas eu também sou bonita." E o grito de Y.: "Ah! que venha alguém para me levar daqui."

~

Depois, muito depois do drama, F. e M. se encontram.

~

Cristo não aterrissou na Argélia.

~

A primeira carta que ele recebe dela e seu sentimento ao ler o seu nome escrito pela mão dela.

~

Idealmente, se o livro fosse escrito para a mãe, de cabo a rabo — e só no fim se ficaria sabendo que ela não sabe ler —, sim seria isto.[a]

~

E o que ele mais desejava no mundo, que sua mãe lesse tudo aquilo que era sua vida e sua carne, era impossível. Seu amor, seu único amor seria para sempre mudo.

~

Livrar aquela família pobre do destino dos pobres, que é desaparecer da história sem deixar rastro. Os Mudos. Eles eram e eles são maiores que eu.

~

Começar pela noite do nascimento. Cap. I, depois cap. II: 35 anos depois, um homem descendo do trem em Saint-Brieuc.

~

Gr,[1] que reconheci como pai, nasceu onde meu verdadeiro pai está morto e enterrado.

~

Pierre com Marie. No início, ele não pode tê-la: *por isso* é que começa a amá-la. Ao contrário, J. com Jessica, felici-

---
[a] T.I. sublinhado.
[1] Grenier

dade imediata. Por isso ele demora para amá-la realmente — ela é escondida pelo próprio corpo.

∼

O carro fúnebre nas Terras Altas [Figari].

∼

A história do oficial alemão e do menino: nada justifica que se morra por ele.

∼

As páginas do dicionário *Quillet*: o cheiro, as estampas.

∼

Os cheiros da tanoaria: a apara tem cheiro mais [ ][1] que a serragem.

∼

Jean, sua eterna insatisfação.

∼

Ele sai de casa *adolescente* para *dormir sozinho*

∼

Descoberta da religião na Itália: pela arte.

∼

---

[1] Uma palavra ilegível.

Fim do cap. I: enquanto isso, a Europa afinava seus canhões. Eles troaram seis meses depois. A mãe chega a Argel, levando pela mão um filho de 4 anos, o outro no colo, inchado pelas picadas dos mosquitos do Seybouze. Apareceram na casa da avó que morava em 3 cômodos de um bairro pobre. "Mãe, agradeço por nos acolher." A avó, empertigada, olhos claros e duros olhando para ela: "Minha filha, vai ser preciso trabalhar."

～

Mamãe: como um Míchkin ignorante. Ela não conhece a vida de Cristo, a não ser na cruz. No entanto, quem está mais perto dessa vida?

～

De manhã, no pátio de um hotel do interior, esperando M Uma sensação de felicidade que até então ele só experimentara no provisório, no ilícito — que, pelo fato de ser ilícito, impedia que a felicidade pudesse durar — envenenava-o até na maior parte do tempo, menos nas raras vezes em que se impunha, como agora, em estado puro, na luz suave da manhã, entre as dálias ainda reluzentes de orvalho...

～

História de XX.
Ela vem, ela força, "eu sou livre" etc., bancando a liberada. Depois deita nua na cama, faz tudo para... no fim das contas um mau [ ][1] Infeliz.

---

[1] Uma palavra ilegível.

Ela deixa o marido — desesperado etc. O marido escreve ao outro: "Você é responsável. Continue a se encontrar com ela ou ela vai se matar." Na verdade, fracasso certo: ter paixão pelo absoluto, e nesse caso se tenta cultivar o impossível — portanto, ela se mata. O marido vem. "Já sabe o que me traz. — Sei. — Pois bem, a escolha é sua, eu o mato ou você me mata. — Não, é você que deve arcar com o peso da escolha. — Mate." Na verdade, o tipo de pressão em que a vítima não é realmente responsável. Mas [provavelmente] ela era responsável por outra coisa pela qual nunca pagou. Idiotice.

～

XX. Ela traz em si o espírito da destruição e da morte. Está [votada] a Deus.

～

Um naturista: em estado de permanente desconfiança em relação aos alimentos, ao ar etc.

～

Na Alemanha ocupada:
Boa noite, Herr offizer.
Boa noite, diz J. fechando a porta. O tom de sua voz o espanta. E ele entende que muitos conquistadores só têm esse tom porque se sentem incomodados por conquistar e ocupar.

～

J. quer não ser. E é o que faz, perde o nome etc.

~

Personagem: Nicole Ladmiral.

~

A "tristeza africana" do pai.

~

Fim. Leva o filho a Saint-Brieuc. Na pracinha, postados um diante do outro. Como você vive? pergunta o filho. O quê? Sim, quem é você etc. (Feliz) ele sentiu adensar-se ao seu redor a sombra da morte.

~

V.V. Nós homens e mulheres desta época, desta cidade, neste país, nos abraçamos, nos rechaçamos, nos reaproximamos, por fim nos separamos. Mas durante todo esse tempo nunca deixamos de nos ajudar a viver, com a maravilhosa cumplicidade dos que precisam lutar e sofrer juntos. Ah! amor é isso — amor por todos.

~

Aos 40 anos, tendo passado a vida toda pedindo carne malpassada nos restaurantes, ele se deu conta de que na realidade gostava ao ponto, e não malpassada.

~

Libertar-se de preocupações com arte e forma. Recuperar o contato direto, sem intermediário, portanto a inocência. Esquecer a arte aqui *é esquecer-se*. Renunciar a si mesmo não pela virtude. Pelo contrário, aceitar o seu inferno. Aquele que quer ser melhor prefere a si mesmo, aquele que quer gozar prefere a si mesmo. Só quem aceita *o que vem* com as consequências renuncia ao que é, ao seu eu. Esse então está em contato direto.

Recuperar a grandeza dos gregos ou dos grandes russos com essa inocência não literal. Não temer. Nada temer... Mas quem vai me ajudar!?

~

Aquela tarde, na estrada de Grasse a Cannes, onde ele de repente descobre numa exaltação incrível, e depois de anos de relacionamento, que ama Jessica, que finalmente está amando, e o resto do mundo ao lado dela se transforma numa espécie de sombra.

~

Eu não estava em nada do que disse ou escrevi. Não fui eu que me casei, eu que fui pai, que... etc.

~

Muitos estudos atribuindo as *crianças abandonadas* à colonização da Argélia. Sim. Todos nós aqui.

~

O bonde matinal, de Belcourt à Praça do Governo. Na frente, o motorneiro e suas alavancas.

~

Vou contar a história de um monstro.
A história que vou contar...

~

Mamãe e a história: Ela é informada do sputnik: "Ah, eu não ia gostar de lá de cima!"

~

Capítulo *de trás para a frente*. Reféns aldeia cabila. Soldado emasculado — batida policial etc., de etapa em etapa até o primeiro tiro da colonização. Mas por que parar por aí? Caim matou Abel. Problema técnico: um único capítulo ou em contraponto?

~

Rasteil: um colono bigodudo, com costeletas grisalhas.
Seu pai: um carpinteiro do Faubourg Saint-Denis; sua mãe: lavadeira de roupas finas.
Por sinal, todos os colonos parisienses (e muitos dos que tinham participado da revolução de 1848). Muitos desempregados em Paris. A Constituinte aprovara 50 milhões para aviar uma "colônia":
Para cada colono:
uma moradia
2 a 10 hectares
sementes, cultivo etc.
rações de víveres
Nenhuma ferrovia (ela só ia até Lyon). Logo, canais — *em barcaças* puxadas por cavalos de sirga. *Marselhesa*,

Canto da partida, bênção do clero, bandeira remetida a Mondovi.

6 barcaças cada uma com 100 a 150m. Amontoados em colchões de palha. As mulheres, para trocarem as roupas íntimas, despiam-se atrás dos lençóis que iam segurando alternadamente.

Quase um mês de viagem.

∽

Em Marselha, no grande Lazareto (1.500 pessoas), durante uma semana. Embarcados em seguida numa velha fragata de rodas: o *Labrador*. Partida com o mistral. Cinco dias e cinco noites — todos doentes.

Bône — com toda a população no cais para receber os colonos.

Os objetos amontoados no porão que desaparecem.

De Bône a Mondovi (nas carretas do exército, e os homens a pé para deixar espaço e ar para mulheres e crianças) *nada de estrada*. Avançando às cegas na planície pantanosa ou no maqui, sob o olhar hostil dos árabes, acompanhados pela matilha ululante dos cães cabilas — O 8 XII 48.[1] Mondovi não existia, tendas militares. À noite, as mulheres choravam — 8 dias de chuva argelina sobre as tendas, e os uádis transbordam. As crianças faziam suas necessidades dentro das tendas. O carpinteiro constrói abrigos frágeis, cobertos de lençóis, para proteger os mó-

---

[1] Circulado pelo autor.

veis. Os caniços ocos cortados às margens do Seybouze para que as crianças pudessem urinar de dentro para fora.

4 meses debaixo das tendas depois barracões provisórios de madeira; cada barracão duplo tinha de acomodar *seis famílias*.

Na primavera de 1849: calor prematuro. Os barracões, verdadeiros fornos. Malária, depois cólera. 8 a 10 mortos por dia. A filha do carpinteiro, Augustine, morre, depois sua mulher. O cunhado também. (São enterrados num banco de tufo.)

Prescrição dos médicos: *Dancem* para aquecer o sangue.

E toda noite eles dançam entre dois enterros, com um violinista.

As concessões só seriam distribuídas em 1851. O pai morre. Rosine e Eugène ficam sozinhos.

Para ir lavar a roupa no afluente do Seybouze, era necessária uma escolta de soldados.

Muralhas construídas + fossos pelo exército. Casinhas e jardins, eles constroem com as próprias mãos.

Cinco ou seis leões rugem ao redor da aldeia. (Leão da Numídia de juba preta.) Chacais. Javalis. Hiena. Pantera.

Ataques às aldeias. Roubos de gado. Entre Bône e Mondovi, uma carroça atola. Os passageiros vão buscar reforço, exceto uma jovem grávida. Na volta ela é encontrada com a barriga rasgada e os seios cortados.

A primeira igreja, quatro paredes de taipa, sem cadeiras, alguns bancos.

A primeira escola: uma choça de varas e ramagens. 3 irmãs.

As terras: lotes esparsos, cultivados com espingarda no ombro. Volta para a aldeia à noite.

Uma coluna de 3.000 soldados franceses de passagem saqueia a aldeia à noite.

Junho de 1851: insurreição. Centenas de cavaleiros de albornoz em torno da aldeia. Instalam tubulações de fogão nas pequenas muralhas para parecerem canhões.

∽

Na verdade, parisienses no campo; muitos iam para o campo de cartola na cabeça, e as mulheres com vestidos de seda.

∽

Proibido fumar cigarro. Só era autorizado o cachimbo tampado. (Por causa dos incêndios.)

∽

As casas construídas em 1854.

∽

No departamento de Constantine, 2/3 dos colonos morreram praticamente sem chegar a tocar na picareta e no arado.

Velho cemitério dos colonos, imenso esquecimento.[1]

∽

---

[1] "Imenso esquecimento", circulado pelo autor.

Mamãe. A verdade é que, apesar de todo o meu amor, eu não conseguira viver no nível daquela paciência cega, sem frases, sem projetos. Não conseguira viver da sua vida ignorante. E tinha percorrido o mundo, construído, criado, abrasado as pessoas. Meus dias tinham sido cheios e haviam transbordado — mas nada me enchera o coração como...

~

Ele sabia que ia partir de novo, enganar-se de novo, esquecer o que sabia. Mas, justamente, o que ele sabia é que a verdade da sua vida estava ali naquela sala... E certamente ele fugiria dessa verdade. Quem é capaz de viver com a própria verdade? Mas basta saber que ela está ali, basta conhecê-la enfim e que ela nutra em nós um [fervor] secreto e silencioso, diante da morte.

~

Cristianismo de mamãe no fim da vida. A mulher pobre, infeliz, ignorante [ ][1] mostrar-lhe o sputnik? Que a cruz a sustenha!

~

Em 1872, quando se estabelece, o ramo paterno está sucedendo:
— à Comuna,
— à insurreição árabe de 1871 (o primeiro morto da planície de Mitidja foi um professor).

---

[1] Uma palavra ilegível.

Os alsacianos ocupam as terras dos *insurgentes*.

∼

Dimensões da época

∼

A ignorância da mãe como contraponto a todos os [ ][1] da história do mundo.
Bir Hakeim: "é longe" ou "lá longe".
Sua religião é visual. Ela sabe o que viu sem ser capaz de interpretar. Jesus é o sofrimento, ele cai etc.

∼

Guerreira.

∼

Escrever seu [ ][2] para resgatar verdade

∼

1ª Parte
Os nômades
1) Nascimento durante a mudança. 6 meses depois a guerra.[a] O menino. Argel, o pai como zuavo com um chapéu de palha partia para o ataque.
2) 40 anos depois. O filho diante do pai no cemitério de Saint-Brieuc. Ele volta para a Argélia.

---
[1] Uma palavra ilegível.
[2] Duas palavras ilegíveis.
[a] Mondovi 1848.

3) Chegada à Argélia para "os acontecimentos". Busca. Viagem a Mondovi. Ele reencontra a infância, e não o pai. Descobre que é o primeiro homem.[a]

2ª Parte
O primeiro homem

A adolescência: O murro
                    Esporte e moral

O homem: (Ação política (a Argélia), a Resistência)

3ª Parte
A mãe

Os Amores
O reino: o velho companheiro de esporte, o velho amigo, Pierre, o velho professor e a história dos seus 2 alistamentos

       A mãe [1]

Na última parte, Jacques explica à mãe a questão árabe, a civilização crioula, o destino do Ocidente. "Sim", diz ela, "sim." Depois confissão completa e fim.

∽

Havia um mistério naquele homem, e um mistério que ele queria esclarecer.

Mas no fim das contas há apenas o mistério da pobreza, que deixa as criaturas sem nome e sem passado.

---

[a] Maoneses em 1850 — Alsacianos em 1872-1873—1914
[1] Todo esse trecho foi enquadrado com um traço pelo autor.

～

Juventude nas praias. Depois os dias de algazarra, de sol, de esforços violentos, de desejo surdo ou ruidoso. A noite cai sobre o mar. Um andorinhão pia alto no céu. E seu coração fica apertado de angústia.

～

Ele acaba tomando Empédocles como modelo. O filósofo [ ][1] que vive sozinho.

～

Quero escrever aqui a história de um casal ligado por um mesmo sangue e todas as diferenças. Ela parecida com o que a terra produz de melhor, e ele tranquilamente monstruoso. Ele lançado em todas as loucuras da nossa história; ela percorrendo a mesma história como se fosse a história de todos os tempos. Ela quase sempre calada e dispondo apenas de algumas palavras para se expressar; ele falando sem parar e incapaz de encontrar em meio a milhares de palavras o que ela podia dizer com um único dos seus silêncios... A mãe e o filho.

～

Liberdade de assumir qualquer tom.

～

---
[1] Uma palavra ilegível.

Jacques, que até então se sentia solidário a todas as vítimas, reconhece agora que também é solidário aos carrascos. Sua tristeza. Definição.

∽

Seria preciso viver como espectador da própria vida. Para acrescentar-lhe o sonho que a concluiria. Mas a gente vive, e os outros sonham a nossa vida.

∽

Ele olhava para ela. Tudo estava parado, e o tempo se desenrolava crepitando. Como nas sessões de cinema em que, desaparecida a imagem por causa de um problema técnico, só se ouve no escuro da sala o desenrolamento mecânico... diante da tela vazia.

∽

Os colares de jasmim vendidos pelos árabes. O rosário de flores perfumadas, amarelas e brancas [   ].[1] Os colares murcham depressa [   ][2] as flores amarelecem [   ][3] mas o cheiro prolongado, no quarto pobre.

∽

Dias de maio em Paris onde a bolsa branca das flores dos castanheiros flutua no ar em toda parte.

---

[1] Seis palavras ilegíveis.
[2] Duas palavras ilegíveis.
[3] Duas palavras ilegíveis.

∽

Ele amara sua mãe e seu filho, tudo o que não dependia da sua escolha. E afinal, ele que tudo contestara, tudo questionara, havia amado apenas a necessidade. Os seres que lhe haviam sido impostos pelo destino, o mundo tal como se apresentava a ele, tudo que não pudera evitar na vida, doença, vocação, glória ou pobreza, sua estrela enfim. Quanto ao restante, quanto a tudo aquilo que tivera de escolher, ele se esforçara por amar, o que não é a mesma coisa. Certamente conhecera o arrebatamento, a paixão e mesmo instantes de ternura. Mas cada instante o atirara para outros instantes, cada ser para outros seres, no fim das contas nada amara daquilo que tinha escolhido, senão o que pouco a pouco se lhe impusera por meio das circunstâncias, o que havia durado tanto por acaso quanto por vontade, e afinal se tornara necessidade: Jessica. O verdadeiro amor não é uma escolha nem uma liberdade. O coração, o coração sobretudo não é livre. Ele é o inevitável e o reconhecimento da inevitabilidade. E ele, realmente, a vida inteira só amara de todo coração o inevitável. Agora só lhe restava amar a própria morte.

∽

[a]Amanhã, seiscentos milhões de amarelos, bilhões de amarelos, negros, morenos irromperiam na ponta da Europa... e na melhor das hipóteses [a converteriam]. E então

---

[a] Ele sonha com isso durante a sesta:

tudo o que fora ensinado, a ele e aos que se assemelhavam a ele, tudo o que ele aprendera também, nesse dia os homens da sua raça, todos os valores pelos quais vivera, morreriam por inúteis. O que então ainda teria valor?... O silêncio de sua mãe. *Ele depunha suas armas diante dela.*

~

M. tem 19 anos. Na época ele tinha 30, e os dois não se conheciam. Ele sabe que não é possível voltar no tempo, impedir que o ser amado tenha sido, e feito, e suportado, não possuímos nada daquilo que escolhemos. Pois seria preciso escolher com o primeiro grito do nascimento, e nós nascemos separados — exceto da mãe. Só possuímos o necessário, e é preciso voltar a ele e (ver nota anterior) submeter-se a ele. Mas quanta nostalgia e quanta saudade!
É preciso renunciar. Não, aprender a amar o impuro.

~

No fim, ele pede perdão à mãe — Por que você foi bom filho — Mas é por todo o resto que não tem como saber nem sequer imaginar [ ][1] que ela é a única que pode perdoar (?)

~

Como inverti, mostrar Jessica idosa *antes* de mostrá-la jovem.

---

[1] Uma palavra ilegível.

~

Ele se casa com M. porque ela nunca conheceu homem e porque está fascinado por ela. Casa-se, em suma, por causa dos seus próprios defeitos. Mais tarde vai aprender a amar as mulheres que serviram — i.e. — amar a terrível necessidade da vida.

~

Um capítulo sobre a guerra de 1914. Incubadora da nossa época. Vista pela mãe? Que não conhece nem a França, nem a Europa, nem o mundo. Que acha que as explosões de obuses são autônomas etc.

~

Capítulos alternados que dariam voz à mãe. O comentário dos mesmos fatos, mas com seu vocabulário de 400 palavras.

~

Em suma, vou falar daqueles que eu amava. E só disso. Alegria profunda.

~

[a]Saddok:
1) — Mas por que se casar assim, Saddok?
— Tenho de me casar à francesa?

---

[a] Tudo isso num estilo [não vivido] lírico não realista precisamente.

— À francesa ou de outra forma! Por que se submeter a uma tradição que considera idiota e cruel?[a]

— Porque o meu povo se identifica com essa tradição, é só o que ele tem, ficou fixado nisso, e afastar-se dessa tradição é afastar-se dele. Por isto é que amanhã vou entrar naquele quarto, despir uma desconhecida e violentá-la em meio à barulheira dos fuzis.

— Bom. Enquanto isso, vamos nadar.

2) — E então?

— Eles estão dizendo que por enquanto é preciso consolidar a frente antifascista, que a França e a Rússia precisam se defender juntas.

— E não poderiam se defender impondo em casa o reinado da justiça?

— Eles dizem que isso é para depois, que é preciso esperar.

— Aqui a justiça não vai esperar e você sabe muito bem.

— Eles dizem que, se vocês não esperarem, estarão objetivamente servindo ao fascismo.

— É por isso que é bom mandar seus antigos camaradas para a cadeia.

— Eles dizem que é uma pena, mas que não pode ser de outro jeito.

— Eles dizem, eles dizem. E você se cala.

— Eu me calo.

---

[a] Os franceses têm razão, mas a razão deles nos oprime. Foi por isso que optei pela loucura árabe, a loucura dos oprimidos.

Ele o observava. O calor começava a aumentar.

— Então, está me traindo?

Ele não tinha dito: "está nos traindo", e tinha razão, pois a traição tem a ver com a carne, o indivíduo só etc....

— Não. Saio do partido hoje mesmo...

3) — Lembre-se de 1936.

— Eu não sou terrorista a favor dos comunistas. Sou terrorista contra os franceses.

— Eu sou francês. Aquela ali também.

— Eu sei. Azar de vocês.

— Então está me traindo.

Uma espécie de febre brilhava nos olhos de Saddok.

～

Se afinal eu optar pela ordem cronológica, a Sra. Jacques ou o médico serão descendentes dos primeiros colonos de Mondovi.

Não devemos nos queixar, diz o médico, imagine só nossos primeiros parentes, aqui... etc.

～

4) — E o pai de Jacques morto no Marne. Que restou daquela vida obscura? Nada, uma lembrança impalpável — as cinzas leves de uma asa de borboleta queimada no incêndio da floresta.

～

Os *dois* nacionalismos argelinos. A Argélia entre 1939 e 1954 (rebelião). O que é dos valores franceses numa consciência argelina, a consciência do primeiro homem. A crônica das duas gerações explica o drama atual.

~

Colônia de férias em Miliana, trombetas do quartel pela manhã e à noite.

~

Amores: ele gostaria que todas elas fossem virgens de passado e de homens. E à única pessoa que tinha conhecido e que assim era de fato ele dedicara a vida, mas ele próprio nunca tinha conseguido ser fiel. Queria, portanto, que as mulheres fossem o que ele mesmo não era. E o que ele era o remetia às mulheres que se pareciam com ele e que ele amava e possuía com raiva e furor.

~

Adolescência. Sua força vital, sua fé na vida. Mas ele cospe sangue. A vida então seria assim, hospital, morte, solidão, esse absurdo. Donde a dispersão. E bem no fundo dele: não, não, a vida é outra coisa.

~

Lampejo na estrada de Cannes a Grasse...
Ele sabia que, ainda que tivesse de voltar àquela secura em que sempre vivera, dedicaria a vida, o coração, a gratidão de todo o seu ser que lhe permitira uma vez, uma única vez talvez, mas uma vez, ter acesso...

~

Começar a última parte com esta imagem:

o asno cego que durante anos gira pacientemente em torno da nora do poço, suportando chicotadas, a natureza feroz, o sol, as moscas, suportando mais, e desse lento avanço circular, aparentemente estéril, monótono, doloroso, as águas brotam incansavelmente...

∽

1905. Guerra do Marrocos de L. C.[1] Mas, do outro lado da Europa, Kaliáiev.

∽

A vida de L. C. Toda involuntária, à parte sua vontade de ser e persistir. Orfanato. Trabalhador agrícola obrigado a se casar com sua mulher. Sua vida que se constrói assim, sem que ele queira — e depois a guerra o mata.

∽

Ele vai se encontrar com Grenier: "Homens como eu, já entendi, precisam obedecer. Precisam de uma regra imperiosa etc. Religião, amor etc.: impossível para mim.

∽

Portanto, decidi lhe prestar obediência." O que se segue (notícia).

∽

---

[1] Provavelmente Lucien Camus, o pai.

No fim das contas, ele não sabe quem é seu pai. Mas ele mesmo, quem é? 2ª parte.

~

Cinema mudo, leitura das legendas para a avó.

~

Não, não sou um bom filho: bom filho é aquele que fica. Eu percorri o mundo, a traí com vaidades, glória, mil mulheres.
— Mas você não amava só a ela?
— Ah! Só amei a ela?

~

Quando, ao pé do túmulo do pai, sente o tempo fragmentar-se — essa nova ordem do tempo é a ordem do livro.

~

Ele é o homem dos excessos: mulheres etc. Portanto, [o hiper] é punido nele. Depois ele fica sabendo.

~

A angústia na África quando a noite rápida desce sobre o mar ou sobre os planaltos e as montanhas escabrosas. É a angústia do sagrado, o pavor ante a eternidade. A mesma que em Delfos, onde a noite, produzindo o mesmo efeito, provocou o surgimento dos templos. Mas na terra da África os templos são destruídos, resta apenas esse enorme peso no coração. Como eles morrem então! Silenciosos, distantes de tudo.

∽

O que eles não gostavam nele era do argelino.

∽

Sua relação com o dinheiro. Decorrente por um lado da pobreza (ele não comprava nada para si), por outro do orgulho: nunca regateava.

∽

Confissão à mãe para concluir.
"Você não me entende, no entanto é a única que pode me perdoar. Muita gente se oferece para isso. Muitas pessoas também proclamam em todos os tons que sou culpado, e não sou culpado quando elas me dizem isso. Outras têm o direito de me dizer isso, e sei que têm razão, e que eu deveria obter o perdão delas. Mas perdão pedimos a quem sabemos que pode nos perdoar. Apenas isso, perdoar, e não pedir que a gente mereça o perdão, que espere. [Mas] simplesmente falar com elas, dizer-lhes tudo e receber o perdão. Aqueles e aquelas a quem eu poderia pedi-lo, sei que em algum lugar do coração, apesar da boa vontade, não podem nem sabem perdoar. Um único ser poderia me perdoar, mas eu nunca fui culpado em relação a ele e lhe dei todo o meu coração, no entanto eu poderia ter ido até ele, muitas vezes o fiz em silêncio, mas ele está morto e eu estou sozinho. Só você pode fazê-lo, mas você não me entende e

não é capaz de me ler. Por isso, falo com você, escrevo-lhe, a você, só a você, e, quando tudo acabar, pedirei perdão sem outra explicação e você vai sorrir para mim..."

~

Jacques, ao fugir da sala de redação clandestina, mata um perseguidor (com um esgar, ele cambaleava, meio curvado para a frente. Jacques começou a sentir uma enorme raiva: atingiu-o mais uma vez de baixo para cima na [garganta], e um enorme buraco imediatamente borbulhou na base do pescoço, e então, enlouquecido de nojo e furor, atingiu-o uma outra vez [ ]¹ bem nos olhos sem olhar onde atingia...)... depois vai à casa de Wanda.

~

O camponês berbere pobre e ignorante. O colono. O soldado. O branco sem terras. (Ele gostava deles, sim, e não daqueles mestiços de sapatos amarelos pontudos e lenços que só haviam tomado do Ocidente o que ele tem de pior.)

~

Fim.
Devolvam a terra, terra que não é de ninguém. Devolvam a terra que não é para ser vendida nem comprada (sim, e Cristo nunca desembarcou na Argélia, pois até os monges lá tinham propriedade e concessões).

---

[1] Quatro palavras ilegíveis.

E ele exclamou, olhando para a mãe e depois para os outros:

"Devolvam a terra. Entreguem toda a terra aos pobres, aos que nada têm e são tão pobres que sequer desejaram alguma vez ter e possuir, aos que são como ela neste país, a enorme multidão dos miseráveis, em sua maioria árabes, e alguns franceses que vivem ou sobrevivem aqui por teimosia e capacidade de resistência, com a única honra que tem algum valor no mundo, a dos pobres, entreguem-lhes a terra como se entrega o que é sagrado àqueles que são sagrados, e então eu, pobre de novo e finalmente, atirado no pior exílio no fim do mundo, vou sorrir e morrer satisfeito, sabendo que finalmente estão reunidos sob o sol do meu nascimento a terra que tanto amei e aqueles e aquela que venerei."

(Então o grande anonimato vai se tornar fecundo e também me cobrirá — Eu voltarei a este país.)

~

Revolta. Cf. *Demain en Algérie*, p. 48, Servier. Jovens comissários políticos da F. L. N. que adotaram Tarzã como nome de guerra.

Sim, eu comando, eu mato, eu vivo na montanha, debaixo do sol e da chuva. O que você me propunha na melhor das hipóteses: manobra em Béthune.

E a mãe de Saddok, cf. p. 115.

~

Defrontados com... na história mais velha do mundo nós somos os primeiros homens — não os do declínio como se proclama nos [ ]¹ jornais, mas os de uma aurora indecisa e diferente.

~

Crianças sem Deus nem pai, os mestres que nos eram oferecidos nos causavam horror. Vivíamos sem legitimidade — Orgulho.

~

O que chamam de ceticismo das novas gerações — mentira.
Desde quando o homem de bem que se recusa a acreditar no mentiroso é o cético?

~

A nobreza da profissão de escritor está na resistência à opressão, logo, no consentimento à solidão.

~

O que me ajudou a enfrentar um destino adverso talvez me ajude a receber um destino excessivamente favorável — E o que me amparou foi, antes de mais nada, a ideia elevada, a elevadíssima ideia que tenho da arte.
Não que para mim ela esteja acima de tudo, mas porque não se separa de ninguém.

~

---
¹ Uma palavra ilegível.

À exceção da [antiguidade]
Os escritores começaram pela escravidão.
Conquistaram sua liberdade — está fora de questão [   ]¹

~

K. H.: Tudo que é exagerado é insignificante. Mas o senhor K. H. era insignificante antes de ser exagerado. Fez questão de acumular.

---
¹ Quatro palavras ilegíveis.

Duas cartas

19 de novembro de 1957

Caro senhor Germain,

Deixei que passasse um pouco o ruído que me cercou todos esses dias para vir lhe falar de todo o coração. Acabam de me fazer uma honra realmente grande demais, que não busquei nem solicitei. Mas, quando recebi a notícia, meu primeiro pensamento, depois da minha mãe, foi para o senhor. Sem o senhor, sem a mão afetuosa que estendeu ao menino pobre que eu era, sem o seu ensino e o seu exemplo, nada disso teria acontecido. Não dou enorme importância a esse tipo de honraria. Mas esta pelo menos é uma oportunidade para lhe dizer o que representou e continua representando para mim e de lhe assegurar que o seu empenho, o seu trabalho e o coração generoso com que o fazia continuam vivos num dos seus pequenos escolares que, apesar da idade, não deixou de ser seu aluno agradecido. Receba um abraço de todo o meu coração.

Albert Camus

Argel, 30 de abril de 1959

Meu caro menino,

Endereçado de seu próprio punho, já recebi o livro *Camus*, com gentil dedicatória do autor, o senhor J.-Cl. Brisville.

Nem sei expressar a alegria que me deu com seu amável gesto nem a maneira de lhe agradecer. Se fosse possível, eu daria um forte abraço no rapagão em que você se transformou e que sempre será para mim "meu menino Camus".

Ainda não li o livro, apenas as primeiras páginas. Quem é Camus? Tenho a impressão de que aqueles que tentam penetrar sua personalidade não o conseguem completamente. Você sempre evidenciou um pudor instintivo de revelar sua natureza, seus sentimentos. E é bem-sucedido nisso por ser simples, direto. E ainda por cima bom! São impressões que me deu em sala de aula. O pedagogo que quer exercer conscienciosamente sua profissão não perde nenhuma oportunidade de conhecer seus alunos, seus filhos, e elas se apresentam constantemente. Uma resposta, um gesto, uma atitude são amplamente reveladores. Creio, portanto, conhecer bem o cordial rapazinho que você era, e a criança muitas vezes contém em germe o homem que virá a ser. Seu prazer de estar na sala de aula se irradiava por todo lado. Seu rosto manifestava otimismo. E, observando-o, jamais suspeitei da verdadeira situação da sua família. Pude apenas ter uma ideia quando sua mãe me procurou para tratar da sua inscrição na lista de candidatos às Bolsas. E, por sinal, isso aconteceu no momento em que ia se separar de mim. Mas até então você me parecia estar na mesma situação que os colegas. Tinha sempre tudo de que precisava. Como seu irmão, andava bem-vestido. Acho que não poderia fazer melhor elogio à sua mãe.

Voltando ao livro do senhor Brisville, ele traz abundante iconografia. E tive a enorme emoção de conhecer, pela imagem, seu pobre Papai, que sempre considerei como "meu camarada". O senhor Brisville teve a bondade de me citar: vou agradecer-lhe.

Vi a lista cada vez maior dos trabalhos que lhe são dedicados ou que falam de você. E para mim é uma enorme satisfação constatar que a sua celebridade (é exatamente a verdade) não lhe virou a cabeça. Você continuou Camus: bravo!

Acompanhei com interesse as múltiplas peripécias da peça que adaptou e também montou: *Os demônios*. E gosto demais de você para não lhe desejar o maior sucesso: exatamente o que merece. Malraux também quer lhe entregar um teatro. Sei que para você é uma paixão. Mas... será que conseguirá encarar de frente e levar a bom termo todas essas atividades? Receio que venha a abusar das próprias forças. E, permita que seu velho amigo observe, você tem uma esposa adorável e dois filhos que precisam do marido e do papai. A esse respeito, vou lhe contar o que às vezes dizia nosso diretor na Escola Normal. Ele era muito, muito duro conosco, o que nos impedia de ver, de sentir que ele *realmente* nos amava. "A natureza tem um grande livro onde registra minuciosamente todos os excessos que vocês cometem." Confesso que o sábio lembrete amiúde me conteve no momento em que estava para esquecê-lo. Então, procure manter em branco a página que lhe foi reservada no Grande Livro da natureza.

Andrée me lembra aqui que o vimos e ouvimos num programa de televisão sobre literatura, programa a respeito de *Os demônios*. Foi comovente vê-lo responder às perguntas. E quase involuntariamente me saiu a observação maliciosa de que você jamais imaginou que, no fim das contas, eu o veria e ouviria. Isso compensou um pouco a sua ausência de Argel. Faz bastante tempo que não o vemos...

Antes de concluir, quero lhe dizer como me sinto mal, como professor laico, ante os projetos ameaçadores tramados contra nossa escola. Considero ter respeitado, ao longo de toda a minha carreira, o que há de mais sagrado na criança: o direito de buscar sua verdade. Amei todos vocês e creio ter feito todo o possível para não manifestar minhas ideias e pesar sobre a jovem inteligência de meus alunos. Quando se falava de Deus (estava no currículo), eu dizia que alguns acreditavam e outros não. E que cada um fazia o que quisesse, na plenitude dos próprios direitos. Da mesma forma, em se tratando de religiões, limitava-me a indicar as que existiam, às quais pertenciam aqueles que assim o quisessem. Para não fugir à verdade, acrescentava que havia pessoas que não praticavam nenhuma religião. Sei muito bem que isto não agrada àqueles que gostariam de transformar professores em caixeiros-viajantes da religião e, para ser mais preciso, da religião *católica*. Na Escola Normal de Argel (que na época ficava no Parque de Galland), meu pai, assim como seus colegas, era *obrigado* a ir à missa e comungar todo domingo. Um dia, farto dessa coação, colocou a hóstia "consagrada" num missal e o fechou! O diretor da Escola foi informado e não hesitou em expulsar meu pai. Aí está o que pretendem os partidários da "Escola livre" (livre... para pensar como eles). Com a atual composição da Câmara dos Deputados, receio que o golpe baixo dê certo. *Le Canard enchaîné* informou que, num departamento, uma centena de classes da Escola laica funciona com um crucifixo pendurado na parede. Vejo nisso um abominável atentado à consciência das crianças. O que poderemos esperar, talvez, dentro do algum tempo? Esses pensamentos me entristecem profundamente

Meu caro menino, estou chegando ao fim da minha 4ª página: é abusar do seu tempo e peço que me desculpe. Aqui vai tudo bem. Christian, meu genro, vai começar seu 27º mês de serviço amanhã!

Saiba que, mesmo quando não escrevo, penso muitas vezes em todos vocês.

A senhora Germain e eu os abraçamos bem forte, a vocês quatro. Afetuosamente seu.

Germain Louis

Lembro-me da visita que você fez, com seus companheiros de comunhão, à nossa classe. Você estava visivelmente feliz e orgulhoso da roupa que usava e da festa que comemorava. Sinceramente, fiquei feliz com a sua alegria, imaginando que, se vocês faziam a primeira comunhão, era por lhes agradar? Então...

Este livro foi composto na tipografia Minion Pro,
em corpo 11,5/16, e impresso em
papel off-white no Sistema Cameron da
Divisão Gráfica da Distribuidora Record.